公事宿事件書留帳二十二

冤罪凶状

澤田ふじ子

幻冬舎時代小説文庫

公事宿事件書留帳二十二　冤罪凶状

目次

思案の外

一

昨夜遅く公事宿《くじやど》「鯉屋《こいや》」に戻ってきた田村菊太郎《たむらきくたろう》は、朝起きてすぐ、主《あるじ》の源十郎《げんじゅうろう》に客間へ呼び出された。

菊太郎は苦々しげな顔であった。

「わしはまだ朝飯も食うておらぬのだが――」

かれはいくらか不審な表情で、赤く燃える火鉢の炭火に手をかざしている源十郎にいいかけた。

「お顔は洗わはりましたやろ。御膳を、お与根《よね》にここへ運ばせますさかい、それを食べながらわたしの話をきいておくれやす」

「それは手配りのよいことじゃ。ではさようにいたすか。どうせ、ろくでもない話だろうが――」

「若旦那、そら公事宿に持ち込まれてくる話は、色と欲に絡んだろくでもない相談が多おますわ。すかっとした気持のええ話なんか、一つもございまへん。町奉行所のお裁きをいただいた後、当事者の一方の処置によって、清々《すがすが》しい気持にちょっとなれる場合があるくらいどす。世間の表も裏も知ってな、こんな商いはしてられしまへん。それでもわたしは、世の中のお人みんなが、少しでも仲良うやっていけるようにと念じながら、この商いを営ませてもろうてます」

「それはまことによい心掛けじゃが、今度はよほど急《せ》く相談だとみえるのう」

菊太郎は陰鬱《いんうつ》な表情になってたずねた。

「さほど急きまへんけど、わたしは半刻《はんとき》（一時間）程後、西町奉行所のお白洲《しらす》に出なあきまへん。これは二日前に持ち込まれた相談どすけど、若旦那さまが祇園《ぎおん》・新橋のお信《のぶ》はんのところへお出かけどしたさかい、今朝になってしもうたんどす」

「ごめんやす――」

源十郎がいい終えたとき、女子衆《おなごし》のお与根がお膳を持ち、手代《てだい》の喜六《きろく》がお櫃《ひつ》を抱えて現れた。

後につづいて下代《げだい》の吉左衛門《きちざえもん》が客間に姿をのぞかせた。

かれはそのまま源十郎の近くにひかえ、他の二人は部屋から退《の》いていった。

「菊太郎の若旦那さま、冷めんうちにどうぞ、召し上がっとくれやす」

吉左衛門がお櫃から温かいご飯を茶碗によそってくれた。

「源十郎、では飯を食いながら話をきくといたそう」

菊太郎は吉左衛門の手から米七分麦三分のご飯を受け取り、箸《はし》を取り上げた。

「ほなもうしますけど、今度、若旦那さまにお願いしたいのは、ほんまに難儀な仕事。はっきりいうたら用心棒の役目を果し、場合によったら、人を斬《き》ってもらわなならんかもしれまへん」

源十郎はしらっとした顔で切り出した。

「な、なんだと、そんな手荒な仕事なのか」

「へえ、何しろ相手はさる藩の京都留守居役さま。都合次第では、こちらも腹を括《くく》ってかからなあきまへん」

そのくせ源十郎は、さして意気込んではいなかった。

「それはどこの藩なのじゃ」

菊太郎は最初の一箸のご飯を喉に通し、かれにたずねた。

「はい、伊勢・桑名藩十一万石どす。京屋敷は六角大宮西、御用達《ごようたし》商人は錦小路《にしきこうじ》新町西の松屋喜助はんどすわ。相手は松平越中守さまの京都留守居役・井上順兵衛はんどす」

「桑名藩の京都留守居役ともあろう男が相手なら、堂々と町奉行所か所司代に訴えたらどうなのじゃ」

「それがそうすんなり出来へん男と女の厄介な問題なんどす。当人が知らぬ存ぜぬといい張ったら、それまでの話。まあ明け透けにいうたら、その順兵衛はんが京屋敷に仕えている女子衆に手を付け、孕《はら》ませてしまわはったんどす」

「それなら中条医《ちゅうじょうい》の許《もと》に行かせ、腹の赤子を堕《お》ろさせればよいのではないか」

菊太郎は何でもない表情でいった。

中条医とは堕胎の専門医。本来は豊臣秀吉の家臣で、産婦人科を専門とした中条帯刀《たてわき》の名に由来している。

避妊知識の乏しかった時代に望まぬ子を身籠《みごも》ったとき、江戸でも京でも中条医の門をくぐり、処置せねばならなかった。

中条医は出来るだけ人通りの少ない路地で開業し、訪れる客が他人に顔を見られないように計らっていた。

——間の悪さ　中条の前を　二度通り

そんな一句もあるくらいだった。

「若旦那、ところがそう簡単にはいかへんのどす。その女子衆は御用達商人の松屋喜助はんの口利きで、京の北白川村から奉公に上がったお妙という二十二歳の女子。身籠っているのが人目に付くようになったら突然、京屋敷から逐電し、行方を晦《くら》ませてしもうたんどす」

「北白川村の実家にも戻らずにじゃな」

「へえ、理由が世間に知れたら、留守居役には不都合。井上順兵衛はんは日頃から目をかけている藩邸の武士に、そのお妙はんの家を見張らせ、当人を見付け次第、腹の子ともども斬り捨てよと命じているらしいんどす」

「寵愛《ちょうあい》した女子を腹の子ともども斬り捨てよとは、酷《ひど》い男どすなあ。それでその井上順兵衛さまは、お幾つにならはるんどす」

いきなり吉左衛門が源十郎にたずねた。

「歳《とし》はまだ三十三。先々代から京都留守居役を務める井上家に、養子として入った人物で、ご妻女は国許にいはるときいてます。自分の不埒《ふらち》が義父や親類縁者に知れたら、横着者として放逐されるか、詰め腹でも切らせられるさかい、必死なんどっしゃろ。その順兵衛はんにお妙はんを斬れと命じられた藩邸の侍どもは、北白川村の辺りを懸命に探し廻っているようどすけど、お妙はんはどこへ消えたのやら、さっぱりわからしまへん」

「お妙の実家の生業《なりわい》は何じゃ」

「北白川村の上農で、村年寄も務めており、父親は米松はんといいます。姿を晦ませたお妙はんから、米松はんの許に短い手紙が届いたそうなんどす。それによれば、〈事情があってお留守居役井上順兵衛さまのお子を身籠りました。どないな理由からかわかりまへんけど、命を狙われているようどすさかい、しばらく身を隠します。ご心配には及びまへん〉というものやったそうどす。それで米松はんはえらく憤って、お上《かみ》の手を借り、なんとかお妙を助けなならんと、人を介してこの鯉屋へ相談にきはったんどす。そやけどそのままうちが町奉行所に訴えたりしたら、お妙はんの命は助かるかもしれまへんけど、桑名藩の家名に傷が付きますわなあ」

「いかにもそうだが、事態がそうまで切迫する前に、どうにか出来なんだのか。およそ京屋敷詰めは、小藩なら留守居役はともかく、多くの者が小禄で単身赴任。近国の者は年に数回、帰国が許されるときいている。遠国の者は妻子同伴は自由として、妻子は屋敷内の長屋に住まわされるそうな。留守居役ほどの男、女を抱きたくば、御用達商人か口入屋《くちいれや》にでも、分別をわきまえたしかるべき女子を、世話してもらえばよかろうに。屋敷に仕える女子衆に手を出すとは、不埒にもほどがある」

「しかもそのお妙はんは、北白川小町と評判されるほど美しい女子やそうどす。桑名藩の京屋敷へ奉公に出たのは十八のとき。世話をした松屋喜助はんによれば、一、二年のつもりやったといいます」

「留守居役の順兵衛の奴、役儀に就いて何年になるのじゃ」

「二年余りやそうどす」

「三十三にもなりながら、全く思慮の足りぬ男じゃなあ。ところで桑名においでのご妻女どのに、お子はおられるのかな」

「まだそこまで調べておりまへん」

「それで源十郎、そなたはわしにどういたせというのじゃ」

菊太郎は三杯目の茶碗を吉左衛門に差し出した。

箸を付けていない目刺しの目が、かれを睨《にら》み付けているようだった。

時代によって違うが、全国諸藩のうちおよそ七十藩ほどが、京屋敷を設けて御用達商人を指命し、他の二百数十の小藩は、御用達商人だけですませている。

京藩邸の役割の第一は、天皇《みかど》がいらせられる京に家臣を駐在させ、平常から有力公家や社寺と交際を密にして、藩主の官位昇進に便宜を計らってもらい、これによって藩主に箔《はく》を付けることだった。

次いで日本一の文化を有する京都と、文化的、物的交流の絆を結び、国産品の販売などを果すことであった。

それだけに大藩の京屋敷は有力商人と密着するため、町の一等地に大きな構えを置いていた。

京屋敷を持たない小藩でも、「呉服所」と名付けた御用達商人を有し、いわゆる京物の優れた呉服や調度品の購入を委《まか》せ、連絡所ともしていた。

御用達商人は呉服所ともども、いわば各藩の代理店といえ、小藩では金融機関や宿所でもあった。

大藩の京屋敷がどれくらいの規模で営まれていたか、猪熊通《いのくまどお》り中立売《なかだちうり》上ルの岡山藩三十一万五千三百石の京屋敷の図によって検証してみる。

南北が三十三間、奥行十六間で敷地は約五百三十坪。そこに長屋門を構え、内部は玄関・広間・使者の間・二の間・御座の間など「表」と、居間・寝間・茶の間など「奥」に分れていた。長屋にも座敷・次・居間が設けられ、手代部屋・小者部屋・若党部屋・中間《ちゆうげん》部屋があり、総間数は三十以上。また別の奥に留守居役一家が住み、長屋には下役一家や小者たちが居住していた。

桑名藩は岡山藩京屋敷よりだいぶ敷地が狭いが、それでも同様に一通りの部屋をそなえ、留守居役の一家が常住できるように造られていた。

菊太郎はそのため、桑名においでのご妻女どのというい方をしたのである。

「源十郎、そなたはわしにそのお妙とやらを護《まも》るため、お妙を探し出して闇に葬ろうとしている桑名藩留守居役の命を受けた奴らを、場合によっては斬ってくれと頼んでいるのじゃな」

菊太郎は手にしていた茶碗を膳に置き、源十郎に顔を向けて話しつづけた。

「そなたはこの件を、男と女の厄介な問題と簡単に考えているようだが、これには慎重に対処せねばならぬのだぞ。お妙が桑名藩の武士によって万一、殺害されでもしたら、事件として事実関係が明らかにされる。それで男が町方の者ならともかく、桑名藩の京都留守居役だけに、ご公儀の耳に入る恐れもあるのじゃ。されば幕府の老中どもは、桑名藩に家中取締り不行届きの廉《かど》をもって、お取《と》り潰《つぶ》しの挙に出てくるやもしれぬのだぞ。この件は対応を誤れば、藩の存亡に関わろう。そこまで考え、そなたはわしに力を貸してもらいたいともうしているのか」

菊太郎はにわかに気色《けしき》ばんでいった。

「ご公儀さまは勿論、誰にも知られへんように、こっそり始末を付けたいのどすけど——」

「それでは、そなたがいう方法は間違うているぞ。留守居役井上順兵衛が、わが子を身籠ったお妙を斬り捨てさせるのも、あまりに浅慮。逐電したお妙を探し出し、穏やかに藩邸に連れ戻し、説得できれば最も得策。それができねば表向き病か、せいぜい産褥《さんじょく》で死んだといたせば、幾らかでも騒ぎは小さく治められるのではないか。幕府はいま財政難に陥り、大小に拘《かかわ》らずその落度を見付け出し、取り潰しにかかろうとしているはずじゃ」

「こんなことで、そない大袈裟《おおげさ》な事態になりまっしゃろか」

「ああ、女子の相手が京都留守居役ともなれば、そう簡単にはいくまいよ。ことは慎重を要するぞ」

「菊太郎の若旦那にいわれたら、そうどすやろなあ」

「さればそなたが、京都留守居役の井上順兵衛と直接会い、そ奴にさようにもなりかねませぬと逐一を話し、納得させるのが肝要ではないのか。お妙が殺害されて親父どのが大騒ぎいたされたら、もうどうにもならぬ事態を招くのだぞ。全く知恵のない京都留守居役じゃわい」

菊太郎の言葉は源十郎を十分得心させた。

「わたしはそうまで考えしまへんどしたわ」

「そなたはそれでも公事宿鯉屋の主なのか――」

「いまは若旦那にどう罵倒《ばとう》されたかて、返す言葉がございまへん」

「そなたは何かの用ですぐ西町奉行所のお白洲にまいらねばならぬのだろうが、さような用は主が急病だとでもいい、下代の吉左衛門を代理とさせればよい。そなたは急いで桑名藩の留守居役に会い、詳細をのべて説得いたすのじゃ。身籠ったお妙が殺害され、やがてこの一件が大っぴらにされ、桑名藩がご公儀からお取り潰しにでも遭えば一大事。何百人、何千人かが扶持《ふち》から見放され、路頭に迷わねばならぬのじゃぞ」

「ほんまにそうどす。本日はわたくしが、旦那さまの名代として西町奉行所へまいりますさかい、旦那さまはこれから桑名藩のお留守居役さまに会いに行っとくれやす」

二人のそばにひかえていた吉左衛門が、腰を浮かせて源十郎を急き立てた。

「そ、そしたら、菊太郎の若旦那がいわはるようにいたしまひょ。わたしは物事を安易に考えてましたわ。我ながら情けのうなりますがな」

「早速、桑名藩の京屋敷へまいり、井上順兵衛ともうす留守居役のばか面《づら》を見てくるのじゃな」

「へえ、そうしてきますわ」

「ところでわしはどうすればよい」

「初めにもうしました通り、北白川村のお妙はんの実家の周りを、胡乱《うろん》な侍が徘徊《はいかい》しているようす。そんな奴らを、何とかしていただかななりまへん」

「ときには刺客になれというのじゃな」

「へえ、思い切ってばっさりとやらんと、手加減して気を失わせ、後は道理を説いておとなしくさせとくれやす」

「わしは久し振りに人を斬り捨てたいわい」

「物騒なことをいわんと、何事も穏便にお願いいたします」

「それは今回、そなたの言葉ではなく、わしの科白《せりふ》だろうが――」

　菊太郎は苦笑しながら肩をゆすった。

「こんなときおたずねするのもなんどすけど、女公事師になると決めはった『美濃《みの》屋《や》』のお清《きよ》はんの話は、あちらでどう進んでいるのどす」

　ひと息つくため、源十郎は話題を他に持っていった。

「おお、その話か。大店《おおだな》の『夷屋《えびすや》』はお清の知恵によって救われたが、お清はなんともうしてもまだ十四歳。女公事師になるためには、京の町触れや東西両町奉行所の職務分掌、また訴訟制度や町式目《ちょうしきもく》などを、もう少ししっかり学ばねばならぬ。しばらくそれらに励み、それからこの鯉屋なり、どこかの公事宿なりで奉公を始めさせる。お信もいきなりでは当人も難儀。もし途中で音《ね》を上げたりしたら、源十郎の旦那さまに面目が立ちまへんというておった」

「そうどすか。それも尤《もっと》もどすなあ。わたしどもとしては、好きにしていただく他ございまへん」

「そういうてくれるとまことに有難い」

「あのお清はんは聡明なお人どすさかい、そうして励んではったら、一段と頼もしゅうならはりますやろ。それで一、二年も過ぎたら、きっとこの鯉屋にきてくれはりますわ」

「わしに武芸を教えてもらいたいと頼んでいたわい」

「武芸を――」

「公事師という仕事には、常に危険が付きまとうのを、よく知っているからじゃ。わしが見たところお清は筋がよく、生半可な男なら二、三人を相手にしたとて、当て身をもって逃れられよう。あの子の成長が楽しみじゃわい。それではわしは早速、北白川村のお妙の実家にまいろうぞ。源十郎は桑名藩の京屋敷へ急ぐのじゃ」

二月中旬だというのに、外では雪がちらつき、今日も寒そうであった。

二

「伊勢の桑名の焼き蛤《はまぐり》、伊勢の桑名の焼き蛤か――」

菊太郎は声に出してつぶやきながら、東の山々を仰いだ。

如意ヶ岳《にょいがたけ》（大文字山）の手前に、小さな山が見えている。正しくは神楽岡《かぐらおか》といわれていたが、吉田神社があるため、いまでは吉田山と呼ばれ、その西裾は吉田村だった。

北東に京都のどこからでも望める比叡山が聳《そび》え、次いで如意ヶ岳が南にと連なっている。

吉田村から西の鴨川までは平坦で、見るからに耕しやすそうな畠が広がっていた。

北白川村は、その吉田村の神楽岡を越えた向こうにあり、如意ヶ岳北麓の白川山を背に開けた場所に位置していた。

村の中を白川が、近江《おうみ》に出る山越道沿いに東から南西に流れ、『山城名勝志』は白川より北を北白川、南を南白川と称している。

ここから近江の志賀や唐橋、また坂本に至る白川の景観は、古くから歌に詠まれていた。

『都名所図会』は北白川について「この里は洛《みやこ》より近江の志賀坂本への往還なり。志賀山越といふ。（中略）川の半《なかば》に橋ありて、初は右手《めて》に見し流《ながれ》も、いつとなく左手《ゆんで》になりて、谷の水音淅瀝《せきれき》として、深山《みやま》がくれの花を見、岩ばしる流清くすみて、皎潔《きょうけつ》たる月の影　鬧《いそがは》しく、橋のほとりに牛石といふあり（後略）」と記している。

京都の陰陽師《おんみょうじ》として名高い鬼《き》一法眼《いちほうげん》の弟子湛海坊《たんかいぼう》は、『義経記《ぎけいき》』によればこの北白川に住み、「世に超えたる者」であった。

また土地の産物を頭にのせ、京に売り歩く白川女が、一般には広く知られていた。

だが菊太郎の目に、それらの景色は映っていても、胸裏には別な光景が広がっていた。

大きな伊勢の海や桑名の城下。清々しい伊勢神宮の内宮《ないくう》や外宮《げくう》の眺めが、胸にしきりに浮び、懐かしかった。

まだ若い頃、菊太郎は異腹弟の銕蔵《てつぞう》に、東町奉行所同心組頭に就く父次《じ》右衛門《えもん》の家督を継がせるため、放蕩《ほうとう》を装ったあげく、育ててくれた義母政江《まさえ》の簞笥《たんす》から七両の大金をくすね、出奔していたのである。

十八歳の頃までかれは品行方正だった。

だがその頃を境にいきなり蕩児と化し、ろくに組屋敷にも戻らなくなった。下京《しもぎょう》の花屋町で酌婦と同棲しているとか、加賀藩京屋敷の中間長屋で賭博に耽《ふけ》っているとの噂を立てられ、料理茶屋や呉服屋などからどっと付けが家に廻されてきたりしていた。

「菊太郎はんの博奕《ばくち》の腕は相当なものらしおすわ。壺振りが博奕場の盆茣蓙《ぼんござ》に伏せた賽子《さいころ》がどう転がったか、わかるんやそうどすえ」

「それも十歳の頃から、岩佐昌雲《いわさしょううん》さまが一条戻橋《いちじょうもどりばし》の東詰めで開く町道場に通い、戻橋の綱――と異名されるくらい、腕を磨いてきはったからどっしゃろ」

一条戻橋は、源頼光四天王の一人渡辺綱《わたなべのつな》が、美女に化けた鬼の片腕を斬り落した場所として知られている。

岩佐昌雲は柳生《やぎゅう》新陰流を心得、京詰めの幕臣の子弟に稽古を付けていた。

菊太郎には剣に天稟《てんぴん》の才があり、若くして昌雲の代稽古を行うほどであった。

「そなたのことを何も知らぬ人の前で、決して腕前を披露するではないぞ。勝負を挑まれたら平《ひら》に平にと謝り、専《もっぱ》ら逃げるのじゃ。どうしてもと遮二無二掛かってくるようなら、そのときには斬って斬って斬りまくってつかわせ。されど決して相手を死なせてはならぬぞ。利き腕を軽く傷付けてやれば、相手は怯《ひる》むはずじゃでなあ」

昌雲はいつも菊太郎に説いていた。

外柔内剛がかれの剣の特徴であった。

賭場の壺振りが、盆茣蓙に壺を伏せた瞬間が大事で、そのときの賽子の動きを、しんと心を鎮めてきき分ける。

すると八割の確率で当てられた。

二割のはずれは、どうしても雑念が混じるからであった。

博奕と剣の真剣勝負はどこか共通している。斬るか斬られるかは瞬時の動きの速さと、剃刀《かみそり》の刃一枚ほどの違いで決まり、賽子にしたところで同一ではなく、小さな八隅に何かしら差異がある。

博奕の前に一旦、壺振りから賽子を見せてもらい、勝負を始めてしばらく、音のひびきようを確かめる。それから銭札を張るのが、菊太郎の遊び方であった。

「お侍の旦那、嫌なことをなさいますぜ」

京都を出奔した後、菊太郎は何年も東西にわたり諸国を遍歴し、金に窮して賭場に足を向けたことも再三あった。

そこではときにそういわれた。

それでも菊太郎は、各地で武芸の達者がいるときくと、謙虚に教えを乞《こ》うた。人手に窮している百姓を見れば手伝い、やくざの親分のところで居候《いそうろう》を決め込んだりもした。

こうしながら、いつか京都に戻る時期を考えていたのである。

やがて京都に帰ってくると、予想していた通り、異腹弟の銕蔵が父の跡目をつぎ、東町奉行所の同心組頭になっていた。

菊太郎の実母は祇園の茶屋娘。父の次右衛門が妻の政江に隠れて産ませ、その母が死亡したため、かれは四つのとき、組頭屋敷に引き取られたのであった。

父次右衛門の手下《てか》として働いていた武市《ぶいち》は、世故にも長《た》けた賢明な男。次右衛門はそれを見込んで渡世株を買い与え、「公事宿　鯉屋」の暖簾《のれん》をあげさせた。

その武市も宗琳《そうりん》と名を改めて隠居。息子の源十郎が鯉屋を継いでおり、菊太郎はその源十郎の許に居候として転がり込んだ。

権力を嫌って弱い者の味方になり、上昇志向を持たない菊太郎にとって、鯉屋はまことに居心地のいい場所だった。

それでも歴代の東西両町奉行は、度々かれに仕官を求めてきたが、かれは全く受け付けなかった。

「田村菊太郎はただの鈍《なまくら》武士なのよ。のらりくらりとしたその日暮らしが、性に合《お》うているだけのことじゃ」

両町奉行所では、こう評する者もいたが、そんな悪評は蚊の羽音ぐらいにしか感じなかった。

「田村菊太郎について問い合わせがあらば、東西両町奉行所の隠し目付だとでも答えておくがよい」

これが歴代の両町奉行のもうし送りだった。

町奉行所の上層部は、かれが鯉屋で居候をしながら、町の治安維持に尽し、庶民の悩みを解決しているのを知っていたのだ。

こんな人物がいるのは、両町奉行所にも好都合であった。

伊勢の桑名の焼き蛤とつぶやき、野道をたどり、吉田村にさしかかった菊太郎は、胸の中で今日までのあれこれについて感慨に耽ったりしていた。

ここまでの途中、村人が天秤棒《てんびんぼう》で肥桶《こえおけ》を二つ担いで行くのに出会《でくわ》した。

あちこちの野面《のづら》では百姓たちが鍬《くわ》を振り、畑を耕している。

子どもたちが寒風の中、凧揚《たこあ》げをしているのには足を止め、菊太郎も空を見上げた。

「よく凧が揚がっているではないか。巧みなものじゃ——」

かれは調子のよい口調でかれらを褒めそやした。

「お侍さまはこんな遊びをしはらしまへんやろ」

かれらは無邪気で、菊太郎の儒者髷《じゅしゃまげ》と着流し姿から公家侍《くげざむらい》とでも思ったのか、気楽に言葉を返してきた。

「いや、子どもの頃にはやったことがある」

「東宮《とうぐう》さん（皇太子）や五摂家《ごせっけ》さまのお子たちも、わしら下々《しもじも》の子どものように、凧揚げをして遊ばはりますのかいな」

子どもたちは西の遠くのこんもりとした御所の繁みをちらっと見て、たずねてきた。

「さあ、どうだろうなあ。わしにはわからぬゆえ、そなた、ご禁裏さまの御門までまいり、ちょっときいてきたらどうじゃ」

「そんな無茶、出来しまへんわ」

「ご禁裏さまの近くは、わしらには近づいたらあかん恐れ多い場所どすねん」

「天皇《みかど》は天下万民のためあそこにいらせられる。幼いそなたたちが訪れてたずねたら、意外と親しくお答えくださるかもしれぬぞ」

「このお侍さま、冗談にしたところで、おもろい（面白い）ことをいわはるわ」

「ところでお侍さまは、どこへ行かはりますねん」

子どもの一人が改めて菊太郎にたずねた。

「わしなら北白川村の米松どのの許を訪れる途中じゃ」

「ああ、村年寄の米松さまのとこかいな。そこどしたら山越道をずっと行って、村のかかりできかはったらええわ。太い松の木が、冠木門《かぶきもん》の上で横にのびてる、大きな屋敷のような家やさかい、すぐわかります」

「それにしても、近頃なんか変やなあ」

一人の子どもが、まじまじと菊太郎を見てつぶやいた。

「何がいったい変なのじゃ」

かれはすぐさまそれに反応した。

「近頃、目付きの悪い侍が、この吉田村から北白川村辺りをうろつき、何かようすを探《さぐ》るようにしているのどす。しかも毎日どっせ。お侍さまもそんな奴と出会わはったら、気を付けなあきまへんえ」

子どもたちの忠告は、菊太郎の危惧《きぐ》の核心に迫るものであった。

桑名藩の留守居役が繰り出した家士が、どこかに身をひそめるお妙を発見し、腹の子ともども斬ったり、もし誤って彼女の父親を殺傷したりしたら、大事に発展する。

ともかく公事宿鯉屋の使いだといい、父親の米松に会い、しっかり説かねばならなかった。

怒るのは当然だが、桑名藩の留守居役と表立ってことを構えれば、自分たちが難儀に遭うばかりか、場合によっては相手の藩の存立が危ぶまれる。

ここはしばらく腹立ちをぐっと抑え、推移を見守ってもらえないかと説得するのだ。

菊太郎は山越道を進み、米松の家に躊躇《ちゅうちょ》せずに近づいた。

大きな構えの家はしんと静まっていた。

「お頼みもうす――」

かれは奥に向かい訪《おとな》いの声をかけた。

やがて奥から誰か出てくる気配が届いてきた。

「どちらさまでございます」

玄関に袖無し羽織を着た五十年輩の男が現れ、菊太郎にたずねた。

「わしは田村菊太郎ともうし、公事宿鯉屋からまいった者だが——」

「公事宿の鯉屋はん——」

「いかにも。見たところ、そなたがここの主の米松どの。先日、そなたは娘御お妙どのの一件で、公事宿鯉屋を訪れたであろうが——」

菊太郎は出来るだけ穏やかな口調で話しかけた。

「その通りでございます」

「ついてはその話し合いの一端として、常々から鯉屋の相談にあれこれ乗っているわしが、ご当家にまいりましたのじゃ。ここまでの途中、凧揚げをしている村の子どもたちが話してくれましたが、怪しげな侍が毎日、この家はもとより、吉田村や北白川村の辺りを徘徊しているとか。どうやら一触即発のようすでございまするな」

菊太郎は、米松に導かれた広い土間の長床几《ながしょうぎ》に腰を下ろし、経緯《いきさつ》を説明しつづけた。

「本日、主の鯉屋源十郎は、桑名藩京屋敷へ留守居役の井上順兵衛に会いにまいりました。処置を誤れば、桑名藩の存亡の大事になるものを、いかなるご所存でお妙どのを斬られるのかと諫言《かんげん》いたし、善後策を練るつもりでござる」

それから菊太郎は、もしお妙が殺されて留守居役の不行跡が明らかにされ、それが公儀の耳に届いたら、同藩は家中取締り不行届きとして、お取り潰しになりかねぬのだと、米松にいいきかせた。

「そ、そんな。わしは桑名藩が潰れることまで望んでおりまへん。お妙が心配なのと、お留守居役さまがあんまり酷いことをされるさかい、一つがつんとやってもらいたいと思い、鯉屋はんへ相談に行っただけどす」

米松は意外だといいたげな口調でのべ立てた。

「確かなところへ奉公に出したはずの独り娘に、留守居役が手を付けた。その不埒隠蔽《いんぺい》のため、娘御が殺されそうになっているのは、なんとしても防がねばならぬ。だが同時に危機に瀕《ひん》したみんなが、どういたせばその難儀から逃れられるか、まずはそれを冷静に考えるのが大切だと、それがしはもうしたいのでござる。相手は京都留守居役、米松どのは北白川村の村年寄として、村が少しでもよくなるように、どのようにでも手助けさせられましょう」

「ばかばかしい。いまわしは娘の身を案ずるだけ。そんな村の利益のことなど一切、考えておりまへん」

「ああ、それでこそ人の親じゃ」

「そんなん、あたり前どすがな」

「まことにそなたのいう通り、親なら娘の身が一番の心配。さぞや気が揉《も》め、夜も眠られぬであろう。それにしてもお妙どのは、いったいどこに身をひそめておられるのやら。一刻も早く、その所在を摑《つか》みたいものでございますなあ」

「ほんまにわしや女房にも知らせんと、どこに姿を隠したんどっしゃろ。わしは心当りの限り、探し廻ったんどすけど。まさか淀川にでも身を投げてまへんやろなあ」

「そなたはお妙どのを、さように気弱な女子と思うておられるのか」

「いいえ、お妙はしっかりした娘。きっと口の堅い知辺《しるべ》のところに、身を隠しているに相違ございまへん」

「それならそれでよい。十月十日《とつきとおか》が過ぎ、赤子を産んで身二つになったら、お妙どのは晴れやかな顔で帰ってこられるやもしれませぬぞ。ところで米松どの、桑名藩京屋敷で井上順兵衛と面談した鯉屋の主が、どのような返事を携えて戻ったか、それをききたいとは思われませぬか。もしそうなら、それがしと鯉屋へ同道されたらいかがでございます。お戻りが夜にならば、村までお送りいたしますゆえ――」

「へえ、それは是非ききとうおす。そしたら一緒に連れて行ってくんなはれ」

二人の話の最中、お妙の母親らしい中年の女と老爺《ろうや》がそっと現れ、その会話にき入っていた。

やがて二人が村を出て、聖護院《しょうごいん》村に入ろうとしたとき、道のかたわらに建つ小さな野小屋の陰から、侍が二人飛び出してきた。

「おのれ、北白川村の米松、いずこへ行くのじゃ」

険しい声が菊太郎たちに浴びせ付けられた。

「さてはわが子お妙の行方がわかったのじゃな」

「おぬしたちは桑名藩の武士であろう。わしは田村菊太郎ともうす者じゃ。早まって乱暴を働くではない」

「なにが早まってじゃ。やはりお妙のところへまいるのじゃな」

「そうではないわい」

「いや、それに決まっておる。正直に明かせ。ならば命だけは助けてとらせる。われらをお妙のところに案内するのじゃ」

「違うともうしているに、困った奴らじゃのう」

「こ奴、猪口才《ちょこざい》に、白を切り通すつもりじゃな」

「ばかばかしい。こちらはそれどころではないのじゃ。そなたたちとて一蓮托生《いちれんたくしょう》になるのだぞ」

「一蓮托生とは面妖《めんよう》な。さればまあ殺さないまでも、斬って白状させてくれる」

年嵩《としかさ》の侍が腰の刀をぎらっと抜き放った。

「ききわけのない男どもじゃ」

斬り掛かってきた年嵩の男に、さっと刀を抜いた菊太郎が、目にも留まらぬ速さで峰打ちを食らわせた。

「ぎゃっ――」

と叫び、かれは昏倒《こんとう》していった。

もう一人の若い侍は、菊太郎に向かって刀を構えたまま、小さく震えていた。

「子どもではなし、何を震えているのじゃ。わしはその男を峰打ちにしただけ。早くその刀を鞘《さや》に納めい。そなたごときにわしは斬れぬわい」

米松は菊太郎の素早い刀捌《かたなさば》きに目を見張り、呆然《ぼうぜん》としていた。

「分別のないそ奴に活を入れてとらせる。早々に藩邸へ戻り、留守居役の井上順兵衛に、公事宿鯉屋の用心棒に酷い目に遭わされたと伝えておけい。わしを闇に葬るのは容易ではないとも、いうておくのじゃ。尤もわしはそなたたちの敵ではなく、味方かもしれぬのだぞ。相手を間違え、大きな過ちを犯すではないわ」

菊太郎は路上に昏倒した男に近づき、下腹部の丹田《たんでん》に鋭い突きを入れた。

年嵩の男ははっと我に返り、狼狽《ろうばい》した目で辺りを見廻した。

下腹部がずきんずきんと痛んでならなかった。

「されば早く藩邸に戻るのじゃ」

菊太郎はかれら二人を顎《あご》でうながした。

聖護院の梅の花の香が、そこまでかすかに漂ってきていた。

道行く数少ない人たちは、いまそこで何が起ったのか全く気付かなかった。

三

この頃、六角大宮西の桑名藩京屋敷の客座敷では、鯉屋源十郎が、外出中だときかされた留守居役井上順兵衛の帰りを、じりじりしながら待っていた。

「お留守居役さまのお戻りはまだどっしゃろか——」

かれは幾度も目付役の吉岡半蔵にたずねた。

「はい、いましばらくお待ちのほどをお頼みもうし上げる」

京屋敷には京詰めの藩士の非理を糺《ただ》すため、だいたい目付役が一人二人置かれている。

その目付役は、屋敷を訪れたのが公事宿の主だときき、源十郎をすんなり迎え入れた。

公事宿の主が羽織袴姿でわざわざ訪れてきたのは、よほどの用事に違いない。用件はおそらくいま行方知れずになっている当家の女子衆お妙のことだろう。

胸に覚えはあったが、出来れば無用な口出しはしたくなかった。

そのため吉岡半蔵は、来客の旨を留守居役用人の飯沼七左衛門にすぐさま取り次いだ。

「わしの代わりにそなたが応対いたせ」

だが用人の飯沼七左衛門は、どこか怯《おび》えた顔で吉岡半蔵に命じたのであった。

「されど公事宿の主が羽織袴姿でとは、容易な用ではございますまい。ご用人さまが応対されるべきと存じまするが――」

飯沼七左衛門は五十歳、謹厳で融通の利かない性格をそなえ、規矩《きく》を重んじる人物であった。

「そうではあるが、わしはあの手の男は苦手じゃ。公事宿の主となれば、目付役のそなたと共通したところのある職業。お留守居役がお戻りになるまで、そなたが相手をいたしておれ。雑談していたとて退屈はいたすまい」

七左衛門はなぜか徹底して逃げ腰であった。

その態度は訝《いぶか》しく、表情には焦燥の色さえうかがわれた。

――これはきっと何かあるに違いない。

吉岡半蔵はこう思いながら源十郎と対座し、出来るだけたわいのない話で時を稼いでいた。

留守居役の井上順兵衛は、いま供侍と小者一人を従え、同じ伊勢の亀山藩六万石の京屋敷へ出かけている。

同藩の京屋敷は千本下立売《しもだちうり》三丁目にあり、留守居役は志方小兵衛。用の趣は藩主の官位昇進にともなう祝いの返礼だった。

「とのがご交誼《こうぎ》を持たれている方々には、いざ家中で何か起ったとき、少しでも助けていただけるよう、京でも誼《よしみ》を深くしているのでございます。ましてや江戸城中で、同じ役部屋に詰めておられれば尚更。遠い昔になりまするが、元禄十四年（一七〇一）三月十四日、勅使接待役を仰せつかった播州《ばんしゅう》・赤穂城主の浅野内匠頭長矩《たくみのかみながのり》さまが、江戸城殿中で吉良義央《よしなか》さまに刃傷《にんじょう》に及び、即日切腹、城地を召し上げられました。それゆえ当座、赤穂の方々は孤立無援。されど大石内蔵助《くらのすけ》どのに率いられた四十七士が、義央さまの首級《しるし》を挙げてから、諸大名は何かにつけ交誼を厚くいたされましたとか」

「なるほど、世の中、上は上でいろいろ配慮しとかなあきまへんのやなあ」

「ところで、鯉屋どのの営まれる公事宿とは、いかなるものでござる。それがしは桑名藩の目付。ご用人さまはそなたと似たような役目だと仰せられましたが――」

吉岡半蔵は興味ありげにたずねた。

「お目付役さま、そら似たところもあるかもしれまへんけど、ほんまはまるで違いますわ。公事は出入物《でいりもの》といい、奉行所に訴え出たい者のいい分をきいて目安《めやす》、つまり訴状を書きます。だいたいのお人が訴状を書けしまへんさかい、わたしや下代が代筆し、奉行所に差し出すんどすわ。お奉行さまや吟味役方がそれを読み、訴えられた相手をお白洲に呼び出し、訊問を行い、返答書を出させます。それから双方を呼んで対決（口頭弁論）と糺《ただし》（審理）を重ねたすえ、裁許《さいきょ》（判決）を下されますのや。このほか捕方《とりかた》の手で捕えられて吟味される吟味物もございます。それでも実際には、どっちともいえへん事件が結構多おすわ。公事宿に問題を持ち込まはるお人の中には、京の片田舎から出てきて、長い間、逗留《とうりゅう》されるお人もおいでどす」

「それで宿も兼ねておられるのか」

「へえ、さようでございます。貧しい村から訴訟にきはるお人などは、費《つい》えを節約し、宿で出すお膳に手を付けはらしまへん。そんなことでは長い訴訟に耐えられしまへんと諭し、店の者と一緒の物を食べていただくようにしているのどす。そやけど、中には奉行所のお調べが長くかかるさかい、一文の銭でも稼ごうと、街道人足として働くお人もおいでどした。ひどい話では、鯉屋のお客さままではなかったんどすけど、夜な夜な町に忍び出て、盗みをして捕えられた無惨なお人もございました」

「訴人《そにん》が盗みをしていたのだと――」

「よほど銭に困ってはったんどっしゃろ。町奉行さま方もお忙しゅうございまっしゃろけど、臨機応変、訴訟の相手をしっかり見定め、糺や裁許を早めていただかなあきまへん。それとは別に、あまり性根のよくない公事宿の主は、訴人かその相手とこっそり結託し、自分の貰い分を多くしようと企んだりいたします」

「なるほど、世の中はさまざま。さような客や公事宿があったとて訝しくないわなあ」

半蔵はさして驚いた顔もせずにつぶやいた。

「わしの役目は、当屋敷に仕える二十人程の京詰めの藩士の中に、何かけしからぬ所業の者はいないか、目を光らせていることでござる。たとえば江戸や国許の呉服や調度品を整えるに際し、御用商人と結託し、賂《まいない》や供応を受けている者。また人を不当に痛め付け、それで怨《うら》みを深く買っている者。さような者をひそかに監視するのでござる。何らかの理由で、京屋敷が襲われるような無様《ぶざま》を起せば、その噂はたちまち江戸城中にも届き、天下の笑いものになりますのでなあ」

「ところで吉岡さま、こちらの藩のお留守居役さまとは、どのようなお人でございます」

源十郎は顔付きを改め、おずおずかれにたずねた。

「それがしの口からさようなことは、憚《はばか》りがあってもうし上げにくうござる。そろそろお戻りになりますれば、ご自分の目で改めていただきとうございます。ただもうせるのは代々、この京で留守居役を務めてこられたご譜代《ふだい》の井上家ご一同さまの、お眼鏡にかなったお方。真面目で正直、曲ったことを一切行われず、誰にも優しいお人でございます。領内からこの京に出てきて、苦労している領民にも救いの手を差しのべ、いずれは城代家老にでもなられようと噂されておりまする。それだけに井上家は、寺社奉行の許で六石二人扶持という微禄のお家ながら、順兵衛さまの秀でたところを見込み、とのお許しを得て、独り娘お冬さまの聟《むこ》に迎えられたのでございましょう」

半蔵は強い口調で答えた。

これをきき、源十郎の胸に激しい衝撃が走った。

かれは桑名藩留守居役の井上順兵衛を、相当、横着な人物だと決め付けていたからである。

屋敷に仕える女子衆を犯し、孕ませたとわかると、母子とも斬ってしまえと命じている。これは目付の吉岡半蔵が語ってくれた留守居役の姿と、全く異なっていた。

「ご妻女さまはお国許においでになり、京にはまいられへんのどすか――」

「鯉屋源十郎どの、いまの質問を受け、それがしはそこ許がここへこられた用件が、はっきり得心できましたわい。さればお留守居役さまから打ち明けられてもおりますれば、もうお話しいたさねばなりますまい」

半蔵は意を決した口調で語り始めた。

「ご妻女のお冬さまは、まだお国許におられたお留守居役さまに嫁がれて七年。一度は懐妊されましたが流産。蒲柳《ほりゅう》の質《たち》もあってか、その後は懐妊の兆しもなく、今日に至りましてござる。こうしたことだけは誰にもどうにも出来ず、ご譜代の血筋を絶やしてはならぬと、親戚から養子を迎える協議がなされました。されどもうしては失礼ながら、井上家が聟に迎えたお留守居役さまの、足許にも及ばぬ凡庸なお人ばかり。それゆえご先代さまと当のお冬さまは、お留守居役さまが二年余り前、京へ赴任されるに当り、仰せられたそうでござる。京都でこの女子ならと思う女子がいたら、是非とも子を産んでもらい、その子をもらい受けてわが子として育てたい。お冬さま、親父さまよりそう強く懇望されたのでございます」

「当のお冬さまがさようにいわはったのどすか」

「いかにも、玉のような男の子を産んでもらい、わが手で育てたいと仰せられたとか。産みの母より育ての母との言葉もございます。それがしは本日、公事宿の鯉屋どのが訪れられたのを、大いに不審に思うておりましたが、最悪の事態も考え、包み隠さずお話しいたしました。鯉屋どのはわが藩のお留守居役さまが、ご奉公いたすお妙ともうす女子に手を付け、子を孕ませて逐電されたと、お考えになってこられたのでございましょう」

かれは源十郎に目を据えていった。

「へえ、そなたさまがいわはる通りでございます」

「先程、もうした事情もあり、お留守居役さまの子を宿したお妙が、どうしてこの屋敷から逃げ出したのか、実はそれがしも訝しく思うておりました」

「わたしはお妙さまの父親、北白川村の米松はんからこの件をききました。お妙さまの身の心配は勿論どすけど、このままでは、場合によっては桑名藩がお取り潰しになりかねぬと考え、急いでお留守居役さまをお諫《いさ》めにきたのでございます」

「桑名藩がお取り潰しになるのだと。それで諫めにだと——」

半蔵は急に片膝《かたひざ》立ちになり、目を鋭くさせた。

「へえ、そのつもりどす」

「わが藩と公事宿の鯉屋とは、何の関わりもないぞ」

「ところがあるんどす。お妙さまの親父はんから、娘がどうしてこの屋敷から逐電して身を隠したのか、確かめてもらいたいと頼まれたんどすさかいなあ」

歳《とし》のせいか、半蔵より源十郎のほうが余裕を持っていた。

かれはそれから半蔵に、もし行方を晦ませたお妙が藩邸の侍に殺害されたら、どんな経過で藩家が取り潰しになってしまうかを、諄々《じゅんじゅん》と説明した。

「お留守居役さまがお妙の謀殺を命じられたと、そなたはいうのじゃな」

「へえ、お妙さまの親父はんがそういうてはりました」

平然とした表情で源十郎は答えた。

「あのお留守居役さまに限って、そ、そんなはずがない。先程、もうした通りじゃでなあ――」

かれは自分につぶやくようにいった。

そして何かを目まぐるしく考える風情で目を宙に浮かし、やがてはっとした顔付きを見せた。

「吉岡さま、何か思い付かれましたんか」

「ああ、お妙が懐妊したのに気付いたご用人の飯沼七左衛門さまが、何も知らずに独り勝手に決め込み、藩士に殺害を命じたのかもしれぬ。お留守居役さまから、お冬さまのお気持をきいているのは、役目柄、わしだけ。ご用人さまは堅物ゆえ、ご妻女以外の女子に子を産ませるなど、家名を汚す不埒と、考えられたのでござろう。そのためお妙を殺害し、一切を闇に葬ろうとされたのかもしれぬ。それでお妙は、何らかの危険を感じて逃げたに相違ない」

半蔵は目を宙に浮かしたまま、話しつづけた。

「身を護るため行方を晦ませたお妙の親父どのが、娘心配の余り、公事宿に相談をいたした。ご用人の飯沼七左衛門さまはその思案のほどに驚き、ご自分の代りにそれがしを、鯉屋どのに対応させたのでござろう。思い当るのは、ご用人さまに仕える鏡四郎兵衛と八坂九助がここ十日程、毎日のように他出いたしていること。二人はおそらくお妙の行方を探っているに相違ござらぬ。お妙の行方がいまだわからず、何事もなければようございますが——」

半蔵は最後には言葉を濁した。

そのとき京屋敷の四脚門《よつあしもん》のほうから、ざわめきがひびいてきた。

「お留守居役さまがお戻りのごようす。鯉屋源十郎どの、もうしばらくお待ちのほどをお願いもうし上げる」

半蔵は源十郎に軽く低頭し、部屋から飛び出していった。

やがて数人の足音が長廊にひびき、まず半蔵が現れ、次に一見して沈着冷静で温和な顔付きをした壮年の武士が、部屋に姿をのぞかせた。

部屋の隅にひかえた半蔵を横にして着座した。

長廊では、用人の飯沼七左衛門が顔を顰《しか》めていた。

「それがしが桑名藩京都留守居役・井上順兵衛でござる。長らくお待ちいただき、もうしわけございませぬ」

「公事宿鯉屋源十郎ともうします。何卒《なにとぞ》、お見知りおきのほどをお願いもうし上げます」

源十郎は座布団を除《の》け、畳に両手をついた。

「大方のことは、手短に目付の半蔵からききもうしました。お恥ずかしい話でございますが、女子衆に手を付け、子を産んでもらおうとしたのは事実。勿論、国許に残してきた妻や義父の強い要望があってでございます。用人の飯沼七左衛門は謹厳な忠義者。それがしがどれだけ説いたとて、反対するに決まっていると考え、何事も黙っていたのが迂闊《うかつ》でございました」

順兵衛はやや顔を伏せ、源十郎に詫びるようにいった。

「いやお留守居役さま、それがしがお胸の内を斟酌《しんしゃく》せず、勝手に決め付けたのが浅慮。藩士二人を刺客に仕立て、お妙と腹の子の殺害を企てましたのが、大間違いでございました。藩の存亡に関わる事態に発展しかねぬとは、考えもいたしませなんだ。どうぞ、このばか者をお許しくださいませ。何卒でございまする」

長廊で飯沼七左衛門が、涙を流しながらその床にひたいをこすり付けていた。

「そんなことより、ご用人さまがお妙さまの探索に向かわせられた藩士のお二人は、いかがしておられます」

「はい先程、北白川村から二人が面目なさそうな顔で戻り、それがしにあれこれ今日の出来事を話してくれました。勿論、お妙を殺《あや》めてなどおりませぬ。それがし、穴があったら入りたい心地でございまする」

「そ、それは何事もなくようございました。お留守居役さま、急ぐご用がございませなんだら、いまからわたしの店にご一緒いたされませぬか。もう戻っているはずの田村菊太郎の若旦那とお会いになり、今後のことについてご相談いたしましひょ」

「鯉屋源十郎どの、何かに付けてのお心遣い、この井上順兵衛、感謝つかまつります。何事も己の胸に秘め、一人で果そうとしたのが、間違いでございました。ところで飯沼七左衛門、決して死んではならぬぞ。そなたは吉岡半蔵とともに、いまから鯉屋にまいるわしに付いてくるのじゃ」

順兵衛の声に用人の嗚咽《おえつ》が長く重なっていた。

四

鯉屋の客間で井上順兵衛の話を詳しくきき、菊太郎と源十郎は納得した。

「それにしても、お留守居役さまは京屋敷の藩士の動きが何か変だとは、お思いになりまへんどしたか——」

かれにたずねたのは源十郎だった。

「いや、幾らか訝しく思うておりましたが、こうまで切迫しているとは、考えておりませなんだ。用人の飯沼七左衛門が、それほど先廻りをして、それがしの立場を案じて動いていたのには驚いております」

順兵衛の言葉を、七左衛門は恐懼《きょうく》の体《てい》でひたいの汗を拭《ぬぐ》い、顔を伏せてきいていた。

「あのように七左衛門が、この場からまさに消え入りそうな態度でひかえておりまする。それを見て、それがしはむしろ詫びたい気持でございます。これも偏《ひとえ》に、それがしの身分が低かったために起ったこと。その立場を考え、落度なきよう計らおうとしてくれたのでございましょう。あからさまにもうせば、お妙がそれがしの子を懐妊したとわかった後、藩邸内でそれがしを見る家士や奉公人たちの目は異様。外面如菩薩内心如夜叉《げめんにょぼさつないしんにょやしゃ》、人は見掛けによらぬものだと、ささやく声もききました。色情狂との声もきかされ、今度はその手が誰に及ぶかしれへん、用心せなあきまへんなあともいわれましたわい。数人以外、多くの者がまるで腫《は》れ物にさわるようにそれがしに接し、それがしは全く辟易《へきえき》いたしておりました」

「ああ、世間にはその手の男が数多くおりますのでなあ」

菊太郎は顔に薄笑いを浮べていった。

「ここでそれがしが、誰よりも深く詫びねばならぬのは、お妙の親父さまでござる。ただちに北白川村を訪ね、一切を打ち明け、お許しをいただくべきだと考えました。されど国許にいる妻が、上洛して夫婦そろって北白川村の両親さまをお訪ねいたすのが最もよいとの便りを、寄せてまいりました。それでその通りだと考え、妻お冬の京への到着を待ちうけているうちに、かような事態になり、まことにもうしわけなく思うております」

井上順兵衛は、かれをあれこれ問い質《ただ》す源十郎や菊太郎の言葉を、一喜一憂しながら部屋の隅できいているお妙の父親米松に、座布団から下り、両手をついて詫びをいった。

一藩の京都留守居役が、一介の百姓に頭を畳にこすり付け、平蜘蛛《ひらぐも》になり謝っている。

場所は公事宿の客間。本心からでなければ出来ない行為であった。

かれは妻のお冬ともどもお妙の実家に参上し、厄介な事情をなんとか両親に承知してもらおうとしていたようで、誠意を示すには、それが初めの一歩だろう。

「お、お留守居役さま、そ、そうまでされると、こっちが困ってしまいます。どうぞ、その手を上げておくれやす」

「ご妻女のお冬どのは、それほどにお考えなんどすか――」

「いかにも、書状に一人では決してうかごうてはなりませぬと、書き連ねられておりました」

「夫婦ともども親元へ行き、ご妻女が夫の子を身籠った女子衆には、出来る限り計らわせていただきたいと頼んだら、親は安心できるわなあ。土台、男は何さまでも、女子にかけては信用がない。何事も奥方次第よ。もし生れてきた子が男子であれば、桑名藩譜代衆井上家の嫡男とされ、女子なれば、嫡女としてしかるべき家に嫁がせる。そう約束されれば、米松どのも安心されようでなあ。ご妻女のお冬どのは、まことによく出来たお人じゃ」

　菊太郎は腕を組み、うなずいた。

「それでご妻女さまは、いまいかがしてはるのどす」

　米松に代り、源十郎がそれを順兵衛にたずねた。

「すでに桑名を発《た》ったようす。今日か明日にはわずかな供とともに、京藩邸に到着するはずでござる」

「今日か明日に——」

　驚いたのは米松であった。

　自分が騒ぎ立てるのをもう少し待てなかったのか。後悔がはっきり顔に現れていた。

「今日か明日には藩邸にご到着とは、恐れ入りましたなあ。そやけど肝心のお妙さまの行方が知れへんのどすさかい、どうにもならしまへんがな」

「お留守居役どの、正直にお答えいただきとうござるが、お留守居役どのはお妙どのの行方を、あるいはご存じではありませぬかな。そうでなければ、さように落ち着いておられぬはず。それがし、確信をもっておたずねしております」

組んでいた腕を解《ほど》き、菊太郎が順兵衛に鋭く目をくれた。

「いかにも、存じておりまする」

かれの一声で、父親の米松がまず安堵《あんど》の息を大きくついた。

飯沼七左衛門と吉岡半蔵も同じだった。

「やれやれ、わたしらの考えは思案の外《ほか》。さすがに将来は、桑名藩の城代家老にでもと噂されてはるお留守居役さまのご差配は、違いますなあ」

源十郎が、お妙はどうやら安全なところに匿《かくま》われているらしいと知り、安堵したのか冗談口を利き、肩をすぼめた。

同座していた下代の吉左衛門も、苦笑いを顔ににじませていた。

「それはいずこでござる。お教えいただけませぬか」

かれにきいたのは菊太郎であった。

「錦小路新町西の桑名藩御用達商人松屋喜助の許。かねてから話を通してありました。人に姿を見られぬよう早くまいれと、お妙を急き立て、行かせましてござる」

そのときお妙は、ただならぬ顔付きをしていた。

誰かが、溺死《できし》か、あるいは流産でもさせるつもりなのか、屋内の井戸から釣瓶《つるべ》で水を汲もうとしていた彼女の背中を強い力で押し、さっと物陰に隠れたというのであった。

「あ、あの力は、女子はんのようではありまへんどした。うちは井戸枠にしがみ付き、危うく踏みとどまりましたけど、このままこの屋敷にいたら、何が起るかわからしまへん。お暇を頂戴し、北白川村の実家に戻らせていただきとうございます」

お妙は蒼白《そうはく》な顔で順兵衛の居間にやってきた。

「井戸に落されそうになったのじゃな」

「はい、さようでございます」

「北白川村の家に戻るのも一案だが、わしはまだそなたの父親、いや両親に、何の挨拶もいたしておらぬ。留守居役から無理無体を仕掛けられて身籠ったと、両親に悪く解されたら、後が厄介になる。御用達商人の松屋へ走り、主の喜助にわけを打ち明け、身を隠していてもらえまいか。そなたのことは、それとなくすでに話してある。安心して松屋へまいればよい」

順兵衛は居間の外の気配を気にしながら、お妙にいい諭した。

「ほな、お留守居役さまの仰せに従います」

「少しでも早くまいれ。これは当座の金じゃ」

かれは手文庫から十両の金を取り出し、お妙の手に握らせた。

彼女は着のみ着のままで、桑名藩京屋敷の裏門から外に走り出た。

誰にも見られていないはずだった。

そもそも井上順兵衛とお妙の関係は、順兵衛が義父の隠居後、京都留守居役を命じられ、京都に向かうときから考えられていた。

「京にまいられ、気心の優しい女子が近くにおいでになったら、ご寵愛され、お子を設けられたらいかがでございます。わたくしは身体《からだ》が弱く、もはや懐妊は出来ますまい。わたくしの代りに、その女子さまにこの井上の家を継ぐ子を産んでいただきたいと、お願いしているのでございます」

妻のお冬が真剣な表情で順兵衛に懇願した。

「わしはこの家に聟養子として入った身。そのわしが、外の女子に子を産ませてもよいものか。そなたの親戚のいずれかから、養子を迎えるのが筋ではあるまいかな」

「あなたさまはさように仰せられますするが、井上家の縁に連なる者をざっと見てみても、迎えるべき者は誰一人としておりませぬ。父方母方とも外戚はこうも駄目な者ばかりなのかと、あきれるほどでございます。それゆえあなたさまには、外の女子に子を産ませていただき、家を継いでもらわねば、井上家は断絶してしまいまする。あなたさまはご養子とはもうせ、いまでは立派な井上家の当主。わたくしさえ承知いたせば、それでよいのではございませぬか。何卒、さようにいたしてくださりませ。わたくしとしては身分はどうでもよく、ただ心根の優しい、美しい女子が望ましゅうございますなあ」

彼女は穏やかな微笑を浮べ、順兵衛の顔を仰いだ。

「何を埒もないことを幾度もいうのじゃ」

「いいえ、わたくしはあなたさまに真剣にお願いしております。その女子さまの将来も勿論《もちろん》、考えねばなりませぬが、それは別に配慮させていただくとして、心からお願いもうし上げているのでございます」

「わかったわかった。わしはそなたの言葉をしかときいたことにしておくわい」

順兵衛はお冬を軽くいなし、桑名から京屋敷にやってきた。

京屋敷には、心根の優しい女子が何人かいた。

だが女たちには、身許やあれこれに一長一短があり、これと思うのはお妙だけであった。

順兵衛の胸裏に、お冬や義父から度々、いわれたことが重くのしかかっており、そんなつもりで見ているせいか、次第にお妙に特別な気持がわいてきた。

「わしの妻はお冬ともうし、やがてはこの京へまいろうが、蒲柳の質でなあ、子どもが出来ぬのじゃ。わしが京屋敷へ着任する前、改まった顔でわしにかように頼みおった」

お妙がときどき居間で一服、茶を点《た》ててくれる。

そんな折、順兵衛は明るい顔でお冬の言葉を彼女に伝えた。

お妙は茶筅《ちゃせん》を振るう手を一瞬止めたが、何気ない素振りで黒楽茶碗をかれの膝許に運び、そのまま静かに部屋から退いていった。

そしてそれから数日後の夜、お妙が順兵衛の臥所《ふしど》にそっと忍んできたのである。

「そ、そなた、それでよいのか――」

驚いた順兵衛は狼狽してたずねた。

「は、はい。お留守居役さまがうちに仰せられたお言葉、屋敷に奉公している若い女子の誰にも、掛けておられへんのを確かめました。奥方さまがうちにお命じになった役目と解し、こうしてまいりました」

彼女は清潔な白い夜着を着ており、その後は無言で臥所に横たわった。

そんな夜が数日つづき、その後ぱったり彼女は順兵衛の寝所へ訪れなくなった。

順兵衛にすれば、狐につままれたような気がしないでもなかった。

以後、お妙はこれまでと何ら変るところがなかったからである。

こうして五ヵ月近く経ってから、事件が起ったのである。

この話を順兵衛が菊太郎や源十郎に打ち明けた直後、鯉屋に桑名藩の使い番が慌しくやってきた。

使い番とききき、順兵衛は自ら店の表に立っていった。

「お留守居役さま、先程、お国許から奥方さまがご到着いたされました」

「なにっ、妻が京屋敷に着いたのだと。折も折、これも何かの因縁かもしれぬのう。すぐ戻ると、妻に伝えてもらいたい」

かれは使い番にこう答え、客間に戻ってきた。

「ご一同さま、ただいま表からの声をおききのように、さような次第でござる。目付の吉岡半蔵、ならびに用人の飯沼七左衛門、駕籠《かご》を用意いたし、錦小路新町西の松屋へ、お妙を迎えに行ってくれぬか。わが妻お冬に早速、挨拶させねばならぬのでなあ」

かれはさして慌てたようすもなく、平然とした声で二人に命じた。

「お留守居役どの、出過ぎたことだと思われぬでもないが、それがしもお妙どのを、松屋から桑名藩京屋敷へお送りもうし上げたい」

菊太郎が一言口を挟んだ。

父親の米松は、急な展開にただおろおろしていた。

「お留守居役さま、わたしは明日、お屋敷にお訪ねし、奥方さまに経緯すべてを説明させていただきたいと存じますけど、いかがでございましょう」

「妻も桑名からの長旅でさぞや疲れていいようで、明日、そうしてくれればありがたい。今度の一件は、是非ともお冬の耳に入れておかねばならぬからのう。お妙の懐妊した子が男子やら女子やら、わしにはさっぱりわからぬが、何卒、男子でありたいものじゃ」

「わたしも男子であって欲しいと願ってますわいな。そうでなければ、お妙はんの苦労が報いられしまへん」

こうして客座敷からみんなが一斉に立ち上がった。

「お留守居役どの、子どもは男子でも女子でも神さまからの授かりもの。どちらも尊うござる。それにしても桑名藩の方々は、いずれもお留守居役どのに忠誠を尽されるお人ばかりでございますなあ。誰もお咎《とが》めになっては相成りませぬぞ」

菊太郎が順兵衛に説いた。

「田村菊太郎どの、よくわかっておりもうす。妻のお冬とて、物事を歪《ゆが》んで考える女子ではございませぬ。お妙ともきっと喜んで対面してくれましょう」

「それならよいのじゃが。わしはさように願うている。男と女の話は閨《ねや》のことが絡むと、とかく生臭くなりますからのう」

菊太郎は鯉屋の外に出ると、冬空を見上げながら、かたわらにいた吉岡半蔵にいった。

「それがしの妻がいうておりました。閨の話は生臭くとも、人として避けては通れぬもの。それを尊くいたすのが祝言や誕生の祝い。さらには閨は、真剣に生きる術《すべ》、力にもなるそうでございます」

「なるほど、真剣に生きる術、力にもなるか――」

一同を見送りに出ていた手代の喜六に、菊太郎は目を這《は》わせてつぶやいた。

翌日、髪を整え衣服を改めたお妙は、井上順兵衛の正室お冬に見参した。

部屋には梅の花木が活けられ、香《かぐわ》しい匂いを放っていた。

「うちがお妙にございます」

「おお、そなたがお妙さまですか。夫の書状でおよそを察しておりましたが、わたくしが想像していた通りでございます。凜《りん》とした勇気、優しい労《いたわ》りの心が、お顔ににじんでおります。卑しい女の嫉妬の気持など吹っ飛び、両手を合わせたくなりますよ。お妙さまは井上家には宝、菩薩のようなお人でございます。たとえ生れがどうあろうとも、人はいかなる気持で生きているかが大切。松屋さまの養女とする意見もありましたが、そなたさまを見ていると、さような必要は全くございませぬ。夫の順兵衛は、人を見るに優れた目を持っていると感心いたしました。これよりそなたさまとわたくしが、初めてお会いするのを祝い、一席設けてくださるそうです。

楽しく語らうことができましょう」

　用人の飯沼七左衛門が、お冬のかたわらからそっと退いていった。

　襖《ふすま》が開けられ、菊太郎や源十郎たちが現れた。

「田村菊太郎でござる。どうぞ、お見知りおきのほどをお願いもうし上げます」

「そなたさまが公事宿に居候しているという田村菊太郎さまですか。話をきく限り、知恵のある変ったお人だそうですねえ。世の中には百人の悪人がいたら、百人の善人もいるときいておりますが、知恵のある変ったお人、しかも腕の立つお人は、それほどおられますまい。これからもお妙さまともども、よろしくお願いいたしますよ。そなたさまがおいでにならねば、お妙さまたちも危ない目に遭う恐れがございました。深くお礼をもうし上げます」

　お冬は菊太郎に柔らかく笑いかけた。

　彼女は菊太郎がこれまで接した覚えのない、腹の据わった心の広い女であった。

　これなら今後、事態がどう変っても、お妙は穏やかな日々を送っていけるだろう。

　庭では鶯《うぐいす》がしきりに鳴いていた。

冤罪凶状

一

「たはぁ――」

田村菊太郎を取り囲んだ五人のうちの一人が、鋭い気合をかけ、かれに斬りかかってきた。

その刀を機敏に避《よ》けなければ、一瞬、危ういところだった。

菊太郎が夜更けに祇園・新橋の団子屋「美濃屋」から、公事宿「鯉屋」へ戻ろうとしていると、かれらは御池《おいけ》通《どお》り高倉に構えられる御所八幡の鳥居の陰からいきなり現れた。

さっと取り囲み、一斉に腰の刀を抜いたのである。

「何者じゃ。名を名乗れ」

菊太郎は誰何《すいか》の声を発したが、かれらは何も答えない。じりじりと間合いを詰め、ぱっと斬りかかってきたのだ。

五人はどれも黒い布で覆面をしていた。

覆面は人相を隠すためもあるが、相手の返り血を顔面や髷《まげ》に浴びるのを避けるのが主な目的であった。

顔の血なら水で簡単に洗い流せるものの、髷ともなれば洗い落したうえ、新たに結い直さなければならないからだ。

「返事はなく、誰も名乗らぬつもりなのじゃな。一応、断っておくが、わしは公事宿の用心棒をしているだけに、故なく怨《うら》みを買う場合もある。されどまことのところ、襲われて殺されるほどの覚えはないぞ。しかも侍が五人もそろってとは訝《いぶか》しいわい。捕り物のとき、逃げる相手に待てぃと声をかけるが、逃げる者がへえと素直に待つはずがないわなあ。そなたたちが一言も口を利かぬのは、まあそれと同じか。そうならこのまま、わしとやり合う気なのじゃな」

菊太郎が再びいいかけても、かれらはやはり答えない。そればかりか、五人が刀を構え直した。

どうしても菊太郎を斬り倒すつもりでいるのが、その気迫から感じられた。

「ならばわしも真面目《まじめ》に相手にならねばなるまいな。まだ死にたくないからだわさ。そなたたちも同じであろうが。尤《もっと》も手加減だけはしてつかわす」

かれは沈着な声でいうと、少し足を開いて身体を沈めた。

斬りかかってきた相手に、腰の刀を目にも留まらぬ速さで鞘走《さやばし》らせ、音もなく再び鞘に納めた。

「うわぁ――」

血が飛び悲鳴が迸《ほとばし》り、男の一人が前に倒れ込んだ。

今菊太郎が用いた剣法は、十歳の頃から通っていた一条戻橋の岩佐昌雲の許で学んだ技とは全く違っていた。

明らかに田宮抜刀流の一手であった。

かれは異腹弟の銕蔵《てつぞう》に東町奉行所同心組頭の家督を譲るため、遊蕩を装って京都を出奔し、十年余り諸国を遍歴していた。

この歳月の間に、凄腕だったそれに更なる磨きをかけたのであろう。

刺客たちに怯《ひる》む気配が明らかにうかがわれた。

この調子で一人一人斬るのは、かれには造作もなかろう。一斉に斬りかかったらどんな方法で反撃してくるか、予想が付かない。ききしに勝る凄腕だと、かれらははっきり覚《さと》ったのだ。

「なに、五人で当れば、田村菊太郎の一人ぐらい倒せるだろうよ。奴が凄腕だとはきいているが、実際にその腕前を見た者はいないというではないか。おそらく評判ばかりが先行し、大きく高まっているにすぎまい。五人でなら殺せぬはずがないわ」

そう指嗾《しそう》されて内偵をすすめ、いざ実行しようとした自分たちが迂闊だった。

菊太郎の目が鋭くなり、自分たち四人を物色している。

田宮抜刀流は素速く一人を倒し、すぐさま刀を鞘に納める。そのときその目は、早くも次に襲う相手を物色しているのだときいている。

襲撃者は相手が刀を鞘に納めるのを隙《すき》と思い込み、油断の気配をのぞかせて斬りかかる。だが相手はそんな襲撃者に、また一閃《いっせん》をくらわせるのだ。それが田宮抜刀流の神髄といえる瞬間であった。

「引けい、引くのじゃ。こ奴の腕、甘く見てはなるまいぞ」

長身の一人が他の者に叫んだ。

かれらは、中の二人が菊太郎に斬られた男を両側から抱え、高倉通りを南に逃げていった。

　菊太郎は周りの気配を探りながら、刺客たちの去っていく姿を眺めていた。

　かれがすぐ警戒を解かないのは、これが最初の襲撃で、自分をなんとしてでも暗殺するため、別の刺客が近くに潜んでいるのではないかと、ふと考えたからである。

　弓や鉄砲など、もし飛び道具を用いられたら、いくら腕が立ったとて、夜ではひとたまりもない。白昼なら弓絃《ゆづる》のひびきや、鉄砲なら硝煙の匂いで咄嗟《とっさ》に身をよけ、なんとか難を避けられるからだ。

　近頃、菊太郎はそれほど身辺の動きに警戒していた。不審な気配を感じる折が、一再ならずあったのだ。

　たとえば美濃屋に滞在しているとき、子どもの使いがきて呼び出されたが、呼び出した当人の姿は、外のどこにも見当らなかった。

　また高瀬川筋の居酒屋で酒を飲んでいる折、さしたる理由もなく、ならず者からひどい難癖を付けられた。

　かれに絡んできたならず者は若い三人連れ。狭い店の中で暴れられては店に迷惑と思い、表におびき出したが、三人はそろってすぐさま懐《ふところ》から短刀《どす》を抜き出し、襲いかかってきた。

そのうちの一人が菊太郎の峰打ちで倒れたとき、その懐から小判二枚と小粒金が路上にちゃらんと飛び散った。

後になって考えれば、何者かに、あの侍を殺すなり深傷《ふかで》でも負わせてくれたらそれなりの報酬を支払うと、唆《そそのか》されての乱暴に違いなかった。

これらは決して偶然につづいた出来事ではないことが、侍五人の襲撃を受けてはっきりわかった。

正体不明の武士たちに襲われ、今度こそ菊太郎は、かつて流されたに違いない血の臭《にお》いを濃く感じた。

最近、身辺に起った一連の出来事は、自分や鯉屋源十郎、喜六たち店の奉公人が、ある事件をこっそり調べていることに対して、相手がかけてきた脅しや圧力だろう。

事件を一層隠蔽し、完全に闇に葬ってしまうために決まっている。

しかし世間だけではなく、東西両町奉行所でも、この事件と下手人の仕置きは終えられ、すでに忘れられようとしているはずだった。

その事件とは押し込み強盗。襲われたのは、相国寺《しょうこくじ》の西に当る裏築山町の「能登《のと》半《はん》」という小間物屋であった。

裏木戸から押し込んできた犯人は二人。家族三人が惨殺され、十四歳になる小僧の定吉《さだきち》だけが、物置に咄嗟に隠れ、辛うじて生き残った。

問屋の支払いに用意されていた三百両の金が、そっくり奪い取られたのだ。

下手人の探索を命じられたのは、西町奉行所で切れ者と評判される探索方同心組頭の矢崎九右衛門《やざききゅうえもん》。事件が荒っぽいものだけに、かれは勢いづいた。

九右衛門は四十二歳。これまで犯人捕縛で再々手柄を立て、鬼同心と評されているほどだった。

「九右衛門どのの手に委ねられたとあればもう大丈夫。あのご仁なら、必ず下手人にたどり着かれようよ」

「下手人の臭いを嗅《か》ぎ付けられるあのような鼻を、どうして備えておられるのだろうな」

「それは要するに、なんとしてでも下手人を捕えねばならぬという執念、執念じゃ。それがなくてはかなうまい」

「九右衛門どのはこれまで度々、お奉行さまからお褒めの言葉と報奨の金品をいただかれておる。二、三度ではあるまい」

「西町奉行所に矢崎九右衛門どのがいるときいただけで、凶悪な盗賊はこの京に足を踏み入れるのを躊躇《ためら》うというではないか――」

「ああ、わしもそのようにきいておる」

「それが本当なら、いまに天皇《みかど》からお褒めのお言葉を賜ろうぞ」

東町奉行所でもこう評判されているそうであった。

矢崎九右衛門は一ヵ月ほど探索をつづけ、能登半に押し入った凶悪な下手人の一人を見事に捕えたのである。

その下手人は、意外にも寺町通り竹屋町に住む櫛《くし》職人の弥三郎《やさぶろう》という若い男であった。

調べに当った吟味役石井清兵衛《いしいせいべえ》によれば、弥三郎と組んで能登半に押し入ったかれの片割れは、流れ働きをする市助《いちすけ》と名乗る盗賊。かれは弥三郎と賭場で昵懇《じっこん》となり、凶行の翌日、百五十両を取り分として懐に入れ、京から東に発ったと判明した。

これも吟味の末、ようやく弥三郎が吐いたものだという。

「下手人の片割れが京から立ち退《の》いたとあれば、もう仕方がないのう。街道筋にお触れを廻し、注意をうながしておくほかあるまい」

吟味はこうして一段落した。

そして弥三郎はほどなく、情け容赦もなく三人を殺害した廉《かど》で打ち首に決まり、牢屋敷の敷地内で首を打ち落された。

櫛職人の弥三郎が、どうして能登半に三百両もの金が置かれていたかを知ったのは、象牙《ぞうげ》で特別に拵《こしら》えた高蒔絵《たかまきえ》の櫛を店へ納めに行き、盗みぎきをしたからであった。

かれは博奕《ばくち》が好きで、あちこちの賭場へ頻繁に出入りしていたという。

調べると、犯行の後、賭場にあった借金がきれいに支払われていたと判明した。

「当初は強情に犯行を否認していた弥三郎も、吟味方や矢崎九右衛門どのたちが痺《しび》れを切らして拷問に及ぶと、もういい逃れは出来ぬと覚悟を決めたのか、ようやく白状したそうじゃ。首を打ち落した打首同心によれば、弥三郎は随分痩せていたともうす。そのうえ肩や背中に酷い生疵《なまきず》があったときいたわい」

「犯人とて助かりたい一心。拷問もそれぐらいいたさねば、そうそう容易に口を割るまいからなあ」

東西両町奉行所には被疑者を拷問するため、土壁を厚く塗った拷問蔵が設けられていた。この中で犯人と目された男女が、石抱きや吊《つる》し責《ぜ》め、あるいは海老《えび》責めや笞《むち》打《う》ちにされ、どれだけ大きな悲鳴を上げても、その声は全く外には漏れなかった。

首打ち場に連れ出された弥三郎は面紙《めんがみ》を断り、処刑に立ち会った矢崎九右衛門や吟味役たちの顔を、怨みを込めた険しい目でじろりと眺めたという。

それにも拘《かかわ》らず、かすかな笑いをかれらに向け、打首同心に乾いた声で、さあ遠慮なくやってくんなはれといったそうだった。

「わしは何人もの首を打ってきたが、面紙を断り、あれだけ奇妙な笑いを浮べて首を差し出し、あまつさえわしをうながした奴は、初めてだったわい。役目とはもうせ、あの恐ろしい笑い顔が目の奥に刻まれ、いまも思い出すと、胸が悪くなるぞよ」

菊太郎は打首同心の述懐を、東町奉行所に出仕している異腹弟の銕蔵からきかされていた。

「その下手人、よっぽど度胸の据わった男やったんどすなあ。わたしら人間にとって、この世は所詮《しょせん》、仮の住居。誰もが一度は死ななりまへん」

鋏蔵の話をともにきいた下代の吉左衛門が、思いをのべて語りつづけた。

「わたしの知辺《しるべ》に変った奴がおりましたわ。正直に打ち明けると、盗みや詐欺、美人局《つつもたせ》など、この世であらかたの悪事はやりつくした。まだしていないのは、女子《おなご》を強引に犯すのと人殺しだけ。それにもう一つ大きなのは死ぬことや。一度は死ぬのを実感でき、あの世があるのかないのか、自分でしっかり確かめられるのやさかい、わしは死ぬのを楽しみにしてる。まあ、坊主の説くあの世などおそらくあらへんやろ。人間、死ねばそれでお仕舞なんとちゃうかと、からから笑っていうてました」

珍しく吉左衛門は更に話しつづけた。

「そんなんからして、首を打ち落された下手人は、あの世はあるとでも考え、後から必ずやってくる西町奉行所のお人たちに、仕返しをするつもりで、笑いかけたのとちゃいますやろか。それにしても、奉行所では罪人を土に埋めるとき、三途《さんず》の川を渡るための銭六文を、入れてくれますのかいなあ」

「さような渡し賃など、罪人のために入れてくれるはずがないわ」

菊太郎はそのとき、苦々しい顔でいったはずであった。

「それでは死んでもあの世に往けしまへんがな」

そばから手代《てだい》の喜六が口を挟んできた。

「そしたら泳いで渡るしかありまへんなあ」

吉左衛門が無造作につぶやいた。

「そなたたちは、三途の川の川幅がどれだけか知っているのか。仏典には四十由旬《ゆじゅん》と記されている。中国で帝王の輿《こし》（軍隊）が一日に旅する距離が一由旬。それを二十里とすれば、四十由旬は八百里にもなるのじゃぞ。尤も中国の一里は、日本の約六町じゃがなあ。それにしてもそんな広い川幅の三途の川を、どうして泳ぎ切れよう。船に乗っても危ういわい。ましてや六文ぐらいの端金《はしたがね》で、渡してくれるはずがあるまい。三途の川は、死者が七日目に出会う冥土《めいど》への途中の川で、川中に緩急の異なる三つの瀬があるという。そのほとりに奪衣婆《だつえば》と懸衣翁《けんえおう》ともうす鬼がいて、死者の衣を奪うと、『十王経《じゅうおうきょう》』に説かれている。ふん、十王経も仏陀の名を借り、人に碌《ろく》でもないことを説くものじゃ」

「へえっ菊太郎の若旦那さま、三途の川は川幅が中国の里で八百里もあるんどすか。日本の里に換算すると、ううむ、約百三十里どすがな」

「そうだわさ」

「それでは、京から遠いお江戸の北まで行くのと同じくらいどすなあ。大きな船で渡るのも危のうおすし、小船ではとても無理どすわ」

「釈尊が説いた仏教の教えはほんの僅《わず》かばかり。今に伝えられる多くの仏典は、後世の賢明な坊主たちが、釈迦はこう仰せられていたと、いわば主の名を借りて勿体を付け、説き起したものにすぎないのよ。釈尊がたとえ何百年生きたとて、どうしてあれだけ厖大《ぼうだい》な経典を、後生に書き伝えられよう。十王経に説かれる三途の川など、その最たるもの。噴飯物《ふんぱんもの》だとしかいいようがないわい」

そのとき菊太郎は、吉左衛門や喜六たちに苦笑を浮べていったのを覚えている。

かれは襲ってきた刺客たちが見えなくなったのを確かめ、ようやく緊張をゆるめた。

そしてまた御池通りを西に歩き始めた。

公事宿鯉屋へおみさと名乗る二十歳《はたち》前の若い女が訪ねてきたのは、一月半ほど前。梅雨を間近にした五月の末だった。

近江の堅田《かたた》から正太《しょうた》を訪ねてきたのだと、吉左衛門が朝遅くに起きてきた菊太郎に顎で表を指し、低声《こごえ》で説明した。

「若い女が遠い堅田からわざわざ正太を訪ねてくるとは、乙な話ではないか――」

菊太郎は顔を洗ってその濡れを拭いながら、帳場に座る吉左衛門に中暖簾《なかのれん》の間から応えた。

「そらそうどすけど、決して楽しいようすではございまへんえ。外で話をしている二人を覗いてみると、女子はんはなんや面倒な相談を、正太に持ちかけてるようどすわ。二人は幼馴染《おさななじ》みらしゅうおす」

「正太はその若い女と、夫婦《めおと》約束でもしているのではあるまいな」

「まさか、そんなことはありまへんやろ。そうどしたら旦那さまとわたしが、きかされてるはずどすさかい」

「では金の話かな。親父の小さな漁船が大船に突き当って壊《こわ》れ、新たに船を拵える金に窮しているとでも、訴えているのではないのか。まあ、借金のもうし入れじゃな。どちらにいたせ、鯉屋の世間体もある。暗い顔で外で立ち話をさせておくのはよくない。二人を店に呼び、客座敷ででも話をさせてつかわせ」

主の源十郎は喜六と幸吉《こうきち》を従え、東町奉行所の公事溜《だま》り（詰番部屋）に出かけている。

　それならといい、正太とおみさは吉左衛門に店へ呼び込まれ、客座敷に入らされた。

「正太、気兼ねなくお客どのの話をゆっくりきいてやるのじゃぞ。それも修業の一つじゃ」

　客座敷の敷居際で、菊太郎が正太に一声かけた。

「菊太郎の若旦那さま、そうどすけど、おみさはんが持ってきはった相談は、わたしがいくら公事宿に奉公していたかて、わたしにもこの鯉屋にも全く手に余るものなんどす」

　正太は困惑した表情で菊太郎を見上げた。

「それはまたなんでじゃ」

　菊太郎はちょっと戸惑い顔でたずねた。

「鯉屋は出《で》入物《いりもの》を専《もっぱ》らにする公事宿。堅田からおみさはんがやってきはった相談は吟味物、お門違《かどちが》いなんどす」

「いや、出入物と吟味物の違いこそあれ、町奉行所で吟味を受ける事件であることは同じじゃ。縁あってそなたが受けた相談。二つの相違など、公事宿の主や町奉行所の裁量でどうにでもなろう」

出入物は民事訴訟事件、吟味物は刑事訴訟事件であった。

「いわれたらそうどすけど、わたし一人ではどないにもならしまへん」

正太が困った顔を菊太郎に向け、おみさはうなだれて両目を閉じていた。

二人の家は堅田の琵琶湖岸に、肩を寄せ合うように建っているという。

いずれの父親も小さな漁船で沖に出ると、投網《とあみ》を打ったり小規模な魞《えり》を設けたりして湖魚を捕え、なんとか暮らしを立てていた。

魞は定置漁具の一つ。河川や湖沼などの魚の通路に、細長く屈曲した袋状に竹簀《たけす》を立て、入りやすく出にくくして魚を捕える漁法であった。

「そなたの知辺は吟味物の相談のため、この鯉屋にまいったのじゃな」

菊太郎もちょっと言葉を躊躇《ためら》わせて確かめた。

「へえ、そうどす。それもあろうことか、裏築山町の小間物屋へ二人で押し入り、主と家族の三人を殺し、三百両を奪い取っていった、ついこの間起ったばかりの事件についてどす」

正太は声を震わせて菊太郎に伝えた。

「その一人は先頃、訴人《そにん》によって捕えられ、厳しい吟味がつづけられた末、すでに打ち首になったそうではないか。確か櫛職人の弥三郎という名の男だときいたが――」

「へえ、その弥三郎はんが、実はおみさはんの血を分けた兄《あに》さんなんどす」

「なんと、そうなのか。それにしてもあれほど評判になった事件。正太、そなたは下手人として捕えられた弥三郎を、子どもの頃からよく知っていたはずなのに、固く口を閉ざし、この鯉屋で一度も話題に出さなんだな」

「へえ、すんまへんどした」

「そなた、簡単に謝ってすむことと思うているのか――」

「いろいろお話ししとうおしたけど、口にするのがなんや恐ろしゅうて、つい黙っていたんどす」

「まあ、そんなものかもしれぬな。そなたの立場に置かれたら、わしとてさようにいたしかねぬ」

菊太郎は嘆息するようにつぶやいた。

「弥三郎の兄《あん》ちゃんは、子どもの頃から真面目な優しいお人で、小間物屋の家族三人を殺したとは、とても信じられしまへん。何かの間違いで、そのうちきっとお解き放ちになるやろと気に病みながら、ついつい黙っていたんどす」

正太はときどき菊太郎の顔色をうかがい、話しつづけた。

「堅田からおみさはんがわたしを訪ねてきたのは、おみさはんのお母さんが、何度も何度もおみさはんに訴えはるからなんどす。首を斬られた弥三郎はんが、毎晩のようにお母さんの夢枕に立たはるんやそうどす。そして自分は押し込み強盗などしていない、無実で処刑されたのや、どうにか真相を糺《ただ》して貰えないかと、涙を流していわはるんやそうどすわ。その夢では不思議なことに、弥三郎はんは斬り離された自分の首を、左手にかかえてはるといいます。お母さんは病気で寝付いてはり、弥三郎がこれほどわしの夢枕に立って、無実だというのは本当に違いない。わしの命はそう保《も》たへんやろ。冥土の土産に弥三郎が無実やったことを明らかにして伝えてやりたいと、おみさはんに訴えはるんやそうどす。そやさかいどうしようもないとわかりながら、再度のお調べはしていただけないものかと、公事宿に奉公しているわたしの許へ相談にきはったんどす」

正太は意を決したらしく、後はよどみなく長い話をやっと為終《しお》えた。

いつの間に戻ってきたのか、客座敷の長廊で喜六と幸吉が正座して三人の話をきいていた。

二人の後ろに、主の源十郎が黙ってひかえているに相違なかった。

「菊太郎の若旦那、こうなったら、一肌脱ぐしかありまへんなあ。わたしらで真相を調べ直すんどす」

源十郎は幸吉をどかせながら、客座敷に入ってきた。

「ああ源十郎、堅田からやってきたおみさによれば、弥三郎は父親弥七《やしち》の漁船の修理を手伝うため、前日から堅田に戻っており、事件の夜はぐっすり眠り込んでいたそうじゃ。漁から戻ってきた村の男たちも、夕方、ぼんやり沖を見ている弥三郎を見かけたというているそうな。これは人違いに相違ない。ことは重大だぞ」

厳しい叱咤《しった》の声が、腰を下ろそうとしていた源十郎に飛ばされた。

「な、なんでございますと――」

かれは大きく目を見開いておみさを見つめた。

「旦那さま、どうぞお願いいたします」

正太ががばっと両手をつき、畳に額をこすりつけて懇願した。

二

「こうなったら、東町奉行所の銕蔵さまにもお知恵を拝借せななりまへんわ」

源十郎はすぐさま吉左衛門を使いに行かせ、田村銕蔵を店に迎えた。

すでに夜になっており、菊太郎や吉左衛門も交えて夕飯を食べながら、一同は相談にふけった。

「きくところによれば、弥三郎は犯行を強く否認し、その夜は堅田の実家にいたといい張っておりましたそうな。しかしながら当夜、弥三郎をこの京の賭場で見かけたという男が何人かおり、また事件後、あちこちの賭場にあった借金が、きれいに返されていたことから、主張を変えぬ弥三郎に厳しい拷問がなされたともうします。更に犯行の夜、堅田の実家で寝ていたという弥三郎のいい分を、西町奉行所が吟味役石井清兵衛どのと矢崎九右衛門どのの名をもって、大津代官所に堅田へ問い合わさせましたところ、そうした事実は認められなかったとの返答を、得たそうでございます。それ以後の拷問は、一層激しさを増したのは勿論ですが、それでも弥三郎は頑として犯行を否認していたそうでござる」

鋳蔵は苦々しい顔を菊太郎と源十郎に向けた。

堅田は元禄十一年（一六九八）、堀田正高が一万石を領して陣屋を置いていたが、六代の正敦の時代に三千石加増され、城主格となった。文政九年（一八二六）、下野国《しもつけのくに》安蘇《あそ》郡植野村に陣屋替えとなり、堅田陣屋は撤収され、大津代官が領内の請願や訴訟の処理に当っていた。

大津代官は京都町奉行の支配に属し、事務交換、触書《ふれがき》作成など、すべて京都からの指示を仰いでいるありさまであった。

「鋳蔵、その苦々しげな面《つら》はなんじゃ。西町奉行所吟味役・石井清兵衛は切れ者。また矢崎九右衛門の敏腕振りは、大津代官の耳にも入っているはずじゃ。そなたは大津代官所の連中が、問い合わせにはそれに沿う答えを返しておけばよいとしたのではないかと、疑うているのであろう」

「はい兄上どの、それがしは実はそう考えておりまする」

「矢崎九右衛門の名をきいたら、どんなならず者でも動きを止め、声をひそめるともうすか」

「おそらくさようでございましょう」

「それにしても、賭場の借金をきれいに片付けた金、弥三郎はいったいどうして得たんどっしゃろなあ」

源十郎がいきなりその疑問を口にした。

「さようなもの、九右衛門が一旦、下手人として捕えた弥三郎を、なんとしても犯人に仕立て上げようといたすのであれば、簡単じゃわい。各賭場の貸元に、すべて返していただきましたと、偽の証言をさせればよいのよ。己《おのれ》たちに何か不都合が起ったら、そのときには手心を加えてとらせるとでも、貸元たちの耳許で囁《ささや》いてなあ」

「いかな評判を得ているお人たちでも、そうまでいたしましょうか」

「人は一旦、定まった己の名利を守るためなら、どのように悪辣《あくらつ》な方法でも取るものじゃわ。面子《メンツ》と組織を守るため、証拠まで捏造《ねつぞう》する輩《やから》とていよう。正しい吟味は物証をもっていたすべきだが、矢崎九右衛門や石井清兵衛のごとき吟味役は、威圧的な取調べによって、自分たちの都合のいいように罪を作り上げてしまう。まあ悪くもうせば、町奉行所は冤罪《えんざい》を生み出す温床でもあるのじゃ」

「兄上どの、それはいい過ぎではございませぬか」

　銕蔵が少し気色《けしき》ばんで反論した。

「なんだと銕蔵、そなたにはそれくらいのことがわからぬのか。江戸幕府が開闢《かいびゃく》され、この京に東西両町奉行所が設けられて以来、どれだけ多くの無実のお人たちが、何かの下手人と決め付けられ、流罪や斬首にされたことか。その数はおそらく数千人を超えていよう」

　菊太郎は険しい顔で話しつづけた。

「しかしながら、島送りになった人々はまだよい。まこと気の毒なのは、冤罪ながら濡れ衣を被《き》せられ、首を斬られて死んだ無辜《むこ》の人たちじゃ。そなたはそんなお人たちのことを、少しでも考えたことがあるのか。町奉行所は組織と面子を守るためなら、どんな方法でも取るであろう。弱い者には強く構え、自分たちの過ちを詫びた例は、これまで一度もなかったわい。弥三郎の妹が、小間物屋が押し込み強盗に襲われた夜、兄は堅田の実家で確かに寝ていたと、泣いて訴えてきている。町奉行所は肉親の証言を取り上げぬが、肉親なればこそ、その証言が当てになることもないではないわ。わしはおみさの言葉は信じられると思うている。この上はそのおみさからもっと詳しくきき糺し、弥三郎が下手人でないことを明らかにいたす手掛りを、探し出してはくれまいか。斬り落された自分の首を持って母親の夢枕に立つとは、その母親、弥三郎は無実の罪で処刑されたと、その死をよほど嘆き悲しんでいるのだぞ」

菊太郎は銕蔵に生れて初めてといってもいいほど、深々と頭を下げて頼んだ。

「西町奉行所の吟味役によってすでに始末された事案。ましてや矢崎九右衛門どのの手で捕えられた罪人は無実ではないかと、こっそりとはもうせ、東町奉行所に出仕するそれがしが、立場をもって調べ直すのは、容易ではございませぬ。場合によっては奉行所から叱責を受け、家職を失いかねませぬ」

銕蔵は真剣な表情で菊太郎を見据えた。

「それがどうしたのじゃ」

「それがしとて、さようなことを恐れるわけではございませぬ。真犯人は他にいるとの兄上どのの見込みがもし誤りで、家職を失いましたとて、真実を糺す行為。両親も妻も許してくれましょうし、少しも悔いるものではございませぬ。されどそれがしには、岡田仁兵衛《おかだにへえ》を始めとして、四人の配下がおりまする。これについてはその四人にも協力を仰がねばならず、累が及ぶものと考え、よく相談いたさねばなりませぬ」

「岡田仁兵衛、曲垣染九郎《まがきそめくろう》、福田林太郎《ふくだりんたろう》、小島左馬之介《こじまさまのすけ》の四人だな。それは尤もな配慮じゃ。奴らをいきなり路頭に迷わせるわけにはまいらぬからのう。それにこの鯉屋に、奉行所からのお咎《とが》めがあってはならぬわ」

一度は銕蔵を叱ったものの、急に思案気味になり、菊太郎がつぶやいた。

「菊太郎の若旦那、何をいうてはりますのや。この鯉屋はわたしの親父の宗琳が、若旦那と銕蔵さまの父上次右衛門さまの肝煎《きもいり》で、渡世株を手に入れて開業、わたしが継いだ店どす。わたしもおみさはんの話をきいて、下手人は他にいるのではないかと考えておりました。いや、きっとそうどす。何の証拠もなく、誰かわからへん訴人の言葉だけで、弥三郎はんを始めから下手人と決め付け、拷問にかけて自白を迫ったとは、あんまりどす。わたしやここにいてる吉左衛門や喜六たちがこっそり動き、それを咎められて廃業に追い込まれたら、それはそれでよろしゅうおすがな。出入物、吟味物の区別はともかく、公事宿の主がこれをきいたからには、知らぬ顔はできしまへん。冤罪だけはなんとしても晴らさなあきまへんさかい。菊太郎の若旦那ともども、わたしらは動くつもりでいてますさかい、余分なことは案じんといておくれやす。なあ吉左衛門に喜六、それに幸吉、おまえたちもそう思うやろ」

源十郎は左右にひかえる三人に問いかけた。

「旦那さま、お言葉通りでございます。菊太郎の若旦那さまにもうし上げますけど、公事宿に奉公しているわたくしどもが、その店の丁稚《でっち》の知辺が、身に覚えのない事件の犯人に仕立て上げられて処刑された、ところが犯行の夜、当人は京から遠く離れた堅田の実家で寝ていたときかされたら、黙っているわけにはいかしまへん」

日頃は口数が少なく、万事に引っ込み思案な手代の幸吉が、同輩の喜六を差し置き、源十郎と菊太郎に強い口調でいった。

「わたくしどもは、源十郎の旦那さまと一心同体でございます。鯉屋は出入物だけを扱う公事宿どすけど、これをきいたら動かぬわけにはいかしまへん。もし鯉屋が嗅ぎ廻っているのを、運悪く西町奉行所に知られてお咎めを受けたら、そのときにはみんなで腹をくくります。そやけど丁稚の正太と鶴太《つるた》はまだ若く、巻き添えにしたくございまへん。正太が持ってきた話どすけど、これ以上、二人にはもう何も話さんといておくれやす」

今度は喜六が厳しい表情でそういった。

「そなたたちはえらく忠義者じゃなあ。わしなら源十郎に、旦那さまどうぞ吟味物に要らぬ口出しや、差し出がましい詮索《せんさく》は止《や》めておくれやす、町奉行所からお咎めを受け、廃業に追い込まれるのだけは避けなあきまへんといい、必死に止めるがなあ。公事宿である限り、こうなれば出入物、吟味物の区別など最早どうでもいい。冤罪だけはどうしても晴らさねばならぬというのじゃな」

「へえ若旦那さま、他の公事宿はどうか知りまへんけど、この鯉屋はそうどすわな」

またもや幸吉が菊太郎に力《りき》んだ。

「そなたたちは下代の吉左衛門をふくめ、まことにありがたい奴らじゃ。わしはいま我儘《わがまま》に生きてきた自分を恥ずかしく思うている。先程からわしは、銕蔵を怒鳴り付けたり、源十郎に皮肉をもうしたりしているが、これでようやく決意も固まったわい。弥三郎の冤罪を晴らすため、ひと働きいたしてくれようぞ」

菊太郎は言葉に力を込めていった。

「弥三郎はんの無実を明らかにするには、急いで動かななりまへん。大事な証拠やお人たちの記憶が、日時とともに失《う》せてしまいますさかいなあ。妹のおみさはんが正太にいうてはったそうどすけど、弥三郎はんは博奕なんかせえへんどころか、酒もほとんど飲まはらへんときいてます。どうしてあっちこっちの賭場に借金があったことになってしもうたんどすやろ」

吉左衛門がここでようやく、事件の核心に触れる大きな疑問を口にした。

「なにっ、弥三郎は博奕をしなかっただと――」

「それやったら、西町奉行所のご吟味はどういうことどしたんや。安易なお調べという他ありまへんがな。小間物屋の能登半から奪った金を、どのように使い切ったかを説明するためだけの理由付けとしたら、そらそれが簡単どすわなあ」

菊太郎と源十郎が表情を翳《かげ》らせ、吉左衛門に向き直った。

「いかにもじゃ。百五十両の大金、女にくれてやっただの、他での借金に使っただのともうし立てれば、調べたらすぐ結果が明らかになるからのう。何者か知らぬが、賭場とは全くよく考えたものじゃ。矢崎九右衛門や西町奉行所の吟味役どもは、どうやらならず者たちと、そこで口裏を合わせているのではなかろうか」

「その点は菊太郎の若旦那がいわはる通りかもしれまへん。賭場なら奪った金の行き所がはっきりして、しかも曖昧《あいまい》になりますさかいなあ」

「こうなれば妹の口からではなく、弥三郎がまことはどんな男だったのか、われら自身が調べねばなるまい。きくと見るとでは大違いという場合もあるのでなあ一
菊太郎が源十郎に問い掛けるようにいった。

「何というてもそれが手始めどすわ。喜六に幸吉、おまえたち二人で弥三郎という男はんが本当はどんなお人やったんかを、しっかり調べてくれまへんか。ところで吉左衛門、おみさはんはあれからどうしていはるんどす」

「はい、二階の部屋で休んで貰うてます。お店《たな》さま（女主）と相談して、銭は要りまへんさかいといい、当分の間、泊っていただくことにしてます。正太には、なんぞ間違いがあってはなりまへん、出来るだけおみさはんの側《そば》に付いているようにと、いい付けてあります」

「旦那さま、すでに処刑されて死なはったとはいえ、その兄の冤罪を晴らさんと、遠い近江の堅田からやってきた娘はんが、己の身を損ねるような真似はしはらしまへんやろ。そのご心配には及びまへんわ」

喜六が確信を持って源十郎にいった。

「喜六、そうだわなあ。こうなったらすぐに動いてもらいたい。厳しい拷問に耐えかね、ついには吟味役たちが描いた筋書き通りに自白した弥三郎が、まことに不憫《ふびん》で哀れじゃ」

同座する銕蔵の顔をちらっと眺め、菊太郎がいった。

「いかにも喜六、いま兄上どのが仰せられた通り、町奉行所の吟味も強い拷問にまで及ぶと、そうなりかねぬ危険を孕んでいる。話をきく限り、これは一日も早く黒白《こくびゃく》を付けねばなるまい。それがしもすぐさま配下の者たちを集め、弥三郎のことについて話し合《お》うてみるといたす」

あれこれ考えに耽っていたらしい銕蔵は、側に置く刀を摑《つか》み立ち上がった。

月番の西町奉行所の矢崎九右衛門が犯人として捕え、処刑をすませた弥三郎。その件を東町奉行所に出仕する銕蔵や配下の同心たちが、こっそりとはいえ再び探索に当るのは、東西両町奉行所の規定に明らかに反している。

もし外に知れたら切腹ものだった。

かれは厳しい表情で、部屋に残る菊太郎や源十郎、吉左衛門たちを一瞥《いちべつ》し、客座敷から出て行った。

「お役目、ご苦労さまでございます」

表にひかえていた鶴太が、何も知らずにいつものように銕蔵を外に送り出す声が、奥にも届いてきた。

「菊太郎の若旦那さま、お家の命運を賭けてまでの探索、そうまでしていただいてよろしゅうおっしゃろか」

「ああ、かような行為は、ばれたらばれたときのことじゃ。だいたい月番の町奉行所が扱った事件について、そうではない一方の町奉行所が、口出ししてはならぬとの規定が間違うている。いつの間にやら江戸の南北どころか、京の東西両町奉行所までそうなっておるが、これはなんとなく出来てしまった規定。幕府の御定法《ごじょうほう》にも厳密に分けよとは記されておらぬ単なる約束事じゃ。さよう大袈裟に考えるには及ぶまい。奴らとて表沙汰《おもてざた》にしたくない何かの事情が必ずあるはず。遠慮しながらたさずともよいわい。それより、さればわれらは蟻の一穴を掘るといたそう。わしの鼻は伊達《だて》には付いておらぬぞ」

かれの一言で、緊張していた部屋の雰囲気がふとゆるんだ。

三

町の灯《ひ》がすっかり少なくなっていた。

菊太郎は闇討ちを仕掛けてきた刺客たちを退け、鯉屋に戻ってきた。

「菊太郎の若旦那さま、お帰りやす」

表の潜《くぐ》り戸を開けてくれたのは、喜六であった。

「店に何事もなかっただろうな」

かれは暗い土間に立ったまま、辺りを見廻して喜六にたずねた。

「へえ、店は平穏どしたけど、若旦那さまに何か変ったことでもあったんどすか——」

喜六は菊太郎からかすかに血の臭いを嗅ぎながら、その顔をうかがった。

一応、懐紙で拭ったとはいえ、刺客の一人に深傷《ふかで》を負わせただけに、かれが腰に帯びる刀から、血の臭いが漂っていたのである。

「ああ、御池通りの御所八幡の近くで、正体不明の侍五人に待ち伏せをくらい、闇討ちにされかけたわ」

「ええっ、闇討ちにどすか。それでお怪我は――」

小声だが、喜六は驚いて菊太郎にきき返した。

「中の一人に深傷を負わせたら、奴ら驚いて逃げていったわい」

「そ、それはようございました」

「源十郎は戻っていような」

「へえ、先程お風呂から上がられ、お部屋においでどす」

「急な話があるゆえ、わしの居間にくるように伝えてくれ。喜六、これでわしらの詮索が、やはり正しかったと明らかになったぞ。いよいよ相手が動き出したのじゃ。奴らはわしを詮索の首謀者と決め込み、暗殺の挙に出てきたのじゃわ。わしさえ闇に葬れば、詮索が止むと思ってなら大間違い。火中に栗を投げ入れたも同じになるのが、わからぬとみえる」

「若旦那さまを闇に葬ろうとは無茶な――」

喜六はそう一声いい、急いで奥に消えていった。

菊太郎は喜六から受け取った手燭《てしょく》で足許を照らし、居間にくると、部屋の行灯《あんどん》に明かりを点《とも》した。

廊下の向こうから足音がひびき、主の源十郎が寝間着のまますぐ姿を現した。

「菊太郎の若旦那さま、今夜はえらく遅いお戻りやったんどすなあ」

「夜更けに戻ったうえ、寝付いたばかりらしいそなたを呼び付け、すまぬことをいたした。だが源十郎、これではっきりわかったぞよ。今夜、美濃屋から戻る途中、危ない目に遭わされ、われらが不審に思うていたことが事実だと証明されたのじゃ。これまで店の者や銕蔵たちがあれこれ調べてくれた、その甲斐《かい》があったというものじゃ」

源十郎の手を取らんばかりにかれはそう伝えた。

「美濃屋から戻る途中、危ない目に遭わされたとは、いったい何があったんどす」

「御池通りの御所八幡まできたとき、覆面をした侍五人に待ち伏せされ、奴らに殺されかけたのよ。わしが一人を斬ると、奴らはとてもかなわぬと思うたのか、斬られた男を両脇から抱え、高倉通りを南に逃げていきおった。それを追って一人でも引っ捕え、泥を吐かせれば、一件は簡単に解明される。そうも考えたが、他に刺客がいる恐れもあり、いましばらく様子を見ようと思い留まり、大人しく店に戻ってきた次第よ」

「待ち伏せされ、殺されかけはりましたのやと——」

啞然《あぜん》とした顔になり、源十郎はつぶやいた。

「そうだわ。侍五人になあ」

「さ、侍となれば、やっぱり町奉行所のお人たちどしたんやな」

「ああ、相手の目的は、わしを辻斬りの仕業とでも装うて亡き者といたし、これまでひそかに探索してきた事実を、闇に葬ってしまうことよ。わしとそなたさえ亡き者といたせば、弥三郎の事件は有耶無耶《うやむや》になる。あの者はまた大手を振って罪を作り上げ、町奉行さまからお褒めの言葉を賜り、やがては途方もない出世とてかなえられるわけじゃ」

菊太郎がいうあの者とは、精悍《せいかん》な顔をした探索方同心組頭・矢崎九右衛門のことであった。

鯉屋では、おみさが正太を訪ねてきた翌日から、彼女の兄弥三郎の冤罪を晴らすため、みんなが動き出していたのである。

真っ先に確かめることとされたのは、櫛職人の弥三郎が本当に博奕好きで、あちこちの賭場へ出入りし、借金まで拵えていたかどうかであった。

「それはわしが調べてくれる。なにしろ修羅場ともなる賭場に、顔を出さねばならぬからじゃ。場合によっては、金どころか命さえ失いかねぬのでなあ。銕蔵たちでは警戒されて無理であろう」

菊太郎は江戸からきた遊び人に化け、方々の賭場に出入りするつもりだった。

江戸っ子振りなら、言葉遣いやその他、どんな風にでも変えられた。

かれは普段の着流し姿をぞんざいに着崩し、結っている儒者髷から月代《さかやき》を小さく剃《そ》り落し、町人髷に結い変えた。

鯉屋への出入りにも見送りを止めさせた。

賭場へ出かけるときには、懐に短刀《どす》をしのばせるだけで、遊び人の町人を装った。

そうして先斗町《ぽんとちょう》や鴨川東の宮川町、祇園町の賭場で、盆茣蓙《ぼんござ》に向き合った。

盆茣蓙は壺を伏せる茣蓙。どこの賭場でも昼過ぎからすでに丁半の声がきかれた。

丁半は賽子《さいころ》の目の偶数「丁」と、奇数の「半」をいう。

菊太郎はどこの賭場でも適当にわざと負けたり、少額だが勝ったりしていた。

壺の賽子の目ははっきり見通せたが、半とわかりながら敢えて丁に張ったりしていたのだ。

「おまえさん、江戸のお人やそうどすなあ」

「へえ、江戸で居づらいことを起してしまい、熱《ほとぼり》が冷めるまで、この京の知辺の許に身を寄せているのでござんす」

「それでいながら真っ昼間から賭場通いとは、結構な身分やおへんか」

「あっしの親父がそれだけの恩を相手に売ってあるお陰で、ありがたいことでございますよ」

「それはよろしゅうおしたなあ。せいぜい京の賭場の味を楽しんでおくんなはれ」

こうして各賭場に馴染み、それぞれの子分たちと急速に昵懇となった。酒を一緒に飲むまで親しくなり、小銭を都合してやったりした。

「兄貴、すんまへんなあ。恩にきまっせ」

「いやあ、それっぽっちの銭、気にすることはありませんさね。あっしに返そうなんぞとは思わないでくだせえ」

菊太郎は一人前の遊び人を装い、それから無駄話を始めたりした。

近頃、弥三郎という櫛職人が賭場通いをした末、出入りの小間物屋へ強盗に入ったあげくに捕えられ、打ち首にされたそうじゃないかなどと、噂話に誘導した。

「弥三郎という櫛職人が、打ち首になった話はきいてます。けどそんな名の櫛職人は、うちの賭場へは一度もきていいしまへんで。賭場のお客はんたちの顔は、大方知ってますさかいなあ。何かの間違い、でたらめの噂とちゃいますか」

どこの賭場で誰にたずねても答えは同じであった。

「一時、そんな噂が京のあちこちの賭場に流れてましたけど、あれは西町奉行所の奴らが、何かの都合から勝手に捏《でっ》ち上げ、流した噂とちがいますかいな。新顔の博奕好き、大店《おおだな》の若旦那やそこそこの職人が、賭場へ出入りし始めたら、そいつの金をとことん巻き上げるため、その名前はあっちこっちの賭場へすぐ伝わりますわいな。兄貴の菊之助はんの、役者みたいなその名前が、京のどこの賭場にも知れているようにどすわ」

「あっしの名前は、もうそんなに有名になっているんですかい」

「へえ、どこの賭場でも知られておりますわいな。あの菊之助という江戸からきた遊び人。あれはなかなかええ玉で、磨けばいっぱし役に立つ奴になるやろ。どこに住んでいるやら、さっぱり明かさはらへんけど、どうやらこの京が気に入ったらしく、すぐ江戸へ帰る気はなさそうや。あれだけの奴を江戸へ返すことはあらへん。京になんとか引き止めておくこっちゃ。親分や貸元衆は、そないにいうてはりますわ」

北野遊廓の賭場で親しくなった下っ端の彦七《ひこしち》がいっていた。

かれらにそう期待されるようになったのは、宮川町の賭場でずっと負けの込んだ博奕好きの浪人が、刀を抜いて暴れたとき、菊太郎が思わずさっと相手の懐に飛び込み、浪人の振り回す刀を奪い取ったからだった。

——要《い》らざることをしてしまった。

すぐに後悔したが、それはもう遅かった。

身に備えた習いが、かれを咄嗟に動かしてしまったのだ。

こうしてすべての賭場で櫛職人の弥三郎のことを確かめたが、どこからもかれが博奕をしていたとの証言は出てこなかった。

「源十郎、弥三郎が賭場に借金があり、小間物屋能登半を襲うて主一家を殺害、三百両の金を奪ったというのは、やはり全くでたらめな話じゃぞ。西町奉行所の矢崎九右衛門が、さように弥三郎を下手人として仕立て上げ、打ち首にしてしまったのは確かじゃ。ここ一月近く、わしは江戸からきた遊び人を必死に装い、賭場に出入りしてきたが、それにももう飽きた。わしらには、弥三郎を冤罪に陥れた矢崎九右衛門こそまことの敵なのが、明らかとなったわい」

菊太郎は遊び人を装っている間、一切、祇園・新橋の美濃屋へは近づかないとお信に伝え、彼女もそれを承知していた。

弥三郎の妹おみさは、七日ほど鯉屋に泊っていたが、探索がもうしばらくかかるとして正太に連れられ、近江の堅田に戻っていた。

「若旦那は、遊び人を装っているのはもう飽きた、西町奉行所の矢崎九右衛門こそ敵やといわはり、それらはほんまやろと思います。けど別のほんまは、美濃屋のお信はんが恋しゅうならはったんとちゃいますか」

源十郎が菊太郎をからかうようにいった。

「ばかをもうせ。わしは本音をいうておる。江戸からやってきた遊び人の菊之助は、もうこの京のどこにも居ないのじゃぞ。それより喜六と幸吉が探ってきた寺町・竹屋町の弥三郎の長屋の評判は、本当だろうな」

「念には念を入れなあきまへんと、強くいうてありますけど、弥三郎はんは子ども好き、誰にも親切なのは疑いありまへんやろ。卯之助《うのすけ》はんという同じ櫛職人が、一年ほど前からたびたび訪れてきていたそうどす。隣に住む桶職人の女房お光《みつ》はんによれば、再三、激しい口振りでいい合っていたといい、それが少し気にかかりますわ。その原因は、卯之助はんが弥三郎はんを酒に誘っても、一度も同席せえへんなどという他愛のないことらしおすけど――」

源十郎の口からそれはすでに菊太郎に伝えられていた。

「わしとてそれには、大いに関心を寄せているわい。さればこそ銕蔵に、弥三郎と口喧嘩をしていた卯之助ともうすその櫛職人の身辺を、洗うてくれと頼んでおいたのじゃ」

「やっぱりそうどしたか」

「さようもうすからには、別に何かあったのじゃな」

「いや何、その後に喜六のいうてたことを、若旦那に伝えなあかんと思いまして――」

「喜六がだと。喜六はどういうていたのじゃ」

弥三郎の妹おみさが鯉屋を訪れてから一月半近く、梅雨が明け、季節は夏に向かっている。

夏衣に着替えた菊太郎は、毛脛《けずね》を見せ、胡座《あぐら》をかいていた。

帳場にいる下代の吉左衛門と、用達《ようたし》に出かけた正太と鶴太を別にして、幸吉と喜六は客座敷で交される菊太郎と源十郎の話に、長廊から耳をそばだてていた。

菊太郎の問いかけに、当の喜六が何かいいたげにもじもじとしたが、かれは口を挟まなかった。

「きいたとき、すぐ若旦那のお耳に入れておくべきだったかもしれまへんけど」

「だから喜六がどういうていたかを、わしは今たずねておる」

菊太郎は焦《じ》れた口調で源十郎をうながした。

「はい、弥三郎はんの長屋の隣に住むお光はんの話で、兄弟《きょうだい》弟子の卯之助はんがちょいちょいときてはったことは、若旦那にもう伝えましたわなあ。それであるとき卯之助はんが弥三郎はんに、わしの仕事をすっかり奪ってしまい、おまえはどんな了見でいるんやと大声で絡み、撲《なぐ》り合いの喧嘩になったそうどす。たまたまお光はんの旦那の石松《いしまつ》はんが、仕事先の桶屋から家に帰ってきはり、喧嘩を止めに入らはったそうどすのや」

「わしの仕事をすっかり奪ってしまい、おまえはどんな了見でいるんやとは、穏やかでない話じゃなあ」

菊太郎は腕を組み、思案げな表情になった。

桶屋の石松は早くに仕事を終え、鼻歌を唄いながら竹屋町から路地に入ってきた。まだ寒い季節で、どの長屋の戸や窓も閉められていたが、長屋だけに声は筒抜けであった。

どこからか梅の花の香が強く漂ってきていた。

「卯之助はん、わしがおまえさんの仕事をすっかり奪ってしまったとは、人ぎきが悪うおすわ。変な因縁を付けんといておくれやす」

「何が人ぎきが悪いんじゃ。わしはほんまのことをいうてるだけのこっちゃ。ちゃうか——」

「それは言い掛かりというもんどす。わたしはどこの小間物屋にも、仕事を取りになんか行っていいしまへん。先さまから注文された櫛だけを作り、納めさせて貰うているんどす」

「それはそうかもしれんけど、とにかくわしの仕事はみんな駄目になってしまったのやがな」

頬の削《そ》げた卯之助は、憎々しげな顔で怒鳴るようにいっていた。

近世、櫛や簪《かんざし》などの類《たぐい》は、日本の女性の装身具として華やかな発展をとげた。櫛には象牙《ぞうげ》、鼈甲《べっこう》、黄楊《つげ》などさまざまな材質が用いられ、意匠も多様化し、実用性をはるかに超えた質の高い工芸品の域にまで達していた。

これら工芸品には、意匠の考案に優れた絵師も加わり、次々に独創的な細工の図案集が刊行され始めた。そのため印籠《いんろう》や根付《ねつけ》、たばこ入れ、キセルに及ぶまで、江戸庶民の装身具は、男には個性と粋、女たちには色香を添えるのに欠かせぬ小道具となっていったのである。

『伊勢物語』の八橋《やつはし》の条《くだり》で知られる橋と杜若《かきつばた》の画題が彫り出された櫛。無地鼈甲に蒔絵で月と葦雁《あしかり》を表したもの。また青貝の嵌《は》め込まれた花籠《はなかご》の櫛など、精緻を極めた品が作られるようになってきた。

弥三郎と卯之助は、上御霊社《かみごりょうしゃ》の近くに住む有名な櫛職人徳助《とくすけ》（瑞雲斎《ずいうんさい》）の許で、八年近く奉公して修業、それぞれに独立した。

瑞雲斎が死んだのは四年前。それぞれ市中の長屋に住み、手堅く仕事をしていた二人だが、その頃から卯之助に変化が起った。

かれは師匠の瑞雲斎が亡くなると、その束縛が解けたかのように博奕を始めたのだ。

賭場に出かけるようになれば、当然、仕事に精魂が傾けられず、出来上がったものが粗悪になる。小間物屋や問屋からの注文が減ってきた。

「名人といわれた瑞雲斎はんの許で、同じ修業をして独立しながら、卯之助はんと弥三郎はんの仕事は、随分、違うてきましたなあ。卯之助はんに頼んだ狐嫁入り図蒔絵櫛、納期が延びにのびてやっと出来てきましたけど、何や精気のない櫛どした。狐の目に嵌め込まれた青貝が、安物やったからどすやろか。こんなんでは、高値な注文品はもう頼めしまへんわ」

「そないなことがあったんどすか。実はうちの店も、菊花模様を入れた蒔絵の櫛を頼んだんどすけど、作りがえらく荒おしてなあ。依頼主のお客さまにはほかの品をお勧めし、納得していただきました。お互い注文するのをちょっとひかえなあきまへんか――」

小間物屋の仲のよい番頭二人が、そばを啜《すす》りながらこんな話を交しているほどだった。

「な、何だと——」

菊太郎は胡座の足を片膝立ちにすると、険しい表情になって源十郎を見つめた。

「そないなことが一応、わかってきたそうどす」

「さように大事なことを、どうしてわしにもっと早くいわなかったのじゃ。喧嘩の原因が変ってきているではないか」

「わたしも喜六からそれをきいたのは二日前で、喜六も重大なことやさかい、菊太郎の若旦那さまか銕蔵さまに、改めて確かめていただかなあかんというてました。若旦那さまはどこに居てはるかわからしまへんし、結局、今になってしまったんどす」

「きけば尤もじゃ。わしの賭場廻りは成果なし。たずねようが悪かったのか、弥三郎が賭場に出入りしていた話はとうとうきけなかったわい」

菊太郎は険しい顔から普段の表情に戻り、ゆっくりつぶやいた。

「そら賭場では普通、出入りする客の話など、他の者にはせえへんのが定めどす。そんなんで銕蔵さまにお伝えし、いま確かめていただいている最中どす。配下の曲垣染九郎さまたちは、すべて鋏蔵さまに従うと決めはったそうで、鋭意、動いてくれてはります。鋏蔵さまたちによれば、卯之助という職人はどうやら横着な遊び人、狡賢《ずるがしこ》い男らしおすわ」

「博奕好きは弥三郎ではなく、兄弟弟子の卯之助ともうす男だったのじゃな。弥三郎はそのことを間違えられただけでなく、能登半への押し込み強盗にまでされてしまったのか。これで矢崎九右衛門が描いた筋書きが、だいたい見えてきたわい」

「その筋書き、どんなんどす。わたしにもきかせておくれやす」

「それはなあ、小間物屋の能登半に問屋へ支払う三百両の金があるのを盗みぎきしたのは、弥三郎ではなく卯之助。奴はそれを知って、親しくしている賭場のならず者と相談。能登半に押し入って家族三人を殺し、その金を奪って山分けしたのであろうよ。西町奉行所への訴人も、おそらく奴かならず者のいずれか。奴は信用をなくして仕事が減り、金に困っていたはずじゃ。西町奉行所に訴えたら、残忍な犯行のため、敏腕と評されている矢崎九右衛門に、探索のお鉢が廻るとわかっての訴えであろう」

菊太郎は片膝立ちの姿を元に戻して話しつづけた。

「それで弥三郎はすぐに捕えられたが、身に覚えがないだけに当然、犯行を否認しつづけるわ。そこで厳しい拷問が次々と行われ、意識が朦朧《もうろう》とする中で楽になるため、弥三郎はついにはわたしがやりましたと、自白してしまった次第よ。卯之助と矢崎九右衛門。二人はきっと何かの糸で結ばれているに違いない。それにしてもそれは何だろうなあ」

菊太郎は一気にそこまでいった。

かれの口調には険しい怒気が感じられた。

「菊太郎の若旦那さま、それはおそらく女子どっしゃろ。銕蔵さまたちが卯之助には美しい姉がいて、祇園の暗町《くらがりまち》で『花とよ』という待合茶屋を営んでいるというておられました。西町奉行所の矢崎さまは配下の目を盗み、組屋敷のご自宅にはお帰りにならず、足繁《あししげ》く花とよにお通い。そこから町奉行所に出仕されるのも度々やそうどす」

「なんだと、もうそれほど調べが付いているのか。それにくらべ、このわしは江戸からやってきた腕利きの兄貴と賭場で呼ばれ、いささかいい気になりすぎていたようじゃ。さしたる探索も出来なんだ。もともとわしは博奕が嫌いではない。博奕打ちが壺を伏せ、客が賽の目を探るため一瞬、賭場はしんと緊張いたす。あの雰囲気がまるで真剣を交える瞬間のようで、むしろ好きなのじゃ」

かれは自嘲《じちょう》気味にいい、右手で自分の頬を軽く叩いた。

居間の外庭は、夏めいてきた強い陽に照らされ、表から子どもたちの声が賑《にぎ》やかにきこえてきた。

四

その夜、さして広くもない菊太郎の居間に、全員が顔をそろえた。

主の源十郎と下代の吉左衛門、手代の喜六と幸吉が厳しい表情で座っている。

それに銕蔵とその配下の曲垣染九郎、岡田仁兵衛たち四人の合わせて十人であった。

床には長沢蘆雪《ながさわろせつ》が描いた「蝦蟇《がま》仙人図」の大幅が掛けられていた。

画面いっぱいに一気に描かれた蝦蟇。それに仙人が跨《また》がり、額に手をかざして哄笑《こうしょう》している。

今度の事件の全容と一同を見渡し、嘲笑《あざわら》っているようだった。

「長沢蘆雪ともうす絵師は円山応挙の高弟で、描く絵に才気があふれ、師の応挙すら及ばぬものもあるようでござる。されど絵に出来不出来があり、甚《はなは》だ放埒《ほうらつ》な人物だったときききまするなあ」

みんながそろったところで、銕蔵が床の画幅を見上げてぽつんとつぶやいた。

「銕蔵、それはわしか西町奉行所の矢崎九右衛門のいずれかへの、皮肉ではあるまいか」

「いや、そんなつもりはございませぬが、いわれてみれば、その双方を指したとも考えられまするな。どちらも正しく世にあれば、大いに益になるものを、何やら捻《ひね》くれ曲《まが》って生きておられるようでございますれば——」

「だからこそわしは、蘆雪に同質のものを感じて好きなのじゃ。それはさて置き、今夜、全員に集まってもろうたのは、櫛職人の弥三郎が冤罪にされた全貌がほぼ判明したからには、今後いかがすべきか、みなの意見をきいて処置を決めたいからじゃ。真犯人の卯之助、西町奉行所の矢崎九右衛門、ならびに吟味役の石井清兵衛をどうしたらよかろうな」

菊太郎は一同の顔をざっと眺め渡して口を切った。

暗い顔の目、ぎらついた目などが菊太郎に注がれていた。

だがかれがいい出しても、誰もが口を閉ざしている。

重苦しい沈黙が部屋に流れた。

「これではどうしようもないわい。ならばわしから意見をもうすといたそう。わしは矢崎九右衛門と卯之助、石井清兵衛の三人を、こっそり斬ってしまうに限ると思うている。吟味役の石井清兵衛は、矢崎の奴にけしかけられ、弥三郎に酷い拷問をしたのだろうが、矢崎の意を強く受けているのは明らか。奴の走狗《そうく》だからじゃ。それで誅罰《ちゅうばつ》として三人を斬るについて、銕蔵や配下たちの手は借りず、わし一人で果してくれる」

菊太郎が次第に険しい顔になっていった。

「菊太郎の若旦那さま、わたしはそれしかないと思うてます。どうぞ、しっかりやっておくんなはれ」

吉左衛門の横にひかえていた喜六が、腰を浮せてまず意見を述べた。

かれは正太が弥三郎の斬首にどれだけ心を痛め、探索の進み工合を案じているかを、知っていたからである。

「喜六、今度のことでは、そなたたちにもさまざま苦労をかけた。いま菊太郎の兄上どのが仰せられたこと、それがしやその配下とてそうしたいのは山々じゃ。されどそれにはやはり反対じゃわい。三人を兄上どのに委せて殺したとて、今更、どうなるものでもないからだ。それに三人を殺害すれば、京都所司代は勿論、京都両町奉行所は死に物狂いで犯人を捜査いたすに決まっておる。されば、犯人は兄上どのとわかり、詮議はこの鯉屋にも及んでまいる。それがしとしてはそれだけは止めていただきたい」

銕蔵の言葉に、配下の曲垣染九郎たち四人が一斉にうなずいた。

「銕蔵さま、ご主旨のほどはようわかります。けどそれでは、冤罪で首を打ち落された弥三郎はんの霊が浮ばれしまへん。大勢で馬糞《まぐそ》を投げ付けるようなことをどれだけしたかて、相手の矢崎さまや卯之助の奴らには、痛くも痒《かゆ》くもありまへんやろ。そうして今後とも矢崎さまの詮議では、冤罪が起りつづけまっしゃろ。そやさかい、わたしは銕蔵さまの仰せに賛成できしまへん」

源十郎が小さく息をついてつづけた。

「そうかといい、両町奉行所を飛び越え、京都所司代に訴えても無駄。幕府の体面を考え、その訴えは上の方で握り潰されてしまうからどすわ。そうして何のかんのとこの鯉屋は難癖を付けられ、やがては廃業に追い込まれていきますやろなあ」

吉左衛門と幸吉は大きくうなずき、源十郎と同意見のようだった。

居間の外では、源十郎たちから禁じられているものの、正太と鶴太がきき耳を立てているのに違いなかった。

「ではわしはどうすればよいのじゃ」

菊太郎にすれば、自分の考えた処置にみんなが何らかの反対を唱えていることになる。

中でも銕蔵は真っ向から反対し、菊太郎自身の死すら匂わせている。曲垣染九郎たち配下四人のうち、同意する者は一人もいなかった。

源十郎は最終的にどんな結論が出ても承知するだろうが、たびたび冤罪を引き起している矢崎九右衛門の処置を、京都所司代に委せ、幕府の老中や大目付の指図を仰ぐのには反対のようだった。

そうしたとしても、事件は大きな力によって握り潰されてしまう。為政には裏があってそんなものだということは、かれが一番知悉《ちしつ》していた。

しばらくみんなが黙ったまま、誰かの発言を待つありさまであった。

「わしは自分の憤懣《ふんまん》をみなに押し付けているように思われようが、一方では鋏蔵の意見が尤もだと十分に承知している。喜六がわしの考えに賛成するのは、正太の心中を斟酌《しんしゃく》してだろうよ。ここで真っ当な意見をいわれると、わしはどうしていいかわからなくなってしまうわい」

菊太郎は正直な気持を吐露した。

「そやけど菊太郎の若旦那、わたしは鋏蔵さまや曲垣さま、岡田さまたちのご意見がどうあれ、若旦那がこうしたいと仰せになれば、それに従うつもりどす。この鯉屋は若旦那と一蓮托生。後がどうなってもかまいまへんわ。公事宿はこの国を動かす政《まつりごと》にとって町奉行所と同様、小さくても必要とされている商いどす。鯉屋が潰されてしもうたら、事件の真相を知った他の公事宿、江戸や大坂の店もふくめた多くが、幕府や大目付、町奉行所に黙っていいしまへんやろ。善が悪に押し潰されたことになり、公事宿を営んでいる甲斐がありまへんさかいなあ。わたしかて自分の商いに自信と誇りを持ってます。表沙汰になって幕府から咎められても、ただではすさしまへん。すべての公事宿の主に一切を明かし、あまり当てにはなりまへんけど、一応、公事宿の総元締二条陣屋の小川平右衛門《おがわへいえもん》さまの許へも、訴状を届けておきます」

源十郎は厳しい口調でいった。

二条陣屋は公事宿の総元締であり、同時に京都の富豪として大きな力を持っていた。

天明の大火後、小川家は主として金融業を営み、公事宿としては貸金の取り立てをする程度にしか、その商いをしていなかった。

また看板だけ薬種業も兼ねていたが、商いを拡張しようとはせず、当時の京・大坂の大町人がそうだったように、諸大名に金子《きんす》を用立て、苗字帯刀どころか扶持米《ふちまい》すら貰っていた。

同家は鯉屋からさほど離れていない大宮通り御池下ルに豪壮な屋敷を構え、公事に関わる大名の関係者が宿舎としていた。

やがては西国の諸大名が参勤交代の途中、京都に立ち寄ったときの宿所ともなっていた。

そのため二条陣屋と呼ばれ始めたのだ。

公事宿の総元締となり、金融・薬種・松前貿易・新田開発にも手を出していた小川家は、大和の小川荘から京都の同地へ移り住んだが、慶長・元和《げんな》の頃、同地はほとんど人家のない淋しい場所だった。

やがてここに東西両町奉行所が設けられ、幕府の京都支配の要衝となり、賑わい出したのだ。小川家は「万屋《よろずや》」と名乗り公事宿を始めたが、宅地の購入は将来を見越してだった。

二条陣屋が「万屋」の屋号を「木薬屋」と改めたのは、明和・安永頃であった。

源十郎が公事宿の総元締二条陣屋の小川平右衛門の名を口にし、苦々しい顔でいったのは、公事宿を表看板にしながら、その商いにさして熱心でない同家を、快く思っていなかったからだった。

源十郎は今の司法や行政のあり方に大いに不満を持っており、それは菊太郎とて同じであった。

「さて、三人を斬り殺してはならぬとなれば、どうしたらよかろうな。されば矢崎九右衛門、石井清兵衛、それに肝心の卯之助への誅罰、よくよく考え、なるべくことを荒立てずに巧く処置いたすゆえ、ともかくやはりわしに委せてくれまいか」

菊太郎は困惑顔ながら、居間にいる全員にもうし出た。

「はい、されば承知いたしました。兄上どのにはわれらがなすべき多くを、代りに果していただきながら、またもやかように至難な始末をお願いいたし、もうしわけなく思うております。何卒、お許しくださりませ」

「銕蔵、さように仰々しくいうほどのことでもないわさ。ときに卯之助の姉おとよが営んでおる祇園・暗町の待合茶屋は、繁盛しているのだろうな」

「はい、組頭さまに代ってそれがしがもうし上げます」

思いがけず、思慮深い年長者の岡田仁兵衛が声を上げた。

「卯之助の姉が営む待合茶屋の花とよは、客あしらいがよいのかいつも賑わい、客の絶えるときがございませぬ」

「そうか。さようにいわれる仁兵衛どのは探索の折、花とよで誰と密会いたされたのじゃ。そのお歳で隅に置けませぬなあ」

冗談気味に菊太郎がいったため、それぞれの口から苦笑がもれた。

菊太郎には、すでに何か一考があるようすだった。

五条・寺町の長屋に住む卯之助が白昼、菊太郎に右腕を斬り落とされ、蒼白《そうはく》な顔で町医に運び込まれたのは、その翌日であった。

「わしは田村菊太郎ともうす者じゃ。そなたの兄弟子の弥三郎を、能登半一家の三人を殺害した押し込み強盗に仕立て上げ、打ち首に処せられるように企んだのはそなた。その誅罰として殺すのは容易じゃが、あれこれ考えた末、命だけは取らぬこととい たす。片腕となって一生、これまでの己の所業を悔やむがよいわさ。矢崎九右衛門と夫婦同然に過している祇園・暗町に住む姉のおとよに、暮らしの面倒を見て貰うのじゃな」

「や、矢崎九右衛門――」

卯之助は、血を噴きぼとんと音を立てて道端に落ちた自分の右腕を見て、痛いとも叫ばず、姉が親しく世話をしている九右衛門の名を口走った。

かれが長屋の木戸門を出た直後のことで、人通りがふと途絶えた折であった。

自分の右腕を斬り落した着流し姿の見知らぬ侍は、慌てもせずすたすたと辻を曲っていった。

矢崎九右衛門は一日の仕事を終え、祇園・暗町の花とよに向かう途中、御池通りの御所八幡のかたわらで菊太郎に襲われた。

「そなたは矢崎九右衛門。下手人を挙げた功の数々には感心させられるが、その実、多くは冤罪。吟味役の石井清兵衛と組んで、拷問をもって自白を迫るとは全くあきれ果てる。その清兵衛は聟養子《むこようし》にまいったそなたの実弟だそうじゃなあ。櫛職人の弥三郎も清兵衛に相当、痛め付けられ、ついには犯行を認めてしまったのであろう。そなたはどれだけ冤罪を作り出すつもりでいるのじゃ。今回、命だけは助けてとらせるが、これで悔い改めねば、わしが容赦いたさぬぞ」

菊太郎は腰の刀を抜き、向かってきた矢崎九右衛門の羽織の紐を巧みに斬り、次には帯をばさっと斬り落した。

九右衛門は腕自慢だが、御所八幡の石畳を伝って退き、明らかに怯えていた。

「この御池通りの御所八幡の辺りは、わしとそなたが、祇園の惚《ほ》れた女の許にまいるいわば通い路《かよいじ》。女子のことも思うてつかわし、今後は自分が犯した罪を償うのじゃ。そなたが罪に陥《おとしい》れた亡き人々の縁者たちに、出来るだけ救いの手を差しのべ、贖罪《しょくざい》の心を忘れずに暮らすがよい。とりあえず弥三郎の実家には、弔意金として二十両ほど届けるのじゃな。さもなければ、わしが嬲《なぶ》り殺しにいたしてくれるぞよ。

わしの名は田村菊太郎、公事宿鯉屋の居候《いそうろう》じゃ」

菊太郎は刀をすっと鞘に納めて語りつづけた。

「この夕暮れどき、帯がなくてもどうにか恰好《かっこう》を整え、祇園の花とよまでまいれよう。わしの下帯をくれてやってもよいぞ。まことはそれで絞め殺してやりたい気持じゃがなあ。とにかく、己の手で世の中を大きく騒がすのはもう止めにいたせ。そして冤罪に陥れた人々を助けて暮らすのじゃ。それが今後のそなたの務め。わしはそなたのかたわらにいつも付いていると思うがよいぞ。卯之助の奴については、すでに右腕を斬り落としてくれたわい。今頃、花とよでうんうん唸《うな》りながら寝ているはずじゃ。右腕を失うたとて死にはしないわさ」

菊太郎は苦笑して九右衛門にいい渡した。

石井清兵衛の処罰は髷を斬り飛ばし、それがのびるまで病気だと偽り、奉行所を休んでいればよい。その後、奉行所に勤めながら九右衛門の贖罪を手伝えというつもりだった。

御池通りは薄暗く、通る人はまばらだったが、そんな人たちがこの騒ぎを息を呑んで見つめていた。

尤もその騒ぎがどういう関わりから生じたものなのか、かれらにはまるでわからなかった。

呆けの商案

一

表から子どもたちの遊び声がきこえてきた。

「えらい、すんまへん。お世話をおかけいたしましたなあ。いったいどこへ行ってしまったんやろと、この数日、女房の奴が心当りを探し廻っていたところどしたんやわ」

平六は苦々《にがにが》しい表情で、八十の老齢になる父親の平兵衛を一瞥《いちべつ》した。

かれを伴ってきてくれた、桶屋をしているという中年の佐吉に礼をいった。佐吉は上京《かみぎょう》の千本釈迦堂の近くに住んでいるといっていた。

「呆《ぼ》けて自分の家を忘れ、町を徘徊《はいかい》しているお年寄りが、京の町にも仰山《ぎょうさん》いてはるそうどすさかい、足腰の達者なお年寄りを養うてはるお家は、気が抜けまへんわなあ」

佐吉は同情するようにつぶやいた。

「それにしても、わしんとこの親父はこの三日三晩、どこをうろついてましたんやろ。そのうちの一晩は、佐吉はんのところに泊めていただいたわけどすけど——」

「さあ、どうどっしゃろ。年を取って呆けるのは仕方がないとしても、勝手に家から出歩かれるのはかないまへんなあ。そうかというて腰に縄を付け、柱に繋《つな》いでおくわけにもいきまへんさかい。そやけど、一年余りも行方不明の元気なお年寄りが、近江《おうみ》の瀬田川で漁師の蜆採《しじみと》りの手伝いをしているのを、発見されたそうどすわ。中《なか》京《ぎょう》で呉服屋をしてはるお店《たな》に、ようやく無事に連れ戻されたという話を、おまえさまもおききになりましたやろ」

「へえ、その話どしたらきいてます。とにかくお互いに呆けたくないもんどすなあ」

四条に近い河原町通りの奈良屋町《ならやちょう》で研師《とぎし》をしている平六は、父親の平兵衛を眺めながら、桶屋の佐吉に暗い顔でいった。

「まだ暑い季節どすさかい、平兵衛さまは最初の一晩はどこかの寺か神社の床下にもぐり込んで寝はりましたんやろ。次の晩もそうして三晩目、わたしが気付いてお泊めしたんどすわ。これも桶が取り持つ縁。十数年も前に、千本釈迦堂にお参りにきはった平兵衛さまが、わたしがしている桶屋をひょいとのぞかれ、刀を磨《と》ぐため水を張っておく平桶を、注文してくれはったからどす。どっか見覚えのあるお年寄りやなあと思い、すぐあっこれは奈良屋町で研師をしてはる平兵衛さまやと気付きました。当時、わたしは奉公先から家に戻り、桶屋を始めてました。その最初に平桶を注文してくれはった平兵衛さまを、ありがたおしたさかいよう覚えてますのや。ご注文の平桶をこの店へお届けしたときには、よく出来てる、大切に使わせていただきますと、お褒めの言葉をいただいたことは忘れられしまへん」

佐吉は平六の仕事場に置かれる平桶を、なつかしそうに見ながら微笑した。

平六が佐吉と同じように奉公先から家に戻り、父親の跡を継ぐため研師になったのは、それから間もなくであった。

佐吉が拵《こしら》えたという平桶は、今も水を入れて左脇に置き、毎日、刀磨ぎに用いている。

奈良屋町の奥まった平屋《ひらや》で刀磨ぎをしていて、注文が多く暮らしが成り立っているのは、父親の平兵衛の腕が信用されているのと、河原町筋には、諸国の大名が何家も京屋敷を構えているからであった。

しかしただの研師とは違い、刀研師は気を遣う職業で、特に諸藩の侍の刀を磨ぐ研師はそうであった。

伝家の宝刀といわれる大切な刀が対象であるだけに、取り扱いに注意が要され、盗難も恐れなければならないからだ。

尤《もっと》もそう声高にいって磨ぎに持ち込まれる刀が、意外に鈍刀《なまくら》で、銘は後代に刻まれたものの場合も少なくなかった。

「こんな鈍刀が粟田口景久《あわたぐちかげひさ》の銘刀だとよ。全く恐れ入ってしまうわい。これは粟田口鍛冶の数打ちだわさ」

粟田口は京の粟田口。後鳥羽院《ごとばいん》の時代から二代久国《ひさくに》が有名になり、山城鍛冶の代表といわれるほどになった。

数打ちとは、需要にまかせて濫造《らんぞう》された粗雑な刀を指す言葉だった。

こうした理由から、平兵衛たちは長屋に等しい小家に住んでいたが、預かった刀剣が盗まれないよう、そこには小さいながらがっしりとした蔵が設けられていた。

平六には利に聡《さと》く、薄情なところがあり、平兵衛との親子の仲は決してよくなかった。

平六は弟子を取っていないだけに、仕事の捗《はか》が悪く、近頃、暮らしは決して楽ではない。また似た者夫婦の諺《ことわざ》通り、妻のお千加も舅《しゅうと》の平兵衛を次第に何かと嫌い、邪魔者扱いしているほどであった。

平兵衛は一年ほど前から物忘れがひどくなり、徘徊癖が出ていたのだ。

「親父の奴、いったいどこへ行ってしまったんやろ。勝手に家からふらふら出て行く癖が付いて、全く目が離せへん。自分ではその癖がわからへんのやさかい、ほんまに難儀なこっちゃ。そやからといって世間の手前、蔵に閉じ込めておくことも出来へんさかいなあ。ほんまに困ったことや」

「お義父《とう》はんがどこにも行かんように、うちかてずっと見張ってられしまへんえ」

お千加が不服顔で平六に口を尖《とが》らせた。

「ふらっと家から出て行って、行方が知れなんだら、やっぱり探さなならん。今までにそんなことが三度あったなあ」

「いいえ、四度どっせ――」

「そうか、四度もかいな。呆けると自分が今どこにいるのか、ほんまにわからんようになるんやろか――」

「それはほんまのようどす。そやけど世間には、ふと頭がはっきりしたりするお人も、いてはるそうどすえ。尤もしばらくしたら、また呆けてしまわはりまっしゃろけど――」

「わしは薄情なようやけど、親父が呆けてぶらっと出て行き、鴨川か白川の深みにでも嵌《はま》り、石に頭をぶつけて死んでももうかまへん。そない思わんでもないわいさ」

平六は声をひそめて妻のお千加にいった。

「うちかて彦太やおもよにはきかせられしまへんけど、お義父はんのあの姿を見ていると、そない思うこともありますえ」

彼女は目を伏せてつぶやいた。

「そやろなあ。髪は乱れたままで撫《な》で付けもせえへん。帯かて半ば解《ほど》けた姿で、人前に出ていかはる。あれではまるでわしら夫婦に、恥をかかせてるのも同じやわ」

「八十になったかて、河原町筋にはしゃんとしてるご隠居さまが、何人もいてはりまっせ」

「ああ、そうやわなあ」

「毎日毎日、お義父はんに振り廻され、気持も身体《からだ》ももうへとへとどす。いっそどうにか出来まへんやろか――」

「呆けた親父を家から連れ出し、どこかに置き捨てにしてきたらええのかいな」

平六は瑣末《さまつ》なことでもきく口調でいった。

「うちはそうまで考えてまへんけど、呆けたお義父はんから少し目を離してたら、すぐそうなりますわなあ」

お千加も平然とした顔でつぶやいた。

二人には、父親を捨てる罪の意識など全くなかったのである。

翌日、朝食をすませた後、奥の部屋でぼうっと庭を見ている父親の平兵衛に、平六が近づいて声をかけた。

表の板間に仕事の用意はされておらず、磨ぎのための平桶も水が捨てられ、伏せられたままだった。

「お父はん、今日もまた暑そうどすけど、ご気分はいかがどす」

「気分はまあこんなものどすけど、そ、それよりおまえさまはどなたはんどす」

平兵衛は平六の顔をまじまじと見てたずねた。

「これは困ったことやなあ。息子の顔を見忘れるとは、とんでもないこっちゃ。お父はん、わしは息子の平六どすがな。正真正銘、息子の平六どす。今日は一つ気分を変えるため、下鴨《しもがも》神社へでもお参りに行き、境内《けいだい》を流れる泉川に足を浸し、涼んできまひょか」

「下鴨神社へお参りにかいな」

「そうどすがな――」

平兵衛はぼやっとしたままだが、どうやら声をかけてきたのが、息子の平六だとわかったようだった。

「そしたら連れてって貰おか」

かれは用心する気配もなく立ち上がった。

泉川は下鴨神社の境内を流れ、糺森《ただすのもり》を経て高野川に至る延長十八町余の小川。糺森では参道に沿って西側に御手洗《みたらし》川、東に泉川が流れているのであった。

泉川の名は、かつてこの川辺に和泉式部の屋敷が構えられていたことに因《ちな》むというが、それは伝説の域を出るものではない。その水質は清麗で、『京都府愛宕《あたご》郡村志』は「夏季泉質清冷なり」と記している。

正午《ひる》前、平兵衛と平六は編笠をかぶり、奈良屋町の家を出発した。

たばこを吸う平兵衛の腰帯には、印伝革《いんでんがわ》で拵えられたたばこ入れと、キセル筒が組紐で結ばれて差し込まれている。

それには将棋の駒の裏に鼠《ねずみ》が蹲る《うずくま》「懐玉斎《かいぎょくさい》」と銘の刻まれた象牙の根付が付けられていた。

懐玉斎は稀《き》代《たい》の名人といわれた大坂の根付師。存在する作品の数が少なく、蒐《しゅう》集家《しゅうか》には垂涎《すいぜん》の的の根付であった。

そんな根付を付けたたばこ入れから、平兵衛は刻みたばこをつまみ出してキセルの雁首《がんくび》に詰め、旨そうにたばこを吸う。

お千加はその姿を見ると、いつも夫の平六に小声で詰《なじ》っていた。

「呆けたうえにたばことは、ほんまに怖おす。たばこの火から、いつ火事が起るかわかりまへんやろ。うちはお義父はんがたばこを吸い始めはると、遠くからじっと見て、目をそらさんようにしてるんどっせ。そして火の始末を後で確かめているんどす。そんな苦労、おまえさまは知りまへんやろ」

彼女は忌々《いまいま》しげな口調でこういうのであった。

平兵衛たちは三条大橋を東に渡り、道を鴨川に沿い、まっすぐ北にとった。

二条川東を少し歩くと、家並みが途切れ、聖護院《しょうごいん》村や吉田村の畑が一面に広がり、比叡山の山稜がすかっと見えた。

「お父はん、疲れはったら、そこらの木陰で一休みして一服、たばこでも吸わはったらどうどす」

平六は和《なご》んだ口調で父親に勧めた。

これが最後の親孝行。やっと平穏が得られると、かれは腹の中でほくそ笑んでいた。

「平六、もうちょっと歩いたら、慈照寺《じしょうじ》はんのほうへ行く山越道になり、田中村の茶屋があるわ。わしはそこの茶屋で一服するつもりじゃ」

言葉もその筋道も明晰《めいせき》で、呆けたようすは全くうかがわれなかった。

――おやっ、これはどうしたことやな。少しも呆けてはらへんわ。下鴨神社の泉川で置き捨てにしても、今日は独りで家へ帰ってきはるかもしれへんなあ。まあ、それならそれでかまへんわい。またどこかへ徘徊に出て行かはったとき、その折、本気で探さなんだらええのやさかい。

平六は胸でひそかに自問自答し、山越道の茶店の床几《しょうぎ》に腰を下ろした。

すぐ近くの下鴨村の南先で、比叡山の西麓を流れる高野川と、西の鞍馬山《くらまやま》のほうから流れてくる賀茂川がYの字になって合流し、鴨川と名を改めて南に下っている。

こんもりとした下鴨神社の森が、目前に見えていた。

その社《やしろ》に参詣し、泉川で父親をうまくまいてしまうのだ。

平兵衛は息子の姿を見失った惑乱から意識を混濁させ、徘徊老人としてどこかへ歩き始めるに違いない。そうしたらもうしめたものだ。

八瀬《やせ》や大原、若狭《わかさ》街道を呆けたままどこまでも歩きつづけ、若狭の小浜《おばま》まで行ってしまうかもしれない。夜中も歩きつづけ、深い山の中に迷い込み、谷川に落ちて死ぬか、熊や狼に襲われる場合もあろう。

平六はそんな中の一つになるかもしれないと考え、そのまま実行した。

邪悪な考えから父親の平兵衛を泉川で見捨て、夕刻、奈良屋町の家に戻ってきた。

「おまえさま――」

お千加が意味ありげな顔で平六を迎えた。

その日の夕飯には、お千加に銚子を三本付けさせ、ぐでんぐでんに酔っ払って寝についた。

翌日は普段通り、刀の磨ぎに励んだが、満足な仕事は出来ない。一日中、平兵衛がひょっこり帰ってくるのではないかと、びくびくしていたからである。

お千加とは父親が帰ってこないのを、目と目で邪《よこしま》に確認し合っていた。

二日目、三日目も同じだった。

だが四日目になり、ついに恐ろしい現実が目の前に展開した。

「ごめんやす。ここは研師の平兵衛さまのお住まいではございまへんか」

「へえ、そうどすけど、ご用は何でございまっしゃろ」

「わたしは上京の千本釈迦堂の近くで桶屋をしている佐吉という者どすけど――」

こうして桶屋の佐吉が、父親の平兵衛を連れてきたのである。

平兵衛の髪はざんばらで、衣服はところどころ破れ、着乱れていた。

面貌《めんぼう》がまるで変わり、惑乱がかれの意識を混濁させているのは明らかであった。

自分を迎えたのが誰か、全くわかっていないようすだった。

――余計なことをしてくれたものやわ。

胸で舌打ちを鳴らし、平六は桶屋の佐吉に応対した。

「それではわたしはこれでお暇《いとま》いたします」

佐吉は坐布団を退《の》け、平六に手をついて辞儀をした。

「ほんまによう思い出して、お送りしておくれやした。これでわたしも一安心どす。どれだけお礼をいうてもいい足りまへん。二度とこんなことがないように、腰を紐で結んでほんまに柱に縛り付けておくつもりどす」

「まあ、そないな強《きつ》いことをいわんと、平兵衛さまの好きにさせたげとくれやす。そのうちに出歩かはらんようになりますやろ。何というても、家で看取られるのが一番どすさかい」

二人の会話に背を向け、平兵衛は何事もなかったように庭を眺めている。

お千加が嫌うたばこを吸い、その煙をくゆらせていた。

一服吸いつくすと、たばこ盆の竹筒にキセルの雁首を叩き付けて小さな灰を落し、また刻みたばこを詰め込んだ。

再び火を拾ってたばこを旨そうに吸い、口から煙を吐き出していた。

自分がどういう状態に置かれているのか、まるで自覚していないようすだった。

一方、平六には全く啞然とさせられる光景となっていた。邪悪な考えから行ったことだが、思ってもいない展開であった。

「おまえさま――」

　お千加が佐吉に出した茶菓の後始末をゆっくりしながら、平六に呼びかけた。

「わしはこれから親父が無事に戻ったことを、町番所へ知らせてくるわ。番所から町廻りの同心方に届けて貰わなあかん。わしらの思うているように、なかなかうまくいかへんわい。桶屋の佐吉はんは親切でしてくれはったんやけど、余計な配慮というもんや。そやけど、本音なんかいえへんさかいなあ」

　平六は熱気で萎《しな》びた庭の朝顔の花と、たばこをくゆらせる平兵衛の後ろ姿を、忌々しげに睨み付けた。

　一瞬、今なら磨ぎ上げかけている刀で、自分でもその首を一刀の許に打ち落せると思ったが、勿論、そんな度胸や覚悟、腕もなかった。

　秋が近づいており、蜻蛉《とんぼ》が朝顔の蔓《つる》のからんだ竹の先に止まった。

　平兵衛のくゆらせるたばこの煙が、そこに向かいゆっくり流れていった。

二

鴨川の流れが細くなっている。

この夏の小雨がそうさせていたのだ。

平兵衛は五条大橋の東のかたわらに立ち、五条坂のあちこちから立ち昇る窯《かま》の煙を、ぼんやり眺めていた。

身形《みなり》はすっかり汚れ果て、ここ数日、方々をさまよい歩いていたようすであった。

五条大橋は公儀橋。人通りが多く、かれの姿を不審そうに眺めて過ぎる人々も少なくなかったが、誰一人として薄汚いかれに、言葉をかける者はいなかった。

厄介に関わり合いたくないからで、それが多くの人々の本当の気持だろう。

旧五条橋は鴨川の北に架かる松原橋だが、天正十七年（一五八九）、方広寺大仏殿の造営に際して現在地に移された。

増田長盛《ましたながもり》が豊臣秀吉の命を受けて建造し、「洛中洛外図屏風」（舟木家旧蔵）には、両側の高欄に青銅擬宝珠《ぎぼし》を備え付けた移築後の五条大橋が描かれている。

正保《しょうほう》二年（一六四五）には橋脚が石造りに改められ、長さ六十四間、幅四間余りであった。橋の桁木《けたぎ》は槻《つきのき》材で、踏板、高欄にはすべて檜《ひのき》が用いられ、青銅擬宝珠の付けられた高欄は、左右に十六本数えられた。

そのうち北側、西から四本目の擬宝珠には、三十五文字の銘文がこう刻まれている。

――洛陽五条石橋正保二年 乙酉《きのととり》十一月吉日 奉行 芦浦観音寺舜興 小川藤左衛門尉正長

芦浦観音寺舜興とは、豊臣秀吉の時代、琵琶湖東部を領した観音寺賢珍《けんちん》の子孫。秀吉の没後、家康から東北で大名に引き立てるとの誘いを断り、代りに琵琶湖を運航する荷船から、通行料を徴収する権利を与えられた人物であった。

領国の支配や経営、家臣の慰撫《いぶ》に悩まされるより、歴代、琵琶湖を往来する船から通行料を取り、近江に睨みを利かせていたほうが賢明だと踏んだのだ。

この後、五条大橋の修理費は、徳川将軍家から拠出されたため、橋は公儀橋とも呼ばれたのであった。

平兵衛はその五条大橋を、朝から行ったりきたりしていた。

高瀬川に沿う斎藤町の仕出し屋「魚枡」で働く浅吉が、朝、宮川町の長屋から店へ出かけるときも、また一日の仕事を終えて帰る陽暮れにも、平兵衛の姿をそこで見かけていた。

仕出し屋は注文の料理を調えて届ける職業。京では来客があると、自宅で調理をせず、仕出し屋から出前料理を取り寄せる家が多かった。

仕出し弁当――の言葉があるくらいだった。

――あの親っさん、どこのお人か知らんけど、同じ橋の上を一日中、行ったりきたりしてはったわけや。そんなんでは疲れてはるやろけど、それもきっと自覚できんように呆けてはるのやわ。

浅吉は胸でつぶやき、橋の欄干に手をそえ、さすがに蹌踉《そうろう》とした足取りで歩く平兵衛に目を這わせた。

このままではかれは体力を消耗し、五条大橋かその辺りで倒れ込んでしまうだろう。

――世間の奴らは薄情なものやわい。せめて橋の東に設けられている角倉《すみのくら》会所の橋番所の番人でも、あの年寄りに気付き、声をかけてやったらええのになあ。

かれは足を止め、東に歩く平兵衛の後をゆっくり付けていった。

――きものの裾をはだけ、ふらふら歩いているあの親っさん、そのうち欄干を飛び越え、鴨川に身を投げるかもしれへんなあ。そやけど鴨川の水は浅いさかい、溺死はせえへん。それでも頭を川底に強くぶつけて気絶するか、死ぬ恐れもあるやろ。

浅吉は気を廻し、そうまで心配し始めた。

このまま平兵衛を追い越し、五条・宮川町の長屋へ帰る気にはなれなかった。

——すぐ夕方、辺りが暗くなってくるがな。

自分が手を貸さねば、呆けて歩きつづけている年寄りはどうにかなってしまう。

かれは足を速め、平兵衛に近づいた。

「親っさん、わしは仕出し屋で働いている浅吉いう者どすけど、今夜はわしの家にきて、泊らはりまへんか——」

かれは出来るだけ優しい声をかけた。

年寄りが姿を消した家では、その行方を探し廻っているに違いない。自分が家に預かり、その旨を町番所に届けておけば、かれの家族がすぐ引き取りにくるはずだ。

浅吉は心でそんな構図をすでに描いていた。

「あ、浅吉、浅吉やと——」

「へえ、浅吉といいます」

「そうや。わたしにも昔、浅吉という酒飲み友だちがいてたわ」

平兵衛の答えはまともだった。

「そうやったらおまえは、その浅吉の息子なんか——」

そう決め付けるようにたずねるところが、もう変だった。

「それはともかく親っさん、わしの家にきて泊っておくれやす。宮川町の路地奥の小さな家どすけど、女房と息子の三人、貧乏ながらまともに暮らさせて貰うてますさかい」

「そうか、まともになあ。それはええこっちゃ。そしたら今夜は、おまえさまのところに泊めて貰うわ。わしはなんや疲れてしもた」

一日中、五条大橋やその界隈《かいわい》を歩きつづけていたら、そうなるに決まっている。

「ほな、わしが背負うていきまひょか」

「すまんけど、そうしてくれるか——」

平兵衛は、腰をかがめた浅吉の背にすぐ覆いかぶさってきた。

かれの身体は意外に軽かった。

浅吉は泥鰌《どじょう》売りをしていた父親の定七が、黒の胸前掛け、股引き草鞋《わらじ》履きで棒手《ぼて》振《ふ》りをし、町を「どじょう、どじょう」と声を上げて売り歩いていた姿を、急に思い出した。

客があれば、父親は天秤棒《てんびんぼう》で担いだ桶と桶の間に俎板《まないた》を置き、桶から摑《つか》み出した泥鰌を千枚通しでそこに打ち付け、腹を裂いて客に供していた。

五条・宮川町は、四条通りの南座裏までまっすぐつづいている。

昔、鴨川の東は人家が少なく、畑ばかりだったが、徳川幕府の市街化政策によって家が建ち始め、まず待合茶屋や色茶屋が構えられた。やがて遊楽地として〈祇園〉が出来上がった。

父親の定七は、貧しい泥鰌売りで一生を終え、その五条・宮川町の長屋で死んでいった。

つづいて母親のお園もそうだった。

浅吉はそこの長屋で生れ育ち、十六の頃から必要に応じて増えた仕出し屋に奉公した。やがてお秀と世帯を持ち、一人息子の信助を授けられた。

貧乏人の子はどうあがいても一生貧乏なままで、世間の底から這い上がれない。そんな境遇からそうした諦観が、いつしかかれには身に付いていた。

背中に負った平兵衛は、死んだ父親を両腕で抱え、坐棺に入れたときのように軽かった。

「お秀、ただいまや。今帰ったわ」

浅吉は長屋の家に戻ると、奥に向かって声をかけた。

「おまえさま、お帰りやす」

お秀が奥の台所から出てきて、あっと小さな驚きの声をもらした。

浅吉の戻りを知り、つづいてよろこんで駆け出てきた息子の信助も、うっと声を詰まらせた。

浅吉が見知らぬ年寄りを背負っていたからであった。

「お秀、このお人に横になっていただくさかい、早う布団を敷いてくれまへんか」

「布団を敷いて横になっていただく——」

「ああ、わけは後からゆっくりきいて貰います。それにお粥《かゆ》を作ってくれると、ありがたいのやけどなあ。身体の汚れはわしが拭き、わしの寝間着でも着て貰います」

「へえ、わかりました。ほな早速、仕度します」

お秀は気の優しい女で、夫の浅吉が行き倒れた老人を背負って帰ったのだとすぐに察した。

「お母はん、お粥は七輪に土鍋を掛けて炊くのやなあ。わしが団扇《うちわ》で火を煽《あお》いだる」

信助は九歳。母親のお秀にもうし出た。

「ああ信助、そうしてくれるか。お竈《くど》はんにまだ種火が残ってるさかい、それを七輪に移して火を熾《おこ》したらええわ」

かれにそういい、お秀は奥の小部屋に急ぎ、老人の床の用意にかかった。

その後、お湯を沸かさねばならない。着替えの肌着と褌《ふんどし》の用意。彼女は室町筋の呉服問屋で女中奉公をしていただけに、手際も動きも速かった。

小部屋に布団を敷き、浅吉を手伝い、まだ名前もきいていない老人を寝かし付けると、すぐ台所に下りて湯を沸かしにかかった。

「お秀、世話をかけてすまんこっちゃなあ」

「そんなん、どうもあらしまへん」

「今朝から先程まで、五条大橋の上をうろついてはったお年寄りでなあ。何日も何も食べてはらへんようすなんやわ」

「そしたら卵焼きでも拵え、精を付けて貰わなあきまへんなあ」

「世話をかけるけど、そうしてくれるか」

「年を取って呆けてはるみたいどすけど、お粥を食べてゆっくり寝て貰うたら、正気に戻らはるかもしれまへん」

「わしはお年寄りに横になって貰うたら、こないなお人を預かっていると、町番所へ一っ走り、届けてくるわ」

「へえ、そうしておくんなはれ」

中の間に置かれた卓袱《ちゃぶ》台には、浅吉が戻ったら三人がそろって食べられるように、夕飯の用意が整えられていた。

それには見向きもせず、台所では平兵衛のための食事が慌しく作り始められた。

信助が七輪のそばで団扇の音をさせている。

七輪は焜炉《こんろ》の一種で、土を軽く焼いて作られている。物を煮るのに、価《あたい》七厘の炭で足りる意からこういわれた。

信助は夕食のご飯を少し土鍋に取り、水を足してお粥を拵えているのだ。

気働きの出来る賢さをそなえていた。

「お年寄りに目を配っててや――」

信助にこういい、家から忙《せわ》しく飛び出していった浅吉が戻ってきたとき、お粥はすでに炊き上がっていた。

卵は炒卵《いりたまご》とされ、年寄りの枕許に運ばれたところだった。

「どうどす。少しは元気にならはりましたか」

お秀が年寄りの顔や手を湯で拭き、その顔をのぞき込んでいた。

「ご親切に、お、おおきに、おおきに――」

平兵衛は掠《かす》れた小さな声でお秀につぶやいた。

彼女のそばから、ここまで自分を背負ってきてくれた男と夫婦の子どもらしい少年が、心配そうな顔で見下ろしていた。

「こ、ここはどこでございます」

「へえ、わしの家で五条の宮川町。わしの名は浅吉、女房はお秀、息子は信助いいますねん」

「浅吉はんにお秀はん、それに信助ちゃんどすか。ええご家族どすなあ。それで浅吉はんは何の仕事をしてはります」

平兵衛ははっきりした口調でたずねた。

「へえ、高瀬川筋の斎藤町の仕出し屋魚枡で働いてます」

「仕出し屋にお勤めどすか――」

「へえ、しがない貧乏人どすわ」

「そない情けないことをいうててはあきまへん」

平兵衛はそんなことをいいながら、ここ数日、我が身に起った出来事を、次第にうっすら思い出していた。

記憶が曖昧《あいまい》になったり、ときどき全くなくなったりしている。徘徊癖が出ているときには、自分がどこの誰かもわからなくなっていた。

だが今度はどうしてか記憶がはっきり戻り、怒りがこみ上げてきた。

自分は息子の平六に、何日か前に捨てられたのだ。

一緒に河原町通りの奈良屋町の家を出たのを鮮明に思い出した。

それからどこかを連れ廻されたあげく、ついに捨てられたのである。

「お父はん、わしちょっと近くで用を足してくるさかい、どこにも行かんと待っててや」

大小の寺が建ち並ぶ界隈、東本願寺か五条通りの下に多く寺が建つ極楽寺の辺りかもしれないが、そこからずっとどこかに歩きつづけた。農家が点在し、確か近くに地蔵堂が見えていた。

だがどれだけ時刻が経ち陽が暮れても、平六は戻ってこなかった。

その夜は曖昧な記憶だが、歩きに歩きつづけ、近くの寺の本堂の床下にもぐり込んで眠った。

翌日は腹が空いたため墓地に入り、お墓に供えられた供物をいただいた。

この日もかれは辺りを徘徊して過し、再び昨夜と同様、寺の本堂の床下で眠った。

三日目、平兵衛は何の自覚もなく辺りを歩いてみた。

東に山が連なり、北に高い山が聳えていた。

だがそれが比叡山だとは認識できなかった。

踉跟と少し歩くと、大きな橋にさしかかった。それでもそれが、五条大橋だとはやはりわからなかった。

ただ橋の上を行ったりきたりして、時折、欄干から川の中をのぞき込んだ。

流れの少ない水の中で、大きな鯉が背鰭《せびれ》をのぞかせ泳いでいる。

――わしはどうしたのだろう。

ふとそう思ったりしたが、記憶はそれ以上、回復しなかった。

誰かに声をかけられ、その男の背に負われたが、男には全く馴染みがなかった。

そうして男の長屋に連れ込まれ、柔らかい夏布団に横たえられ、顔や手足をきれいに拭《ぬぐ》われた。

そうして平兵衛は、少しずつ意識をはっきりさせてきた。

自分は研師をしていた平兵衛だ。

かつては優れた磨ぎの腕を持っているとして、多くの刀剣屋から注文を受けていた平兵衛。それがわしだったと、はっきり今は思い出していた。

息子の平六は自分を捨てたのだ。

それにくらべ、浅吉と名乗った仕出し屋で働く男と女房のお秀、息子の信助の、自分に対する親切や気遣いはどうだ。

平六や妻のお千加とは雲泥の差で、平兵衛には、浅吉一家がまるで肉親のように感じられた。

そう思うに付け、怒りとともに平兵衛の両目から滂沱《ぼうだ》と涙があふれてきた。

「親っさん、何を泣いてはりますねん。ここにいてはったらもう大丈夫。何日、寝てはったかて、かましまへんのやで。親っさんの家がどこで、何をしていたかなど、わしはきかしまへん。家でどんな扱いを受けてはったか、だいたい察せられますさかい。そやけど気持がしっかりしはったら、名前ぐらいきかせとくれやすか」

「浅吉はん、わたしは平兵衛といいますねん。仕事は何をしていたのか、今いいたくありまへん。年は八十、そやけど足腰は達者どっせ」

平兵衛は右肘《みぎひじ》をついて起き上がりながら、浅吉やお秀に告げた。

「親っさんの名前は平兵衛はん。お達者なのは今ようわかりました。腹が空いてぃはるはずどすさかい、まずお粥を食べとくれやす。そして一晩ぐっすり眠らはったら、もっと元気にならはりますやろ。そしてすっかり元気にならはったら、これからどうするか、わしらと一緒に考えさせてくれはりますか」

浅吉は平兵衛の横たわる布団に、にじり寄って話しつづけた。

「わしの親父は泥鰌を売り歩いてましたけど、十四の歳に亡《の》うなり、後は母親の女手一つで育ちました。それから仕出し屋の魚枡へ通い奉公に出ましたんや。女房のお秀とは、室町筋の呉服問屋へ仕出しを届けに行くうちに懇意になり、そして世帯《しょたい》を持ったんどす。それだけに、こうして平兵衛はんのお世話をさせて貰うていると、ほんまの親父のように思われてなりまへん。貧乏はしてますけど、食うには困っていいしまへん。気がすむまでどうぞ、ここでのんびりしていておくれやす。こいつにも文句はないはずどす。なあお秀、そうやろ」

浅吉はお秀の顔を見て、同意を求めた。

「へえ、うちかてそう勧めとうおす。三人の家族が四人に増え、家内《いえうち》が賑やかになってよろしゅうおす。信助もよろこびますわ」

お秀には何の異議もなかった。

平兵衛の人品は卑しくない。信助に読み書きぐらい教えて貰えそうだった。丹波の篠山《ささやま》で田畑を耕している両親が、ここにいると考えれば、仲良くやっていけるだろう。

平兵衛は横になり、なおも涙を流している。

その姿を見ていると、貰い泣きしそうだった。

「お爺ちゃんが家にいてくれはったらうれしいわ。わしはまだ子どもやけど、お父はんの仕事を継いで、どこかで食べ物屋でもしたいと思うてますねん。お父はんと一緒に、仕出し屋の魚枡で奉公して修業してもええなあ」

信助が華やいだ声でいった。

「ほな、お粥を食べはりますか。お菜は炒卵。明日は鶏肉《とり》のささ身でも食べていただきます。さあ信助、おまえが匙《さじ》でお爺ちゃんにゆっくり食べて貰いなはれ」

浅吉にいわれ、信助はうんとうなずいた。

外は薄暮に包まれ、鴉《からす》の鳴き声が空をかすめていった。

三

やがてその年が暮れ、奈良屋町の研師平六の家から父親の平兵衛の姿が消え、一年余りが過ぎていた。

「近頃、平兵衛はんの姿を一向に見掛けまへんなあ。死なはったとはききまへんけど、いったいどうしはったんどす」

町内やかれと関わりの深い人たちからたずねられると、平六と妻のお千加は巧みな答えを返していた。

「うちの仕事は刀磨ぎ。呆けた者が家にいてたら物騒どっしゃろ。刀を振り廻して刃傷《にんじょう》沙汰でも起したら大変どすさかい、岩倉の大雲寺さまのお宿で預かって貰うてますねん。物要《ものい》りどすけど、仕方がありまへん」

「岩倉の大雲寺さまのお宿に。それならお見掛けするはずがございまへんわ。大雲寺さまの霊水を飲み、滝にうたれて療養がかない、早う帰ってきはるとよろしおすなあ」

相手は平六の言葉で納得し、疑問も抱かずにこれで話は終了した。

江戸時代、洛北岩倉の大雲寺では、心を病む人々の療養が行われていた。

療養といっても、特別な薬が用いられるわけではない。平安時代中期、後三条天皇の第三皇女佳子内親王が、二十九歳のとき「挙動常ならず、髪を乱し、衣を裂き、帳《とばり》に隠れ、物言わず、言えば譫語《せんご》し、心全く喪《うしな》わせらる。神仏に平癒を祈願し給《たま》いけるに、一夜霊告あり。これに依《よ》り、直ちに皇女を岩倉大雲寺に籠らしめ、境内にある不増不滅の霊泉を日毎に飲用せしめ給いしに、いくばくもなく疾患癒《い》え、聡明元に復し給う」と、大雲寺の旧記に記されている。

このように同寺には、祈願した井戸水を飲んでいたら、精神疾患が治ったという伝承があり、江戸時代、その治癒を願い、同寺を訪れる人々が増えていたのであった。

同寺に療養施設はないが、地域の茶屋や民家が療養人を預かり、念仏を唱えさせたり、寺の井戸水を飲ませたり、また滝にうたれる灌水《かんすい》療法を行わせたりしていたのだ。

同寺は実相院の北。紫雲山の山麓に位置するため紫雲山と号し、天台寺門宗の単立寺院。円融天皇の御願寺として、古くは六堂伽藍《がらん》をそなえた壮大な寺だった。

認知症、失語症、神経症などの療養人には、大雲寺から鑑札が発行され、出入りが管理されていた。かれらを預かる茶屋や民家は、患者の家族から冥加金《みょうがきん》を受け取り、一部を大雲寺に納入し、地域ぐるみで患者を受け入れる態勢が整っていたのだった。

だが患者に付き添う介抱人の中には、療養人に食事も与えずに暴力を振るう人物もあり、また賭場も設けられ、乱脈な運営の茶屋も見られた。

実相院は度々、改善の誓約書を出させるありさまであった。

「それでもなあ、平六はんは親切そうにいうてるけど、あれは親父はんを大雲寺のお宿に行かせ、金を出すだけで、厄介払いをしたのも同然やで。平兵衛はんはいずれ大雲寺のお宿で、身内の誰にも看取られんと死なはるのやわ。呆けてときどきふらっと出かけ、行方が知れんようになってたけど、正気に戻ってわしらとまともに話をしはるときもあったのになあ。全く気の毒なこっちゃ」

町内ではこう噂をしている者もいた。

そんな人たちでも、平六が父親に使う金を惜しみ、大雲寺にも行かせず遺棄したとは、全く考えもしなかった。

平兵衛が奈良屋町から姿を消した翌年の春頃から、京の町に新しい稲荷寿司《いなりずし》を売り歩く寿司売り屋の姿が、にわかに目立つようになっていた。

かれらは小振りの盥桶《たらいおけ》に稲荷寿司を入れ、それを片手で担ぎ、「すしやぁ、すしやぁ」と呼び声をあげて売り歩いている。

「宮川町のほうからくる稲荷寿司屋、『千本屋』いうらしいけど、あそこの物は少し変ってて旨いで。一度買《こ》うて食べたら、他の稲荷寿司なんか食べられへん」

「どこが変ってるねん」

「普通の稲荷寿司は、油揚げに白い酢飯が詰めてあるだけやろ。ところが千本屋の物には、散らし寿司のように干瓢《かんぴょう》、椎茸《しいたけ》、人参、鶏肉《かしわ》、卵焼きを細く切った錦糸卵なんぞが仰山、入ってるんや。そやさかいすぐ売り切れてしまうそうやわ」

「へえっ、そんな稲荷寿司やったら一遍、買うて食べてみよか」

噂をきいて千本屋の稲荷寿司を買って食べた人々は、それから千本屋の寿司売りがくると、必ずといっていいほど買うようになった。

そしてその噂は一層、京の町に広がっていった。

「稲荷寿司は千本屋に限るわ。こんな物を売り歩かれたら、他の稲荷寿司屋はとても太刀《たち》打ち出来へん」

「そうかというて、真似して作って売るわけにもいかんさかいなあ」

「ほかの稲荷寿司屋は、地団駄《じだんだ》踏んで口惜しがっているやろ」

「そら仕方がないわいさ。商いはやっぱり工夫が第一やさかい。千本屋の工夫が勝ちというわけや」

新しい稲荷寿司を売り歩く行商人の噂をしていた二人の会話は、一人が千本屋の工夫が勝ちだと断定したことで終止符がうたれた。

江戸時代は勿論、昭和の頃まで、日本では他人の始めた商いの工夫や商圏を侵さないのが、商人の不文律とされていた。

例を挙げればたばこ屋。新しいたばこ屋は、既存の店から一定の距離を隔ててしか開業出来なかった。

また菓子屋の真向かいで菓子屋を開くなどは論外。同業者から顰蹙《ひんしゅく》を買うばかりか、囂々《ごうごう》と非難を浴びたのだ。

それだけに、他人が工夫した物をそのまま真似て作って売ることは、儲かるとわかっていても、行うべきではなかった。

ために新しい稲荷寿司は千本屋の独壇場として、他の稲荷寿司屋は指をくわえて見ているよりなかったのである。

千本屋は自分のところで始めた稲荷寿司が、好評を得て町中で売れに売れており、人を雇って大量に作り、売り子も大幅に増やしていた。

「やっぱり平兵衛の親っさんがいわはった通りになりましたわ」

浅吉は商いが大きく伸びていくのを見て、平兵衛の商案にただ感心して唸《うな》った。

浅吉に助けられ、十日も養生していた平兵衛は、かれやお秀、信助の温かい扱いにすっかり元気になり、それまでのかれとは違い、意識もはっきりさせていた。

近所の者とも気さくに話し、信助に読み書きを教えたりしていた。

「お秀はん、浅吉はんの仕事、近頃、忙しいらしく、帰ってきはるのが遅おすなあ。草臥《くたび》れてはるせいか、風呂屋にも出かけんと、すぐ寝てしまわはりますがな」

「へえ、師走《しわす》には毎年、仕出し屋は忙しゅうてこうなるんどす。ご隠居さまの話し相手も出来んとすんまへん」

お秀は粗相を咎《とが》められたように詫びた。

「わたしは咎めてなんかいいしまへんえ。料理人として立派な腕を持ちながら、勿体無いと思うているだけどす。人の金儲けの手伝いをして、一生を終えるのは惜しおすがな。独立して自分らしさを発揮せなあきまへん」

「独立して自分らしさを発揮せなとは、自分の店を持つべきやといわはるんどすか」

お秀はおずおずと平兵衛にたずねた。

かれはどこのどんな人物なのか、まだ明かしていないが、何事にもひかえめな年寄りで、世間一般についての知識や行儀作法には、教えられることが多かった。

長屋や近所でも品のええお人やと好意を持たれ、お秀はんがお身内を引き取らはったのやろと、勝手に噂されていた。

数ヵ月ほど前、かれを背負って長屋に戻った浅吉は、町番所に行き倒れ人どすと急いで知らせてきたはずだ。

だが番人が怠慢なのか、その後、町奉行所の町廻り同心はついに調べにはこなかった。

「ああお秀はん、わたしはそう考えてます」

平兵衛ははっきり答えた。

「そやけど、お店を持ちたいと思うても、元手（資本金）があらしまへん。あのお人も以前にそない嘆いてはりました」

お秀の声は蚊の鳴くように細かった。

「元手があったら、儲けの多寡《たか》はともかく、誰にでもどんな商いかて出来ます。わたしは元手を掛けんと大きな商いが出来へんかと、ずっと思案しつづけ、やっと浅吉はんに向くそんな商いを考え付いたんどす。それが当ったら大儲けが出来、立派な店の一軒も構えられますやろ」

「立派なお店を一軒――」

驚いた顔でお秀は平兵衛を見つめた。

「そうどす。一軒どころか、何軒も持てるかもしれまへん。要は工夫どす」

「元手を掛けんと大きな商い。それはなんどす」

「今夜、浅吉はんが魚枡から戻ってきはったら、お秀はんと一緒にきいて貰いますわ。それを始める元手の銭ぐらい、誰でも持ってるはずどす。尤も仕出し屋の魚枡は、辞めなあきまへんけどなあ」

平兵衛は穏やかに笑った。

その夜の夕飯後、その話をかれが切り出した。

「人の金儲けをいつまでも手伝っておらんと、自分の金儲けを考えなはれとは、平兵衛の親っさんは、強《きつ》いことをいわはりますのやなあ」

浅吉はお秀が付けてくれた銚子の酒を、平兵衛の盃に傾けながらいった。

だが平兵衛が、それほどまでに自分のこれからについて考えてくれているのを知り、悪い気はしなかった。

「今になって白状しますけど、浅吉はんにお秀はん、わたしは研師どした。店はここからあまり離れておらへん河原町通りの奈良屋町。息子の平六が、そこで跡を継いで研師をしてます。そやけどわたしの育て方が悪かったのか、年寄りのわたしを邪魔者扱いするような息子なんどす。そやさかいわたしは、自分が食べんでも旨い物をわたしに食べさせようとしてくれる浅吉はんとお秀はんを、ほんまの息子と嫁のように思うてます」

平兵衛は手にした盃を飯台に戻し、話しつづけた。

「それで信助ちゃんに読み書きを教えながら、あれこれ一生懸命に考えました。その結果、ふと稲荷寿司について思案が浮かんだんどす。お秀はんがいつか、宮川町を売り声を上げて通りかかった稲荷寿司売りを呼び止め、わたしに買うてくれはりましたわなあ。その稲荷寿司を食べながら、白い酢飯ばかりが甘く炊いた油揚げに包まれているのを見て、こうしたらどうやろと思い付いたんどす」

平兵衛はそれから浅吉に、稲荷寿司の酢飯に、味を付けた鶏肉や錦糸卵、人参や椎茸、青物の三つ葉などの具を混ぜたらどうだろうといった。

「それなら他とは味の違う稲荷寿司が出来、人によろこばれまっしゃろ。元手もあんまりかからへんはずどす。要は浅吉はんの覚悟次第、こうしたらいかがどす」

平兵衛は熱心に浅吉を掻《か》き口説いた。

話の途中から浅吉の目が光を帯びてきた。

「平兵衛の親っさんが研師やったとは驚きましたわ。それにしてもそんな結構な思案、わしに打ち明けてええんどすか。息子さんに話したら、その商いを自分がせんでも、人を雇ってやることも出来まっせ」

かれは平兵衛の顔色をうかがいながらたずねた。

「先程もいうた通り、わたしはおまえさんたちを、ほんまの息子と嫁のように思うてます。研師をしている平六は、ときどきふらっと町に出て徘徊し、行方知れずになって大騒ぎを起してたわたしに、嫌気がさしましたんやろ。いいとうありまへんけど、ほんまはどこかで死んでしまえばええと、わたしを捨てたんやと思います。けど今更、そんな愚痴をいうてたかてどうにもなりまへん。今必要なのは、浅吉はんがわたしが考え付いた稲荷寿司屋を始めるかどうか、それを決めることどす。どないしはります」

「親っさんおおきに。今の話をきいて、わしはそれやったらやれると思いました。仕出し屋の魚枡からは、いつでもお暇を貰えます。元手もまるで掛かりまへん。明日からでも出来ますわ」

「おまえさま――」

「お秀、おまえも賛成やわな」

「へえ、うちは大賛成どす。是非、そうしておくんなはれ」

「二人がそうと決めたら、稲荷寿司屋を始めるのは、一日も早いほうがよろしゅうおす。明日から早速、その用意にかかりなはれ。味見は三人でしまひょ。まず盥桶を担いで町売りに出るのは浅吉はん、稲荷寿司を拵えるのはお秀はんどす」

「うちが稲荷寿司屋になるんやったら、わしかて盥桶を担いで町売りに出たるわい」

そばで三人の話をきいていた信助が、力んだ声を飛ばした。

「信助、おまえはまだ九歳。そうまでせんかて、家であれこれ手伝うてくれてたらええのやわ。さあ、気張って働くで――」

浅吉がよろこばしげな声を発した。

翌日から浅吉の家の台所は大忙しになった。

かれは出来上がった稲荷寿司の盥桶を担いで売りに出かけたが、半刻（一時間）

もしないうちに家へ戻ってきた。

「お客はんに千本屋の稲荷寿司が変ってて旨いと、すぐにわかったようどす。京のお人は味にうるそおすさかい、あっという間に売り切れてしまいましたわ」

平兵衛が浅吉に頼んで店の名を千本屋と付けたのは、千本釈迦堂に住む桶屋の佐吉が、自分を徘徊老人として奈良屋町の店へ送り届けてくれたのを、思い出したからであった。

寿司は今でこそ店で職人によって握られ、高値で食されているが、江戸時代には町辻に屋台を出したり、行商などで無造作に売られていた。

生物を握るのは夏を避けて春や秋冬期。稲荷寿司は腐りが遅いため、年中売り歩かれていた。

「きのう買うた稲荷寿司、具が仰山入ってて旨おしたわ。今度、いつ売りにきはります」

町売りに出かけた浅吉は、客からそうきかれたと、平兵衛やお秀によろこばしげに伝えた。

裏の敷地を借りて寿司作りの場所を広げ、調理をする近所の女や町売りの男たちを雇い、千本屋が大世帯になったのは間もなくであった。

「千本屋にいてはるご隠居はんは、えらい知恵者なんやなあ。浅吉はんに今の商いを勧めはったんやて」

「千本屋の稲荷寿司は油揚げも味がようて、中身も贅沢で旨いわ。あれなら誰でも買いとうなるやろ」

京の町売りの寿司は、たちまち千本屋の稲荷寿司に席捲《せっけん》されていった。

四

「寿司屋、寿司、千本屋の稲荷寿司でございます」

研師平六は、河原町三条下ルに構えられる加賀藩前田中納言の京屋敷から外に出てきた。

すると大きな伽藍を聳えさせる本能寺のほうから、そんな売り声がひびいてきた。

——畜生、わしを虚仮《こけ》にしよってからに。

その声をきき、平六は胸の中で毒突いた。

今日、かれが前田家の京屋敷に出かけたのは、寿司屋の千本屋の主浅吉を、町奉行所に訴えるためであった。

だがいざ訴えるにしても、そんな〈出入物《でいりもの》〉を引き受けてくれる適当な公事人《くじにん》を知らなかった。

そのため、懇意にしている前田家の次席用人の村田善右衛門に相談し、有力な公事宿にようやく紹介状を書いて貰ってきたのである。

「公事宿の『鯉屋』は名立たるやり手の公事人。金はかかろうが、そなたが思うているように、事を運んでくれるだろうよ。千本屋が売り出した新しい稲荷寿司は、平兵衛が考え出した物。それを浅吉とかもうす男は、厚かましく大掛かりに売り出し、金儲けをいたしておる。以《もっ》ての外《ほか》じゃ。平兵衛が家には帰らぬと答えてきたのは、浅吉が帰さぬように囲い込んでいるからに相違ない。息子が父親を返してもらいたいと訴え出るのは、当然のことじゃ」

善右衛門は腹立たしげにいい立てた。

これに対して平六は、自分の都合のいいことばかりを並べ立てた。

父親の平兵衛が度々、ふらっと出かけて町を徘徊し、行方不明となっていたため、やがてはかれを疎《うと》んじて邪魔に思い、ついには置き捨てにしたことなど、一言も語らなかった。

父親さえ帰ってくれれば、千本屋が今売っている稲荷寿司と同じ物を作り、金儲けが出来る。

一腰の刀を磨いで得られる金など、その労苦に対して報いは知れたものだった。

尤もそうなるまでには、町奉行所のお白洲で、たびたび千本屋の浅吉と顔を合わせねばならないことは覚悟していた。

平六にすれば、父親が考え出した新しい寿司を売る権利は、自分に半分はあり、出入物として調べをすすめた町奉行所は、商いを半々にいたせと、勧告してくれるだろうと思っていた。

「ちょっと人にきいた話どすけど、近頃、町で評判になってる千本屋の稲荷寿司、あれは平六はんとこの平兵衛はんが、仕出し屋で働いていた浅吉という男に、勧めて拵えさせた物やそうどっせ」

出入りの砥石《といし》屋の安次からそう告げられ、平六は本当に驚いた。

安次はそれを誰からきいたのかまではいわなかったが、京都では知っている人の知っている人は、自分も知っている人。それほど狭い町だ。噂は風より速いといい、どれだけ物事を隠そうとしても、何事もすぐ知れてしまう。

きっと誰かが千本屋で楽隠居をしている平兵衛を見かけ、その身許をたずねたのだろう。

その話がたちまち流布し、自分の耳にも届いてきたのだ。

父親を東寺（教王護国寺）から西に遠く離れた桂川の向こうの下桂村に、置き捨てにしてきた平六には全く意外。今頃はどこかで行き倒れ、死んでいるに違いないと思っていた父親の平兵衛が、生きて元気でいたのには心底、びっくりした。

更には仕出し屋で働く浅吉と懇意となり、五条の宮川町の長屋で新しい稲荷寿司を拵えて売り始め、それが町中の評判となって大繁盛しているとは、驚天動地の出来事だった。

すぐ千本屋へ人に探りを入れて貰うと、平兵衛は呆けたようすもなく、千本屋でみんなからご隠居さまと崇《あが》められ、楽しそうに暮《しん》らしているという。

当の千本屋は、広い土地を買って立派な普《ふ》請の平屋を建て、大勢の女子衆《おなごし》を雇い、大掛かりに新しい稲荷寿司を作っている。

町売りに歩く男も三十人ほどと多く、同業者から羨《うらや》まれているとのことだった。

それをきいた平六は、親しい同業者に千本屋へ行って貰い、平兵衛に奈良屋町の家に帰ってきなはれともうし入れさせた。

「わたしはこの千本屋で、残り少ない一生を過させていただきます。平六にはわたしのことなど忘れろと、どうぞ遠慮なく伝えてくんなはれ」

だが平兵衛の答えはそうだった。

——どうすればええのやろ。このままでは癪《しゃく》に障《さわ》ってならへんわい。

思案した平六は、千本屋の浅吉が平兵衛を強く引き止めているのだと考え、町奉行所に訴え、父親に家へ戻れと命じて貰おうと思い付いたのであった。

「千本屋の繁盛の半分でもこっちに貰わな、親子として生きてきた甲斐がないいうもんや。あの親父の呆けや徘徊に、どれだけ難儀をしてきたことやら。なあお千加——」

かれは自分の手で平兵衛を下桂村の小川のほとりに遺棄したことなど、どうにでもいい逃れが出来、そんなことは忘れるに限ると思っていた。

加賀藩の次席用人村田善右衛門から、公事宿鯉屋の主源十郎への紹介状を手に入れた平六は、翌日に早速、鯉屋を訪れた。

「ほう、加賀藩の村田さまのご紹介状をお持ちで、公事訴訟のご相談でございますか――」

かれを迎えたのは下代《げだい》の吉左衛門だった。

主の源十郎は鶴太と手代《てだい》の佐之助《さのすけ》を伴い、東町奉行所の公事溜りへ出かけていた。

「さようでしたら、客間へご案内いたしますさかい、そこでしばらくお待ち願えまへんやろか。店の者を出先へ走らせ、主にすぐ戻るように伝えさせますさかい」

吉左衛門は加賀藩の次席用人の紹介状を持参しながら、この人物はどこか軽々しく、落ち着きがないと見ていた。

だがそんな思いは毛ほども顔に表さずに対応し、客間から歩廊に出てきた。

「吉左衛門、正太なら店にはおらぬぞ。それより朝から客なのか――」

帳場に戻り、吉左衛門が正太を呼ぶと、菊太郎が中暖簾《なかのれん》を掻き分け、顔をのぞかせた。

「へえ、そうどす。それで正太が留守やとは、どこへ行ったんどす」

「わしが猫のお百《ひゃく》に鰯《いわし》でも焼いて食わせてやろうと、たった今、それを買いに魚屋へ走らせたのじゃ」

「お百の餌に鰯をどすか――」

「そなたには非難がましい口振りだが、お百に鰯を食わせて何が悪い。店の銭で買わせに行かせたわけではないわい」

「菊太郎の若旦那さま、わたしはそんなつもりでいうてしまへん」

「ならばどんなつもりだったのじゃ」

「どんなつもりもなくいうただけどす。まあ、朝から鰯を焼いてたら、ご近所さまはああ秋がきたのやなあと、しみじみ思われまっしゃろ」

「ご近所さまなら、なんとでも思えばいいのだわさ。どうせわしがお百に鰯を焼いて食わしていると、聡《さと》く見通されるに相違ない」

菊太郎はあっけらかんとした顔でいった。

鰯は硬骨魚。水面近くを群泳し、秋が旬《しゅん》であった。

目刺しとして食べられるほか、干物、油漬などにも加工された。鰯油を取り、肥料や飼料にも用いられ、庶民的な魚だった。

「それより正太に何の用じゃ」

「平六はんという研師が、公事訴訟のためだといい、加賀藩の次席用人村田善右衛門さまの紹介状を持ってきはったんどす。それで正太を東町奉行所へ走らせ、旦那さまに店へお戻り願おうと思うたんどすわ」

「なにっ、研師が加賀藩の次席用人の紹介状を持ってだと——」

「へえ、若旦那さま」

「そ奴はどのような男じゃ」

「まあ、中年過ぎの何の変哲もない男はんどすけど——」

「吉左衛門、わしに男が持参したその紹介状を見せい」

「旦那さまを差し置き、先にどすか——」

「源十郎が先でも、わしが先でもよいではないか。源十郎にはわしが直《じか》に断っておくわい」

「ほな、そうしておくんなはれ。これ、これ、これどす」

吉左衛門は先程、平六から手渡された村田善右衛門からの紹介状を菊太郎に差し出した。

「確かにこれじゃな」

「さようどす」

それを受け取った菊太郎は、裏を返して村田善右衛門の署名を確かめると、ばりっと封を切り、中から紹介状を取り出した。

それには達筆な文字で、平兵衛について簡単な経緯《いきさつ》や、新しい稲荷寿司をかれが考え出したこと、更に父親に千本屋から家に戻って貰いたく、そのため千本屋の主浅吉を、町奉行所に訴えたい旨が記されていた。

「吉左衛門、この紹介状にはえらいことが書かれているぞよ」

「えらいこととは何どす」

「近頃、この京で評判の千本屋の稲荷寿司に関わることじゃ」

「千本屋の稲荷寿司どすか」

「ああ、あの稲荷寿司、わしも何度か食べたが、なかなか旨かったわい。あれは紹介状を持参した平六の父親平兵衛というご老人が、工夫した物だそうだわ。仕出し屋に奉公していた浅吉ともうす男が、売り始めたというのよ。そのご老人は研師をしているわが子平六の許に帰るのは、嫌だというているらしいわい。千本屋の浅吉が、巧みに口説いてそうさせているると、紹介状にはあるが、わしが察するところ、これはきっと平六の勝手な思い込み。自分の家に戻りたくないというからには、それなりな理由があるはずだからじゃ。この件はおそらく平六が、平兵衛どのに欲がらみで家へ戻って貰おうとしている小細工に違いない。もしそうなら、千本屋の浅吉を町奉行所へ訴えるのは考え物だぞ。あの平六ともうす男、わしらの目を節穴のように思うているのであろう」

「わたしらの目を節穴のようにどすか――」

「ああ、そうじゃ。源十郎がこれを読んでも、おそらくわしと同じに考えような。ともかく、あの男をいつまでも待たせておくわけにはいくまい。わしがいっそ東町奉行所まで一っ走りいたそう」

「菊太郎の若旦那さま、それには及びまへん。喜六が今、帰ってきましたさかい、すぐ旦那さまをお迎えにやります」

表の暖簾を分け、喜六が現れたのを見て、吉左衛門が菊太郎をとどめた。

「吉左衛門はん、わたしがまたどこかへお使いに行くんどすか――」

喜六がかれの言葉をきいてたずねた。

「そうや。旦那さまは今、東町奉行所の公事溜りにいてはります。すぐお迎えに行って、わたしと若旦那さまから急いで店へ戻って欲しいと、伝えてもらえまへんか」

「わかりました。店にすぐ帰っていただきます」

喜六はそういうと、東町奉行所に向かい暖簾をひるがえして飛び出していった。

四半刻《しはんとき》（三十分）ほど後、源十郎が慌しく戻ってきた。

帳場格子の中にいた吉左衛門が、立ち上がってかれを迎えた。

目安《めやす》（訴状）帳簿をずらっと棚に納めた帳場の裏の部屋から、菊太郎が無言で出てきた。

かれは鯉屋がかつて、こんな公事訴訟を引き受けたことがあったかどうかを調べていたのだ。

「吉左衛門、どなたかがおいでなんどすか――」

源十郎が声を低めてかれにたずねた。

それに対して菊太郎が、人差指を口に当て、かれを帳場の隅に目顔で招いた。

そして吉左衛門から渡され、懐に入れていた加賀藩の村田善右衛門からの紹介状を、かれに無言で差し出した。

京都に屋敷を設ける多くの藩は、厄介な問題に対応するため、藩内に目付を置いていた。だが町方との諍《いさか》いには、それを穏便に処置すべく公事宿を決め、そこがいつもご用を果していた。

鯉屋と加賀藩は、そうした関係で結ばれていたのである。

源十郎は菊太郎がすでに封を切って読んだ紹介状に、黙って目を走らせた。

「その紹介状に書かれている条々、少し訝しいとは思わぬか。記されているのは、一面、尤もなことばかりだが、千本屋の浅吉を訴えたいとは、理不尽も甚《はなは》だしい。平兵衛なるご老人は、実子の平六の許には戻りたくないといわれ、そこには重い理由がうかがわれるのでなあ。少し冷静に眺めれば、浅吉を訴える平六の腹づもりが、わしにははっきり透けて見えるわい。新しい稲荷寿司を工夫したのは平兵衛のご老人。当人を自分の許に引き取れば、自分が研師を辞め、今、評判の稲荷寿司を堂々と拵えて売れるわけじゃ。平六はそれを企んでいるのではあるまいか。おそらくそうであろうよ」

菊太郎はそこまで推測していた。

「若旦那、わたしにもそれくらい読めますわいな。加賀さまのご紹介があったかて、この相談には迂闊に乗れしまへんわ」

「公事宿としては、平六と浅吉の身辺を探る必要があろう。相談に乗るか断るかは、その結果次第じゃ。それでも一応、客間でそなたを待っている平六に会い、話をきくことにいたせ。わしも相談役として同席いたし、平六の奴をじっくり観察してくれる。公事を引き受けるかどうかは、すぐ答えるではないぞ。数日、引きのばしておくのじゃ」

「それも心得てますわいな」

二人は早速、客間を訪れた。

「平六はん、えらいお待たせして、すんまへんどしたなあ。わたしが鯉屋の主で源十郎ともうします。そばにおられるお侍さまは、田村菊太郎さまといわはり、鯉屋の相談役を兼ねた用心棒をしていただいております」

「わたしが研師の平六でございます」

まず自己紹介をし、それから本題に入った。

平六のいい分を要約すれば、とにかく父親の平兵衛を、浅吉の許から取り戻したいの一点であった。

「お話の主旨は承《うけたまわ》りました。この一件をお引き受けするかどうかは、今日をふくめ三日ほど、ご猶予をいただけしまへんか。お奉行さまのお手を煩わせんでも、要は平兵衛さまが奈良屋町のお家へ、お戻りになればようございますのやろ」

「さすがに加賀さまのご用を果しておいでの鯉屋はん。物わかりがよろしゅうおすわ」

かれは何事も自分に都合よく考え、あたかもいい分すべてが、かなえられたような明るい顔で帰っていった。

「源十郎、わしはあの手の男は大嫌いじゃ。邪《よこしま》な考えが、顔や態度からはっきりうかがわれる」

「わたしも同じどすわ」

「ともかく先程もうした通り、あ奴と千本屋の浅吉の身辺を探らねばなるまいな」

「仰せの通りどす」

「そういたせば、人の粗《あら》が見えてまいる」

「へえ、そしたら喜六に佐之助、正太と鶴太も動員して、それに当らせます。わたしも奈良屋町に懇意がおりますさかい、ちょっと平六はんについてたずねてみまひょ」

　こうして三日が過ぎた。

　結果、仕出し屋の魚枡に奉公していた浅吉については、悪い人物評は全くきかれなかったが、平六に関しては妻のお千加と合わせ、評判はあまり芳《かんば》しくなかった。最も驚いたのは、父親の平兵衛に付き添い人を付け、一年ほど前から岩倉の大雲寺の宿へ療養に行かせているという話だった。

「物入りで大変なはずやのに、よう行かせてはりますわ」

「自分が誰やらわからんようになり、目を離すとすぐ町へうろうろと出て徘徊し、探すのに大騒動してはりました。そやさかい、大雲寺さまへ行って霊水で治療が出来たら、それが一番どすわなあ」

　近所の人々はそう信じ込んでいた。

「平六の奴は父親を大雲寺の宿へ預け、治療に専念させていたのだと。全く口からでまかせをいい、よくも世間の目を誤魔化していたものじゃ。こうなると、あるいは平六は父親を捨てたのかもしれぬ」

「菊太郎の若旦那、これで平六の件は決まったも同然どすなあ。親父の平兵衛はんを家に引き取れば、世間に遠慮なく親父はんの工夫した稲荷寿司を拵えて売り出せる。それを企んだ小細工どすわ」

「加賀藩の名や鯉屋の後ろ楯を得て、父親を千本屋の浅吉からなんとしても取り戻そうとは、全く不埒な奴じゃ。浅吉は五条大橋を一日中、うろついていた平兵衛どのに、親切に声を掛けたともうす。呆けた徘徊老人だとわかり、実の親を養うようにずっと温かく面倒をみてきた。その愛情に満ちた張りのある暮らしが、平兵衛どのの生きる意欲を高め、意識をはっきり回復させたのであろう。親を捨てた浅ましい平六とは全く違うわい。さような卑しい奴に甘い汁を吸わせてなるものか——」

「若旦那、すぐにも平六を店に呼び付け、これらの事実を突き付け、こっぴどく叱り付けてやりまひょか」

「平六が平兵衛どのを取り戻すため町奉行所に訴えたいと、鯉屋に相談を掛けてきたことは、千本屋の浅吉にもきかせてある。その折、浅吉はわしに百両の金を差し出した。これは平兵衛さまが、その公事宿に穏やかに話を付けていただきたいと、用意された金でございます。そう浅吉は困惑した顔でいうていたわい」

「百両、百両もどすか――」

「ああ、そうよ」

こうした末、研師の平六が鯉屋に呼び付けられた。

客間に通されたかれの顔はひどく晴れやかであった。

そのようすには、加賀藩の次席用人村田善右衛門の紹介状があれば、引き受けるのが当然だとの慢心がのぞいていた。

「平六はん、お忙しいところ、店へ呼び付けたりしてすんまへん。あれからいろいろ調べましたけど、今度の公事訴訟は、鯉屋としては遠慮させていただきたいんどすわ。どうぞ、気を悪うせんようにしとくれやす」

源十郎から下手に出てそういわれた平六は、「ど、どうしてでございます」と、驚いて坐布団から腰を浮かせた。

「やい平六、どうしてだと、わしらに厚かましくたずねるのか。多くを語りたくないが、そなた平兵衛の親父どのを、岩倉の大雲寺に療養のため、一年ほど前から付き添い人を付けて行かせていると、近所の者にいうているそうだのう。大雲寺の目付侍に当って調べたが、さような人物、預かるため鑑札を出した覚えはないそうだぞよ。これは千本屋の浅吉に、平兵衛の親父どのからといわれ、預かってきた百両で、今度の話を穏やかに収めて欲しいのだそうだわ。おまえにとははっきりきいておらぬが、親父どのにいたせば、おそらくおまえに手切金として渡したいのであろう。これを受け取り、とっととここから去るがよい。わしはそなたの腹の黒いのがわかり、相当に怒っておる。金を納め、黙ってさっさと帰らねば、血を見ることになりかねぬぞ。さあ、去《い》ぬのじゃ」

菊太郎は平六に険しい目でうながした。

千本屋の浅吉は、あと半年もしたら、他の寿司売り屋にも自分のところと同じ稲荷寿司を、遠慮なく作って売って貰うつもりだと、菊太郎に語っていた。

儲けを独占しないといっているのだ。

菊太郎に激しくうながされながら、平六は膝許に裸で積まれた百両の金を、肩を落して見つめていた。

そして自分は父親を疎み、捨てたつもりでいたが、本当は自分が父親に疎まれ、捨てられてしまったのだと、胸でひっそりつぶやいていた。

客間から見える鯉屋の小さな庭の苔《こけ》が、露に濡れ、きらきらと美しく輝いていた。

辻饅頭

一

毎日、涼しい日がつづいている。

秋めいてきた時期だけに、こんな具合では、秋の深まりは早そうだった。

ここ五日、ひどい風邪を引き、出仕をひかえていた福田林太郎は病が癒《い》えたのを感じ、布団を畳んで起き出した。

もう咳《せき》も洟《はな》も出なくなっていた。

組屋敷の長屋の西を眺めると、愛宕山《あたごやま》がすっきりと聳《そび》え、たわわに穂を実らせた稲田が大きく広がっていた。

かれが立ち上がったすぐ先は、高さ一間半ほどの築地《ついじ》塀《べい》でその下は環濠《かんごう》。その先は三条台村の田圃《たんぼ》であった。

京都は重畳と山の連なる北山を始め、三方を山に囲まれている。

そのため西の紙屋川、東の鴨川のほか、西洞院川《にしのとういんがわ》、堀川、更に賀茂川に沿って禁裏や寺町筋を南下する中川、北の田畠を潤したうえ、やがて堀川に合流する小川など、大小の河川が町中《まちなか》を数多く流れている。

また近年、京都盆地の地下には、琵琶湖に匹敵するほどの水が、比叡山麓の辺りから南西の山崎の方角にゆるやかに流れており、その水系とともにナトリウムやカルシウム、ミネラルなどの含有が、学術的に確かめられた。

豆腐、銘酒、和菓子など京の食や生活文化に、地下水がどれだけ大きな益をもたらしてきたかが明らかにされている。

北の上賀茂村辺りと、南の東寺（教王護国寺）の五重塔を飾る九輪《くりん》の頂が、ほぼ同じ高さだといわれ、それだけの傾斜地の広い地下深くを、よほどの渇水期でない限り、清らかな水が豊富に流れているのである。

「そなた、もう起き出したりして、身体に障《さわ》りはありませぬのか。無理をしたらあきませぬよ」

部屋をのぞきにきた老母の幾《いく》が、気遣いの目で不精髭《ぶしょうひげ》をのばした林太郎を眺め、労《いたわ》りの声をかけた。

五日も髭や月代《さかやき》を剃らず、髷《まげ》の手入れもしていない林太郎の姿には、髭が濃いためもあり、薄汚れた気配と荒れがうかがわれた。

「母上さま、大丈夫でございます。それよりそれがしは、風邪を母上さまに感染《うつ》しはせぬかと案じておりました」

「そなたが町中か奉行所で拾ってきた風邪。そんなものをもらうほど、わたしはやわではございませぬ。早くから風邪を寄せ付けぬよう、葛根湯《かっこんとう》をこっそり飲んでおりました。それが効いていたのでございましょう」

「早くから葛根湯をお飲みだったのですか」

　林太郎は何だといいたげな表情で老母を見つめた。

「はい、そなたが寝付いてから、わたしは風邪を防ぐために、もっと早く葛根湯を飲ませておけばよかったと悔いておりました。尤《もっと》も、それを素直に飲むようなそなたではございませぬが。嫌だと拒むに決まっておりましょう」

「母上さまはそれがしを偏屈者だと仰せられるのでございますか」

「はい、されど偏屈を承知で、強く勧めるべきでございました」

「さればそれがしも歳を考え、いい加減にその偏屈を改めねばなりませぬな」

　林太郎は頭が痒《かゆ》いのか、爪先で掻《か》きながら小さく笑った。

葛根湯は葛《くず》の根を主材とした生薬《しょうやく》。『傷寒論《しょうかんろん》』や『金匱要略《きんきようりやく》』には、最上の感冒薬だと記されている。

「そなたが心を入れ替え、偏屈を改めるといわれるのでしたら、早速、嫁を迎える相談をいたさねばなりませぬな」

「は、母上さま、そ、それはまた別でございます。葛根湯を飲むことと嫁取りを、一緒にされては困ります」

「話は違いますが、二つは決して別々ではありませぬ。もしわたしが病み付いたりしたら、誰が看病してくれるのです。隣家の岡田仁兵衛さまのご妻女を、煩わせるわけにもまいりますまい。それとも奉行所への出仕をひかえ、そなたが看護に努めてくれるのですか」

老母の幾はもう笑っていなかった。

「いや、されば嫁取りの件は、この辺りで真剣に考えさせていただきまする」

林太郎は急に真面目な表情になって断定の口調でいい、老母の話を終らせようとした。

「嫁取りを真剣に考えるとは、急場の一時凌《しの》ぎ、口から出まかせではございませぬな」

「一時凌ぎとしてきいていただければ、まことにありがたい仕儀でございますが、そうはまいりますまいなあ」

「ああ、一旦きいた限り、もうどうにもなりませぬぞ」

「それがしの迂闊《うかつ》でございました」

腰の刀ならともかく、老母に嫁取りについてこうまで追い詰められると、かれにはなんとも躱《かわ》しようがなかった。

「母のわたしが、そなたの面《めん》を一本取ったようですね」

「は、はい――」

林太郎は困惑した表情でうなずいた。

「しかしながらそなたが心に染まぬことを、わたしも強《し》いて決めようとは考えておりませぬ。まあ、安心しておいでなされ」

幾はにやっと笑った。

「それはありがたいご配慮。ならばここで話題を変えましょうぞ」

「そなたは逃げるのが上手ですね」

「いや、逃げるのではございませぬ。五、六日も寝付いていたせいか、足腰がいくらか弱ったようでございますれば、天気が好《よ》いのを幸いとして、少し町歩きをしてこようかと思うているのでございます」

「髭も月代も剃らずにですか。それではあまりにむさくるしゅうございましょう。身形《みなり》を改めて出掛けられたらいかがです」

「いや、このままでよろしゅうございます」

「されどそれでは、お扶持《ふち》を離れた浪々の身のような恰好。賑やかな町中で、知辺《しるべ》のお人たちに出会うたらいかがなさいます」

幾はいささか驚いた口調で林太郎を制した。

「この髭面で月代も剃らずに乱れた髷。されど編笠をかぶれば、誰もそれがしだと気付きますまい。よもや気付かれたとて、知らぬふりをして人違いだともうせば、相手は納得してくれましょう。万が一ばれたとて、長く床に臥《ふ》せっており、一、二日後から出仕するため、ひそかに足腰を鍛えるつもりで他行《たぎょう》しておりもうす。そう断れば、見過してくれましょう」

「それはよいお考え。お相手も見てみぬふりをしてくださいましょう。奉行所に仕える同心として、よい心掛けだと感心されるかもしれませぬなあ」

慈愛に満ちた目に更なる笑みをたたえ、幾はすっかり元気になった林太郎を見上げた。

「それでどこにまいられます」

「さて、組長屋を出て南に向かい、三条台村や壬生《みぶ》村を歩いたとて平穏すぎましょう。仕事のせいか、それがしはやはり人の多い町中に行きとうございます」

「ならば破れ笠でもかぶり、町中を一通り歩いてまいりなされ。粗末な身形でさように髭などを伸ばしていると、人の扱いがおそらく違いましょう。多くの人たちは、身形で人の善《よ》し悪《あ》しを量《はか》りがちなもの。尤もそうしない質《たち》のお人たちもおられますが、それは特別なお人たち——」

幾は皺《しわ》の増えた顔に柔らかい微笑を浮べ、後の言葉を濁した。

——人は風体《ふうてい》で見るものではありませぬよ。良寛さまを考えたらわかる通り、まことに優れたお人は、身を飾ったりなさらぬものです。身形は身嗜《みだしな》み程度がよく、贅《ぜい》を尽したそれは、己に自信のないお人がなすべき装い。武装、防御の構えなのだと心得なされ。人はじっと深いところまで見ねば、わからぬものなのです。

幾は林太郎がまだ少年だった頃から、折にふれそういいきかせていた。

今、言葉を濁したのは、それをふと思い出したのに違いなかった。

「母上さまが仰せられたいことぐらい、この林太郎、よく承知しておりまする」

かれは老母の笑みに応えるようにいった。

「子どもの頃のように、くどいことをついもうしてしまいました。父上さまの跡を継ぎ、東町奉行所に奉職して十年余り。そなたも多くの人たちに接し、さぞかし人を見る目を養われたでしょう」

「相当養ったつもりでも、やはり不可解でわからぬのが人。おそらくこれは、死ぬまで解せぬ事柄ではありますまいか」

「まあ、そうでしょうなあ。ともかく外へ出れば何があるかしれませぬゆえ、財布に小銭を入れておきなされよ」

「かしこまりました」

林太郎は部屋の隅の調度箪笥に近づき、引き出しから布でできた小銭入れを取り出し、懐に納めた。

組長屋の部屋は、目立つほどの調度品は少ない簡素なものだった。

これは組頭田村銕蔵以下他の朋輩《ほうばい》の家でも同じであった。

ただ一つかれらの家と違うのは、隣部屋の隅に、荒涼とした風景の描かれたその上に、「秋風寂寥《しゅうふうせきりょう》」と大書された二枚折りの屏風《びょうぶ》が、立てられていることだけだろう。

かつて林太郎の父の林右衛門《りんえもん》が、何か大きな功を立てた。

そのとき、町奉行から何の褒美もなかったのを、組頭銕蔵の父の次右衛門が悲憤《ひふん》慷慨《こうがい》し、特別にかれから頂戴した与謝蕪村《よさぶそん》の二枚折り屏風だった。

その折、次右衛門は「お奉行どのは人の使いようを何もご存じないとみえる。これでは駿馬《しゅんめ》も駄馬になってしまうわい。尤もわしにいたせと、無言裡《むごんり》に沙汰しておられるのかもしれぬがなあ」といっていたという。

田村次右衛門は、京で麗筆を揮《ふる》う絵師たちの物を多く集めていた。

それについて、役儀をもって安く入手しているのだと、陰口をいわれていないでもなかった。

秋風の文字は少年の林太郎にもわかったが、後の文字がどうしても読めなかった。

——前半は秋風《あきかぜ》か、あるいは秋風《しゅうふう》と音読する。そのどちらかであろう。だが後半がさっぱり理解できぬ。

それでも林太郎は勝ち気なだけに、誰にも教えてもらわず、独りでひそかに悩んでいた。

そんな頃、父の朋輩がちょっとした用で家にやってきた。

二枚折り屏風を据えた部屋に案内し、かれが母親の幾にうながされ、客へ挨拶に出た。

そのとき、客が茶を喫しながら母にいった。

「組頭さまから佳《よ》い褒美の品をいただかれたものでございますなあ。蕪村の二枚折り屏風とは驚きました。秋風寂寥、まこと題字にふさわしい絵でございます。組頭さまは大切にいたされていたものを、思い切って下されたのでございましょう。町奉行さまなら褒美の品はせいぜい懐紙一束。それよりこの屏風のほうがどれだけましやら。いやはや組頭さまには、それがしからもお礼をもうし上げたいほどでございますわい」

かれのその言葉をきき、林太郎は胸の痞《つか》えがすっと取れたように思った。

——あれはしゅうふうせきりょうと読めばいいのだ。寂寥とはおそらくもの寂しいさまをいっているのだろう。そういえば寂寥たる眺めだと、誰かが口にしていたのをきいた覚えがある。

こうして独り納得したのが、今も部屋の隅に置かれるその屛風だった。

かれはこのように一途《いちず》な通り、剣の道にも励み、銕蔵配下の中でも腕利きであった。

「母上さま、ならば行ってまいります」

古びた編笠を手にして土間に立つと、林太郎は幾に頭を下げた。

「ではお出掛けになられませ。それでもその恰好でとは、やはりなにやら心許《こころもと》のうございます」

「大丈夫、さほどむさ苦しく見えないはずでございますよ。それがしも歳でござれば、母上さまのご心配もほどほどにしていただかねば、窮屈でなりませぬ」

林太郎は顔に微笑を浮べ、母親につぶやいた。

しかしながら汚れていないにしろ、無造作でよれよれの普段着姿を眺めると、やはり零落した素浪人にしか見えないと自覚していた。

それでも腰に黒鞘の刀を帯びると、いくらかましであった。

かれは東町奉行所組屋敷の厚い潜り戸から外に出た。

三条台村を右手に、潺々《せんせん》と流れる環濠に沿う道を南へ歩き始めた。

澄んだ初秋の陽射しが燦々《さんさん》と照り付けている。

愛宕山から吹いてくる風が、西に広がる田圃の稲を大きくゆすり、林太郎の髭面にいくらかひんやりと冷たかった。

この稲田が黄金色に実って刈り取られると、京には寒い冬がやってくるのだ。

その合図のように、まず愛宕山の頂が白い雪で彩られるのであった。

風に吹かれながら、林太郎はゆっくり歩き、まっすぐ壬生村までできた。

東寺の五重塔が高く聳え、本圀寺《ほんこくじ》や西本願寺、それに東本願寺の伽藍《がらん》が大きく目に付いた。

環濠は壬生村で東西に分れている。

東の環濠に沿って行けば、堀川の流れを渡り、すぐ四条通りに出る。

そして四条・西洞院通りを過ぎ、呉服問屋が軒を連ねる室町筋、更に繁華な町筋に向かうことになる。

林太郎が歩くはるか先に、祇園社の西門が鮮やかな朱色を見せていた。

——さすがに人通りが多くなってきたわい。こうして役儀を離れ、ぶらぶら町を眺めて歩くのは久し振りじゃ。

かれは胸でつぶやき、東洞院通りまでやってきた。

北に広島十二万六千石・浅野安芸守《あきのかみ》の京屋敷の屋根がのぞき、尾張徳川家や薩摩島津家の大屋根も見えていた。

やがて林太郎は高瀬川に近づき、町筋は一層、賑やかになってきた。

両側に並ぶ店々から客とお店者《たなもの》の声、物売りの声もきこえてくる。

高瀬船の曳《ひ》き人足の掛け声もだった。

それらをきいた林太郎は、ふと空腹を覚えた。

どこかで温かいそばでもと思い付いたかれの目に、四条通りの南、高瀬川に沿う船頭町に、「大黒そば」と書かれた古びた油提灯《あぶらぢょうちん》が下がっているのが映った。

通りから奥まっているだけに、さして繁盛している様子ではなかった。

高瀬川沿いの小さな空き地で、十人余りの子どもがわいわいと騒いでいた。

「許せよ——」

林太郎は黒鞘の刀を腰から抜き取りながら、声をかけて暖簾《のれん》をくぐった。

「おいでやす。何をご用意させていただきまひょ」

店の奥から小さな髷を結んだ店主の岩松が現れ、外の見える窓際の席に着いたかれにたずねた。

空き地で騒ぐ子どもたちの声が、にわかに高まっていた。

「温かい鰊《にしん》そばでも頼もうか。それに銚子を一、二本付けてもらいたい」

かれは自分をまじまじと見つめる岩松に、金ならあるぞよといわぬばかりに笑みを浮べ、懐から小銭入れを古びた飯台の上にがさっと出して頼んだ。

「鰊そばに銚子を一、二本どすな」

「昼間から少々飲んだとて、わしの酔いは顔に出ぬのじゃ」

「それはようございます」

そばと銚子の注文が遺漏なくなされた。

外で騒ぐ子どもたちの声が、一段と喧《やかま》しくなっている。

身形のいい七、八歳の男の子が餓鬼大将らしく、横柄な態度で他の子どもたちに何か大声で指図している。

似た年頃の粗末な身形の男の子が、他の子どもたちに追われて辺りを逃げ廻り、ついには枯木に足をつまずかせて転んだ。

「よっしゃ。今のうちに太吉を押え込み、そこに座らせるんじゃ」

身形のいい色白の子が、居丈高な態度でかれに従う子どもたちに指示した。

「清太郎ちゃん、ここに座らせるんどすか――」

「ああ、じっと座らせたらええんじゃ」

粗末な身形をした七つぐらいの男の子が、腕を摑んだ遊び相手の手から逃れるように抗《あらが》っている。

「太吉、清太郎ちゃんがそこに座れというてはるのや。さあ、大人しくせんかいな」

何人かの子どもたちが、清太郎に阿諛《あゆ》するように太吉に強く迫った。

「わしはそんなん嫌や。できへんわい」

太吉は他の子たちの強制に抗して叫んだ。

「そやけど、清太郎ちゃんのいうことをきかなんだら、これから一緒に遊んでもらえへんうえに、仲間はずれにされて苛《いじ》められるんやで。おまえ、それでもええのんか」

腕白の一人が、力ずくで太吉を押え込もうとしている。

「さあ太吉、そこへ座れや——」

「清太郎ちゃんは何遍もせいというてはらへん。一遍したらええだけのこっちゃ」

「わしらもみんな嫌々したわいさ」

「たいしたことではあらへんがな——」

嫌がる太吉の周りから、そんなうながしの声が上がっていた。

近くを通りかかる大人たちは、かれらの騒ぎに割って入ろうともせず、またやっているといいたげな顔で、黙って行き過ぎている。

「太吉、おまえ清太郎ちゃんの命令に従えんのやったら、この町内に住んでられんようになるのが、わからへんのか。それでもかまへんのかいな」

「なあ太吉ちゃん、一遍だけの辛抱やないけえ。目をつぶってやったれや」

「太吉ちゃん、頼むわ——」

太吉が何を強要されているのかは不明だが、懇願するこんな声までかれにかけられていた。

「おまえら、何をいうてるねん。わしは絶対そんなんせえへんで——」

身体のやや小さな太吉は、自分を押え込む同じ年頃の子どもたちに、必死で抵抗をつづけていた。

「そうならやっぱり仲間はずれやわなあ」

誰かがぼそっとつぶやいた。

「いや、わしは太吉を仲間はずれにはせえへん。やるだけのことをきっちりやらしたるねん。わしはどうしても太吉に辻饅頭を食わせたいんじゃ」

清太郎は残忍な笑みを顔にたたえた。

「辻饅頭を食わせたいのだと。わしにはそうきこえたが、親父どの、辻饅頭とはなんじゃ」

子どもたちの声や動きを逐一、店の窓からのぞいていた林太郎は、鰊そばと銚子を運んできたそば屋の岩松にたずねた。

「辻饅頭どすか。まあ、ご自分の目で見はることどすわ」

かれは不快そうな顔で答えた。

「辻饅頭、辻饅頭とはなんだろう——」

林太郎は外を見ながらそうつぶやき、箸筒に手をのばした。

二

外に目を投げたまま、林太郎は鰊そばを一箸すすった。

子どもたちは騒がしく揉《も》めたままだった。

太吉は無理に正座させられ、二人の腕白に両腕を後ろに捻《ひね》り上げられながらも、荒れ狂っている。

「わ、わしはそんなもん、絶対に食わへんぞ」

「へえっ、まだそないにいうて、諦めへんのんか。あんまり旨くないかもしれんけど、ここにいてる皆は一応、食うてるわいな。おまえだけ出来へんとは、どういうこっちゃ。わしに楯突《たてつ》いてるのか――」

清太郎が苦々しい表情でいった。

かれの手下の一人が、無花果《いちじく》の葉に何やら褐色の円《まる》い物をのせ、太吉の口許に差し出している。

それを一口食えと強要しているのだ。

ずねた。

「親父、あれは何なのじゃ」

林太郎は自分と同様、店の窓からかれの肩越しに外を見ているそば屋の店主にた
「あれが辻饅頭どすわ」

「あれが辻饅頭だと。並みの饅頭ではなく、土団子《つちだんご》のようではないか」

「お侍の旦那、あれは土団子ではございまへん。馬糞《まぐそ》、馬糞どすがな」

「なんと、馬糞だと――」

林太郎は馬糞ときき絶句した。

辻饅頭――とは、馬が路上でいきなり尻から放《ひ》る糞《ふん》だったのである。

無花果の葉にのせられたそれは、湯気の立つ生々しい物ではなく、幾分、乾いた糞のようだった。

それを遊び仲間の一人に食えと強要するとは、いくら餓鬼大将でも、明らかに遊びを装った苛めであった。

林太郎のそばを啜る手が止まっていた。

いくらか乾いているとはいえ、口に出来る物ではなく、太吉が必死に拒むのは当

然だった。

「清太郎と呼ばれているのは、四条・河原町を下った市之町《いちのちょう》の大きな米屋の総領息子で、この辺りの餓鬼大将なんどす。米屋いうても近くに貸し長屋を何軒も持ってて、親父の六兵衛は強欲な奴。自分とこの長屋に住む貧乏人に、枡目を誤魔化して米を売るような商人《あきんど》なんどす」

「あの清太郎ともうす坊主は、そんな米屋の息子なのか」

「へえ、そうどすさかい、長屋住まいの子どもたちは、あの餓鬼大将に苛められんように、清太郎ちゃん清太郎ちゃんと機嫌を取って、何かにつけぺこぺこと従うているんどすわ」

枡目を誤魔化すとは、枡の量を誤魔化すことをいう。

三合枡、五合枡、一升枡などで米を量る際、大きな米櫃《こめびつ》から掬《すく》い取ったその枡の表面を、丸棒ですっと均《なら》す。そのとき客の目を盗み、枡の中に素速く親指などを差し入れたりするのである。

一俵の米俵でこうすれば、一、二升の米が残せるといわれていた。

「清太郎は親父の威を笠に、店借《たなが》りの子どもたちを従わせているのじゃな」

「へえお侍の旦那、そうどすねん」

そば屋の岩松が答えたとき、林太郎の心でもぞっと動くものがあった。

店から飛び出して行き、かれらを制して叱り付けてやろうと思ったのである。

だが同時に、それを止《とど》める気持も湧いてきた。

その行為がそれですまずに大袈裟になり、ちょっとした騒ぎに発展するのではないかと考えたのだ。

自分は今、治ったとはいえ、風邪を理由に町奉行所への出仕をひかえている。そんな最中、町歩きに出てそばを食べ、酒を飲んでいたと知れれば、懈怠《けたい》と受け取られる。どんな言いわけもきいてもらえぬのではないかと案じたのである。

もし悪く転じた一件が表沙汰になれば、累は組頭の田村銕蔵にまで及ぶだろう。朋輩はともかく、他の同心組の中には、かれを快く思っていない者も何人かいたからだ。

この思案が林太郎の行動を怯《ひる》ませた。

「さあ食え――」

「わしはそんな物食わへんわい」

「そしたら無理にでも食わせてやるけど、それでもええのんか」

清太郎が太吉に居丈高にいった。

「そんな辻饅頭、無理に食わせようとしたら、わしにも覚悟があるさかいなあ」

二人の腕白に両腕を後ろに捻り上げられながらも、太吉は大声でわめいた。

かれは身体こそ小さいが、相当、負けん気の強そうな面構えをしている。

「なんやと、わしにも覚悟があるんやと。ふん、おまえの覚悟なんかなんじゃい」

「清太郎ちゃんは無茶いうてるわ。人が知ったら何と思わはるか、きいてみいな」

「ふん、人がどう思おうが、わしの知ったことやないわい。馬の糞でも食うたら、少しは腹の足しになり、飢《ひも》じい思いが薄れるやろ。おまえの家は貧乏やさかいなあ。それに十分に乾いた馬の糞は薪《たきぎ》の替りになり、ご飯ぐらい炊けるねんで。そやさかい、それだけを拾い集める人がいるのを、おまえかて知ってるやろな」

「そうかというて、何もわしに食わさんでもええやろが。自分で一遍食うてみて、どんな味がするかわかったら、わしかて食うてみたるわい」

太吉は幼いながら、鋭く清太郎に反抗していった。

「ほう、そしたらおまえは絶対、辻饅頭を食わへんのやな」

「決まってるわい。阿呆《あほ》いわんとき」

「後でどうなってもええのかいな」

「ああ、わしはかまへん。こない卑怯な苛めようをする清太郎ちゃんのほうこそ、後々、気を付けなあかんのとちゃうか。こんな酷《ひど》い苛めが行われていると、町奉行所のお役人さまが知らはったら、どんなお科《とが》めが下されるかわからへんのやで」

　このとき、かれらをのぞき見する林太郎の眉が、ぴくりと動いた。

　全くその通りだったからだ。

「へえっ、そんなものわしは少しも恐ろしゅうないわい。もしわかっても、子どもの悪戯《いたずら》やと思われ、ちょっとお叱りを受けるだけのこっちゃ。それにそうなる前に、わしのお父はんがなんとかしてくれはるわ」

「へえっ、清太郎ちゃんはそないに親父に甘えてるんか。男らしゅうない奴ちゃ」

「わしがお父はんにどないに甘えようが、それはわしの勝手やろな。それより太吉、おまえはどうしても辻饅頭を食わへんのやな」

「ああ、もちろんじゃ」

「こうなったらわしは、意地でもこれをおまえに食わさなならんわい。さあ、一口でも食うてもらうで――」

かれは無花果の葉の上から馬糞を摑み取ると、両腕を捻り上げられ座らされた太吉の口許に、それを持っていった。

力ずくで食べさせるつもりなのだ。

これを見て、さすがに林太郎は立ち上がりかけた。

鉢の鰊そばはほとんど減っていなかった。

「旦那、お侍の旦那、下手に口を出さんときなはれ。止めに入ったかて、碌《ろく》なことにはならしまへんわ」

「そなたはこれほどの苛めを見ても、黙っていろともうすのか」

「へえ、止めに入ったかてあの清太郎の奴に、子どもの悪戯やさかい放っておいてくんなはれと、いなされてしまいます」

「なんだと――」

かれがそば屋の岩松の身体を除《の》けようとしたとき、表であっと大きな声が幾つもひびいた。

太吉が両腕を捻り上げていた強い手を振りほどき、清太郎に身体ごとぶち当り、ともに倒れ込んだのである。

悲鳴を上げたのは清太郎であった。

どうやら太吉に馬乗りになられ、顔を殴られているようだった。

「これはあきまへん」

「何があかぬのじゃ」

「清太郎の親父の六兵衛が、黙っていいへんからどす。町内が一揉めするのはもう確実どすわ」

「なるほどそうか。相手は米屋で長屋持ちとあれば、そうなろうなあ」

このとき林太郎の胸裡《きょうり》に、公事宿「鯉屋」の源十郎と、組頭の異腹兄田村菊太郎の顔がちらっとよぎった。

「親父、長屋の者たちが今の一件で困ったことが起ったら、堀川の西、大宮・姉小《あねやこう》路《じ》の公事宿鯉屋へ相談に行くがよいと、教えてつかわせ。鯉屋ならこの問題を弱い立場の者の側に立って、上手に片付けてくれるはずだからじゃ」

「大宮・姉小路の鯉屋、鯉屋はんどすな」

「ああ、さようじゃ。鮒《ふな》屋でも鯰《なまず》屋でもないぞよ」

林太郎は銭袋から小銭を取り出し、飯台の上に置いた。

「お侍の旦那、よい知恵を授けていただき、そばもほとんど食べてはらへんのに、お勘定なんかいただかれしまへん」

「そなたはわしが店に入ってきたとき、そばを食べるだけの銭を持っているだろうかと、疑うて見たであろうが。その顔にはっきりそう書かれていたぞよ。心配させた代価じゃ」

かれは苦笑していうと、表に出た。

太吉と清太郎の取っ組み合いは、まだつづいている。

林太郎はそれを見て、喧嘩は止《や》めいと大声で叫んだ。

すると驚いたことに清太郎が顔を上げ、「貧乏侍が偉そうに何をぬかす」といい返してきた。

さすがの林太郎もむっとしたが、それ以上、口出しせず、冷たい目で清太郎を一《いち》瞥《べつ》しただけで、四条通りに向かった。

背後からぎゃあと叫ぶ声がきこえてきた。

清太郎の悲鳴だった。

二人が揉み合い、上になったり下になったりするのを、十人近い子どもたちがわいわい騒ぎながら取り囲んでいる。

先程の追従ぶりとは裏腹に、清太郎を助け、太吉に敵対する者は誰一人としていないようだった。

「頑張るんじゃや。清太郎ちゃんなんかどれだけでも殴ったれや」

「そらほんまのこっちゃ。ざまをみやがれとはこのことやわい」

「太吉ちゃんは身体は小さいけど、なかなかやるやないか」

「清太郎ちゃんをもっと殴ってやったらええんや」

かれらの中からこんな声までひびいていた。

これを見ていて、そば屋の岩松は気持を動揺させてきた。

――もしかしたら、米屋の清太郎が殴り殺されてしまうのではないか。

こんな恐れを覚え、かれは店の表に飛び出した。

「こらあ、こんなところで喧嘩は止めんか。するんやったら鴨川でやってこいや」

店の近くで喧嘩をされ、誰が怪我をしても困ると岩松は案じたのだ。

この喧嘩騒ぎは、四条通りや木屋町通りを往来する人々の耳にもとどき、辺りの長屋から、ばらばらと母親たちが走り出てきた。

「喧嘩なんかするのは止めなはれ」

「みんなでどうして止めへんのやね」

何人かの口からこんな声が発せられた。

「正吉、こんな大喧嘩をしているのは、誰と誰なんどす」

子どもたちに近づいた女の一人が、そこに息子が立ちつくしているのを見て、叱り声でたずねた。

「米屋の清太郎ちゃんと下《しも》長屋の太吉ちゃんやわ」

正吉と呼ばれた子どもは、母親に弱々しい声で答えた。

「なんやて、米屋の『八幡屋《やわたや》』の清太郎さまと下長屋の太吉ちゃんやて——」

彼女は驚いたようすで周りの女たちの顔を見廻し、一斉に声を呑んだ。

八幡屋の六兵衛がどんな人物か、みんなが知っていたのである。

八幡屋は船頭町界隈に五棟の長屋持ちだった。

その中に、堺と溝《どぶ》を隔てて三棟があり、一番南の長屋を町内では下長屋と呼び、
太吉はその一軒に、母親のお勢《せい》と妹のおせんとの三人で住んでいたのだ。

父親の竹五郎は石工だった。

だが東山・知恩院の山門裏の大石垣を組んでいるとき、頭上の石垣が崩れ落ちてきて下敷きとなり、即死していたのである。

以来、女房のお勢が、昼夜働きに働いて四つだった太吉と、二つのおせんを育ててきたのであった。

長屋の女たちも二児を預かったり、余り物を持って行ったりして、その養育を手伝っていた。

「あんまり気の毒やさかい、わたしは家賃をただにしてやってもええと思うてますのや」

八幡屋六兵衛は、自分と同格の町年寄たちにいっていたが、それについては誰もが全く無反応で、うんともすんとも返事をしなかった。

六兵衛が女好きであり、一方、お勢がまだ二十八の年増《としま》になったばかりで、人目を引くほど器量がよかったからである。

かれがそうすれば、何かが起るに決まっている。

町年寄たちにすれば、男女の痴情騒ぎは避けてもらいたかったのだ。

六兵衛はそれにも拘《かかわ》らず、お勢の許へこっそり番頭に米を届けさせたり、他にもあれこれ好意を示していたが、幸い当のお勢が、頑としてそれらを受け付けなかった。

「どんなに苦労したかて、家賃ぐらいきちんと払わせていただきます。八幡屋の旦那さまに、そうお伝えしておいとくれやす」

番頭や手代《てだい》が携えてきた米包みなどを、お勢がきこえよがしに突っ返す硬い声を、長屋の人々は度々きいていた。

「どうどす、下長屋のお勢はんはしっかりやってはりますか」

夫の竹五郎が死んで半年が過ぎた頃、町年寄の一人が八幡屋六兵衛にたずねた。

「どうして食っているのか、詳しいことは知りまへんけど、まあまあ暮らしているようどす。どうせ夜はこっそり内緒で、色茶屋なんかで稼いでるのと違いますか」

かれはお勢に嫌われているのをはっきり自覚しただけに、素っ気ない口調で彼女の暮らし振りを悪くいっていた。

そんな経緯《いきさつ》があるだけに、六兵衛の持ち長屋に住む人々は、かれの息子の清太郎とお勢の子どもが取っ組み合っているのを知り、唖然となった。

「もう喧嘩を止めなはれ——」

「みんなでこの二人を引き離しまひょ」

「そば屋の岩松はんも手伝うてくんなはれ」

近所の女たちは金切り声を上げ、岩松にも叫んだ。

それでもまだ喧嘩はつづいている。

八幡屋の清太郎は太吉に組み敷かれ、殴られつづけていた。

お勢は清太郎に馬乗りになるわが子太吉の襟首を摑み、必死に二人を離そうとしていた。

清太郎と太吉の顔は血と泥で汚れ、髷は崩れ、きものは裂けてはだけ、ぐちゃぐちゃだった。

「二人とも意地っ張りやなあ。どうしても離れなんだら、高瀬川の水を桶で汲んできて、ぶっ掛けてやったらええんや」

集まった人々の中からそんな声が上げられ、ようやく二人は左右に引き剝《は》がされた。

ともにぜいぜいと荒い息を吐いていた。

清太郎は太吉に酷くやられたようすだった。

右腕を痛そうにかばっていた。

それでも口だけは達者だった。

「やい太吉、これでこの一件が終ったと思うたら大間違いやで。わしはお父はんにおまえのことを、こんなに馬鹿にされて殴られたんやと、いい付けてやるさかい」

「ああ、清太郎のど阿呆が。勝手にしたらええがな。おまえのお父はんはえらい女《おな》子《ご》好きなんやてなあ。わしんとこのお母はんにまで色目を使うてると、人がいうてはるわ。それに売り米の枡目を誤魔化してると、噂されているのを知ってるか」

二人は遠ざけられながらも、互いに悪態を吐《つ》き合っていた。

――やれやれ、これは子どものただの喧嘩ではすまなくなってきたようやわ。互いの親の色恋まで口にするとはなあ。清太郎が太吉に辻饅頭をなんとしても食わそうとしたのは、親父の腹立ちの気持が、どっか影響しているのやろ。子どもは正直やさかい。

そば屋の岩松は、面倒なことが起るのではないかとひそかに嘆息し、一件の帰趨《きすう》を案じていた。

その後、数日は何事もなく過ぎた。

だが思いがけない話が、岩松の耳に届いてきた。

八幡屋六兵衛が下長屋に住むお勢に、長屋から即刻出ていってもらいたいと、迫っているというのである。

「そやけどお勢はんは、長屋からどこにも移らへん、反対に今度の苛めを町奉行所に訴えるというてはります。清太郎ちゃんが右腕の骨を折ったというのは、本当かもしれまへんけど、子どもの悪戯でも、辻饅頭を力ずくで太吉ちゃんに食べさせようとしたのは酷すぎますわ。単なる苛めどころか、相手の気持を弄《もてあそ》び、その心を殺すようなもんどっせ。八幡屋はんは町年寄の役に就いてはり、他の町年寄の衆にもきいてもらい、町奉行所に訴えてもらってもかまへんと、嘯《うそぶ》いてはるそうどす。お勢はんは旦那に死なれても、独りで二人の子どもを育ててるだけに、なかなか気丈なお人なんどすわ」

「相手の心を殺すようなものやとは、うまい表現で、ほんまにその通りどすわ。弱い者をいたぶったら、あきまへんわなあ。こうなると、町奉行所のご裁許《さいきょ》（判決）が楽しみどすがな」

「そやけどお勢はんは貧乏人。八幡屋は金持ちやさかい、訴えられても金をどれだけでも積んで、勝とうとするのとちゃいますか。金には誰でも負けますさかい──」

そば屋の岩松は、近所のこんな噂話をきき、あの日の喧嘩を一緒に見ていた風采《ふうさい》の上がらない貧乏そうな侍が、店を出るときいっていた言葉を思い出した。

──長屋の者たちが今の一件で困ったことが起ったら、堀川の西、大宮・姉小路の公事宿鯉屋へ相談に行くがよいと、教えてつかわせ。

──あのお侍の旦那は、鯉屋ならこの問題を弱い立場の者の側に立って、上手に片付けてくれるはずやと、はっきりいわはったけど、それは確信があってやろか。そやけど何の根拠もなしに、そんなんいわはらへんわなあ。この問題、いずれ公事になるやろさかい、差し出がましいけど、お勢はんに同情を寄せてる町年寄の耳に、わしの口からちょっときかせておいたろか。

かれはそう考え、その通りに実行した。

一方、この喧嘩騒ぎの後、福田林太郎は北に向かってぶらぶら歩き、北野馬場通りの居酒屋で銚子を二本空け、夕刻、組屋敷に戻ってきた。

「誰にも気付かれませせなんだか――」

母親の幾にたずねられたとき、かれは浮かぬ顔で大丈夫でございましたと答えた。なぜか憂鬱《ゆううつ》そうだった。

四条の船頭町で見た子どもの喧嘩が、気になってならなかったのである。

――明日は出仕して、その後の成り行きをうかがっていよう。

かれはこう心に決めていた。

三

「辻饅頭を食べよと強要されましたとはなあ」

公事宿鯉屋の源十郎は、太吉の母親お勢が語るのをきき、呆《あき》れ果てた口調で低くつぶやいた。

その表情は苦々しげであった。

お勢は市之町の町年寄、小間物屋を営む「寿屋」総兵衛に連れられ、鯉屋を訪れてきたのであった。

身の上と大方の事情はすでに語られていた。

「それでそなたの息子はそれを食べたのか」

源十郎とともにお勢の話をきいていた田村菊太郎が早速、そうたずねた。

「いいえ、うちの太吉はそれを強く拒んださかい、喧嘩になったんどす」

「親の威光を借り、長屋の子どもたちを子分のように従える清太郎ともうすそ奴に、よくぞ反抗して食わなかったものじゃ。頼もしい童《わっぱ》ではないか」

菊太郎にはその場の光景が見えるようであった。

先程、鯉屋の暖簾を潜ってきた二人の客の話が、ようやく肝心な部分に及んでいた。

「貧乏はしてますけど、大事に育ててきましたさかい、それなりにしっかりしてくれているんどっしゃろ」

「それでその喧嘩は、近所の大人たちが気付いて止めましたけど、二人とも鼻血やら怪我やらで顔は血だらけ。きものは破れてはだけ、裸同然やったそうどす。そして八幡屋の清太郎はんが、悪いことに右腕の骨を折ってしもうてるのが、わかったのでございます。父親の六兵衛はんは町内の顔利き、わたしとともに町年寄を務めております。その六兵衛はんが大腹立ち。このお勢はんが自分の持ち長屋に住んでいるさかい、やっとの暮らしをしてはるのを承知で、すぐ長屋から出ていくよう、理不尽にも迫っていはるんどすわ。長屋の井戸水も使うてはならんと、いわはるほど強腰なんどす」

「長屋の井戸水が汲めへんとは、困ったことどすなあ。無茶な要求どすがな」

一緒にきいていた下代《げだい》の吉左衛門が、実直そうな総兵衛の顔を見ながら相槌《あいづち》を打った。

「そんなとき、船頭町でそば屋をしてはる岩松はんが、この話をきいてわたしの店にきはりました。そして貧乏臭い妙なお侍さまが、この一件で困ったことが起ったら、大宮・姉小路の公事宿鯉屋へ相談に行くがよい、鯉屋ならこの問題を上手に片付けてくれるはずじゃと、岩松はんにいうて立ち去らはったそうどすのや。そやさかいわたしどもは、こうしておうかがいした次第でございます」

寿屋総兵衛は、源十郎たちに低頭したままいった。

町年寄たちで八幡屋六兵衛のいい分をきいたが、経過が明らかになると、非は清太郎にあると相談は一決した。

だが長屋の家主である六兵衛が、お勢に長屋から即刻出ることを迫っており、二人はこうして鯉屋へきたというのであった。

「旦那さま、鯉屋へ相談に行くがよいとそば屋の主にいうて立ち去ったその貧乏臭い侍とは、いったいどなたさまどっしゃろ」

吉左衛門が首をひねり、源十郎の顔をうかがった。

「髭をもじゃもじゃに生やした貧乏臭い侍。わたしに心当りはありまへんなあ。菊太郎の若旦那はどうどす」

源十郎が菊太郎にたずねかけた。

「はて、わしにも一向に心当りはないが――」

かれは眉をひそめて思案顔になった。

「みなさま、そのお侍さまはそば屋の岩松はんと子どもたちの喧嘩を、注文した鰊そばにほんの少し箸を付けただけで、逐一、ご覧になっておられたそうどす。お帰りになった後、岩松はんが鰊そばと一緒に注文をいただいた銚子を下げようとすると、いつの間に飲まれたのやら、中身は二本とも空になっていたとか。よほど酒好きのお侍さまやったに相違ないと、岩松はんがいうてはりました」

小間物屋の総兵衛が身を乗り出して告げた。

「鰊そばも食べずに、そば屋の主と窓から子どもたちの喧嘩を逐一見ながら、それでも銚子の酒だけは、知らぬ間に飲んでいたのだと——」

「へえ、そうやったらしおす」

「そんな怪しげな侍、わたしは知りまへんわ」

「そやけどこれはほんまの話どす。そば屋の岩松はんがいうにはそのお侍、子どもたちの喧嘩を見て、止めねばとつぶやき、一旦は床几《しょうぎ》から立ち上がりかけはったそうどす。けど岩松はんが、町内で起きた子どもたちの騒動に、店のお客はんを巻き込んではお気の毒やと思い、止めたといいます。そしたらそのお侍さまは、店から帰らはるとき、喧嘩は止めいと、子どもたちを大声で叱らはったとか。それに対して八幡屋の清太郎はんが、貧乏侍が偉そうに何をぬかすと、生意気にもいい返したそうどす」

　総兵衛はそば屋の岩松からきいた限りを伝えねばと思うのか、肝心な話の中に小さな挿話を交えて語った。

「その貧乏侍、七つ八つの童ごときからさような憎まれ口を叩かれながら、そのまま黙って立ち去ったのじゃな」

「はい、その通りでございます」

「若旦那、これにはなにか事情がありそうどすなあ」

「ああ、この鯉屋を名指ししただけにな。思いがけぬ事情があるのであろう」

「若旦那に、それで何か心当りがございますか」

「酒は注文しただけ飲み干していったところを考えればな。銕蔵配下の福田林太郎、あ奴は風邪をこじらせ、今出仕していないと、銕蔵がもうしていた。その林太郎なら、そば屋から子どもの喧嘩を見てその顚末《てんまつ》を察し、困ったことが起ったら公事宿鯉屋へ相談いたせと、いい置いていくかもしれぬ」

菊太郎は一瞬、脳裡をかすめた推測をつぶやいた。

「菊太郎の若旦那、その福田さまなら今朝、東町奉行所の公事溜りでわたしにお声をおかけくださいました。その折、風邪をこじらせて臥せっておいでだとおききしましたけど、大丈夫どすかとおたずねしたんどす。そしたらもうすっかり本復いたし、昨日から元気に出仕していると仰せどした」

今朝、手代の喜六を伴い、東町奉行所の公事溜りに出かけた吉左衛門が、明るい顔で菊太郎に説明した。

「吉左衛門はん、そうやったんどすか」

「へえ――」

かれは明るい顔のまま、主の源十郎にうなずいた。

「それが確かで、困ったことが起ったらこの鯉屋へ相談いたすがよいと、そば屋の岩松はんとやらにいい置いていったのが、福田林太郎さまどしたら、この一件、引き受けんわけにはいきまへんなあ」

源十郎は町年寄の総兵衛とお勢に目を向け、ゆっくりつぶやいた。

「鯉屋の旦那さま、ありがとうございます。お支払いのほうは、船頭町と市之町の町年寄の有志が、必ずきちんといたしますさかい、何卒よろしくお願いいたします」

「小間物屋の寿屋はん、わたしどもへの支払いは、そう固う考えていただかんでもよろしゅうおす。それより、嫌がる太吉はんに辻饅頭を食わせようとした八幡屋の息子の行いが、わたしには許せしまへんのや。強い者が弱い者を苛めてはいけまへん。公事にして町奉行所に訴えまひょ。本当に悪いのは、息子をそんな悪餓鬼にさせている米屋の八幡屋六兵衛。親子二人を訴えるんどす。息子が腕を折ったのを理由に、お勢はんに井戸水を使うのを禁じ、長屋からの退去を迫るとは、町年寄の者のすることではございまへん。是非、公事にしてくんなはれと、こちらが頼みたいほどどす」

「鯉屋の旦那さま、ありがたいことをいうてくれはって、重ねがさねお礼をもうし上げます。ここにいてはる下代さまや若旦那の菊太郎さま。菊太郎さまは鯉屋の用心棒と相談役を兼ねたお侍さまやと、ご近所できいてきましたけど、お二人にも深く感謝いたします」

総兵衛は訴人になるお勢をうながし、二人にも両手をついて低頭した。

「源十郎、嫌がる太吉にどうしても辻饅頭を食わせようとしたとはなあ。わしは先程から無性に腹を立てておる。公事にいたすのであれば、お白洲では太吉の付き添いを是非、わしにさせてはくれまいか」

「へえ、よければそうしておくんなはれ」

「ありがたいことでございます」

総兵衛がすかさずまた菊太郎に低頭した。

「ところでお勢はん、わたしがこの公事を引き受けるとなれば、ええことも悪いことも、都合の悪いこともふくめ、すべてきいておかななりまへん。一旦、公事を引き受けた限り、公事宿は依頼者の味方。あらゆることをきかせてもらうのは、絶対、公事に勝つためどす。それでこれまで八幡屋六兵衛はんと、ちょっとでも何かあったんと違いますか」

源十郎は姿勢を改め、お勢を見据えた。

それは現在の弁護士でも同じであろう。

自分に都合のいいことだけをきかせ、都合の悪い部分を隠されていては、万全な弁護はできない。弁護士は不都合な事実を告げられても、それに動じずに対処する用意を、常に整えておかねばならないからであった。

「は、はい。それについてなら、これまで町年寄の方々やご近所の誰にもいうてしまへんけど、八幡屋さまとはこんなことがございました」

お勢は少し恥じらう表情を顔に浮べた。

——いったい彼女と八幡屋六兵衛の間に何があったのだろう。

みんなの目が一斉に彼女に注がれた。

「実は夫の竹五郎が亡《の》うなって、三ヵ月ほど後のことどした。八幡屋はんに祇園・新橋の小料理屋『吉野屋』へ、太吉とおせんのことやというて呼び付けられ、なんのご用やろと出かけたんどす。そしたらそこにご馳走《ちそう》が用意されていて、さあ十分に食べなはれと勧められました。太吉ちゃんとおせんちゃんの分は、別に折にしてくれるよう頼んでありますといわれました。それでご自分はお酒を飲みながら、長屋の衆には内緒でわしの世話を受ける気にならへんか、もう世帯の苦労はかけしまへんと誘わはったんどす。そしてうちに近づいて押し倒し、抗ううちのきものの裾をまくらはったんどす。うちはそんな女子ではありまへんと、八幡屋はんを足で強く蹴飛ばし、その店から飛び出しました。うかうか出かけたうちが迂闊《うかつ》やったんどすけど、そんなことがございました」

お勢はそのときの光景を思い出したのか、いくらか興奮気味に打ち明けた。

「六兵衛はんがお勢はんを、そんなふうに口説かはったんどすか——」

驚いたようすで、総兵衛がまじまじと彼女の顔を見つめた。

「はい、そうでございました」

「夫を亡くした女子の心細さに付け込むとは、卑劣な男どすなあ」

お勢は抑えた表現で語っているが、六兵衛はもっと卑しい言葉で強く彼女に迫ったに違いない。そう考え、吉左衛門は源十郎に声を荒らげた。

「源十郎、この話はきき捨てに出来ぬぞ」

菊太郎があごを撫でながらつぶやいた。

「若旦那、ようわかっております。大店《おおだな》を構えて長屋を幾棟も持ち、町年寄まで務めながら、ほんまにけしからん男どすわ。親も親なら子も子やとしか、いいようがありまへん。早速、目安《めやす》（訴状）を書き、一応、お二人にも読んでいただきます」

源十郎は謹厳な表情になっていった。

四

清冽《せいれつ》な音をひびかせ、白川が流れている。

比叡山の麓から曲りくねって流れてきた水が、今度は祇園・新橋のかたわらから鴨川に向かっているのだ。

小さな辰巳《たつみ》稲荷《いなり》の祠《ほこら》の前で蹲《うずくま》り、長く手を合わせて何か祈っていた老婆が、ようやく立ち上がって去っていった。

「美濃屋」の表では、右衛門七《えもしち》がたくましい背中を見せ、団子を焼いている。

店の窓際に置かれた座敷机に向かい、胡座《あぐら》をかいて酒を飲む菊太郎の鼻孔を、甘い匂いがかすめていた。

「兄上どの、喧嘩をしていた子どもたちを叱り、そば屋の主に困ったことが起ったら、公事宿鯉屋へ相談に行けといい置いていったのは、やはり福田林太郎でございました。強く問い詰めましたところ、病で出仕をひかえていたそれがしが、妙な風《ふう》体《てい》で町歩きをしていたのが知れては工合が悪いと考え、きちんと仲裁に入るのをひかえたのだと、弁明しておりました。それに酒を少々飲んでおり、それでは一層、言いわけができぬため躊躇《ちゅうちょ》したのだと、それがしに謝りましてございまする」

「なるほど、思った通りだったのじゃな。まあ、それは怪我の功名ともうせようぞ」

「さように仰せくだされば、それがしも助かりまする」

「とりあえず、冷めているがいっぱい飲み、食いさしでなんだが、長皿の団子を食うがよい」

菊太郎は笑顔で銕蔵に勧めた。

このとき、店の表で客を迎える右衛門七の声がひびいた。

「お侍さま、ちょっと失礼させていただきます」

すぐ土間に入ってきた料理人らしい風体の男二人が、挨拶の声をかけ、菊太郎たちの座る畳敷きの床に上がってきた。

一つを置いた奥の座敷机に向かい合った。

かれらも焼団子を肴《さかな》に酒を飲む気なのだろう。

「お信さま、銚子を二本お出ししてくんなはれ」

中暖簾から顔をのぞかせた彼女に、右衛門七がすかさず注文した。

「はい、わかりました」

「お信、こちらにも二本頼みたい」

「兄上どの、それがしならこれで十分でございます」

「そなたではなく、わしが飲みたいのじゃ」

菊太郎は要らぬ遠慮だといわぬばかりに銕蔵を制した。

「ところで兄上どの、今日の昼前、鯉屋からお勢の目安が出入物《でいりもの》として町奉行所に差し出されました」

「そうか、いよいよだな――」

「はい、さようでございます」

鋏蔵は猪口《ちょこ》（盃）をぐっと干してうなずいた。

目安が出されると、町奉行所ではそれに基づいて相手をお白洲に召し出し、一応、訊問を行う。返答書を出させ、次に対決（口頭弁論）、糺《ただし》（審理）へと進められた。必要と考えれば、証人の出席も要請するのであった。

「それで一件の吟味方与力は誰か、わかっているのか」

「はい、井坂頼母《いさかたのも》さまだとうけたまわりました」

「あの謹厳な井坂どのなら大丈夫であろう。八幡屋六兵衛の奴が、どれだけ賂《まいない》を贈ろうとしても、はね返されるに決まっておる。いかなる要路の方々とて、頼母どのが関わる吟味なら、気を遣って賄賂など受け取られぬわい」

「さように考え、それがしも源十郎も安堵《あんど》いたしております」

「太吉の意地と後家の頑張りが、功を奏することになろう」

「福田林太郎が、それがしもお白洲に出させていただきたいともうしておりました」

「ああ、お白洲に出て、一役買ってもらうつもりじゃ。奉行所を欠勤している間に町歩きに出たとはいえ、足腰を鍛えるためとはおそらく事実。勤めにそなえる心掛けがうかがわれ、むしろ殊勝ではないか。そば屋で酒ぐらい飲んだとて、それで今度の不埒が明らかになったのゆえ、誰も咎め立ていたすまい。そなたはよい配下を持ったものじゃ」

菊太郎は矢継ぎ早に銚子を傾け、銕蔵にいった。

町年寄の総兵衛をふくめ、関係者一同が東町奉行所のお白洲に呼び出されたのは、それから五日後のことであった。

その日、町年寄は麻裃《あさかみしも》、家主で被疑者の八幡屋六兵衛は羽織袴姿、訴人のお勢は質素ながら嗜みのよい装いでお白洲に出頭した。

太吉は木綿の膝切《ひざき》り、かれに右腕の骨を折られたと大袈裟に訴えている清太郎は、まだ首から右腕を白布で吊ったままで、絹の四《よ》つ身《み》姿であった。

かれらの目には入っていないが、お白洲の隅に銕蔵配下の福田林太郎が、床几に腰を下ろし、そばに菊太郎もひかえていた。

お勢には鯉屋源十郎が付き添い、八幡屋六兵衛には、公事宿「奈良屋」の若旦那の宗助が付き従っていた。

宗助は控え部屋で源十郎と顔を合わせたとき、小声でぼやいていた。

「商いどすさかい、好かん役目も引き受けななりまへんけど、どうぞ、お手柔らかにお願いいいたします」

かれは八幡屋六兵衛に強いお咎めが下されると、すでに覚悟しているようすだった。

「目安を差し出したお勢、ならびに訴えられた八幡屋六兵衛、面《おもて》を上げい」

吟味方与力の井坂頼母が二人をうながした。

太吉と清太郎は頭を下げたまま、小さくなっていた。

「目安に従い、町奉行所では同心たちが一応、きき合わせや調べを行い、八幡屋六兵衛の言い分も聴取いたしました。それであれこれの事実を、同役たちと協議いたした結果を先にもうし渡す。八幡屋六兵衛、ならびに太吉に馬糞を食わせようといたした息子清太郎の行いは、まことに不届きである。されどこの場でそれについて抗弁することがあれば、特別にそれを差し許してつかわす」

井坂頼母が柔らかい声で、お白洲で畏《かしこ》まる一同にいった。

「お、お奉行さま、わしはほんまの気持から、太吉ちゃんに辻饅頭を食わせようとしてたんではございまへん。ほんの悪戯、遊びだったんどす。どうか許しておくんなはれ」

「清太郎、そなたはしおらしげにいうているが、船頭町や市之町界隈をきき廻った同心たちによれば、多くの子どもがそなたに無理強いされ、馬糞を食べさせられたそうではないか。それもみんな悪戯だともうすのか。その一人一人をこのお白洲に呼び出し、まことのところをきき糺《ただ》してもよいのだぞ」

与力助《たすけ》の山崎勘左衛門が、白扇で膝を叩き、清太郎に厳しくいった。

「そうしていただいたかてようございますけど、お手間でございますやろ」

「そなたは歳に似ぬ小賢《こざか》しいことをもうす奴じゃなあ。手間は手間だが、そなたが白々しく主張するのであれば、いたしてくれてもよいぞよ。そなたはその子どもたちが、もし強要されて食べたと答えようものなら、後で酷いしっぺ返しをしてやろうと、考えているのではあるまいか」

「いいえ、そんなん思うてもいいしまへん」

「いや、そうに決まっておる。どうやらそなたは、黒を白、白を黒といいくるめる根性の曲った奴らしいのう。親父の六兵衛がそうで、息子までが同じだとは困ったものじゃ」

井坂頼母が、与力助山崎勘左衛門の怒りを引き取り、普段の穏やかな声でいった。

横にひかえる六兵衛が、しきりに清太郎のきものの裾を引っ張っていた。

「わしは船頭町や市之町界隈で、餓鬼大将のようにいわれてます。けどそれは、似た年頃の子どもがわしを祭り上げるさかい、そうなっているだけどす。あのときも無花果の葉に辻饅頭をのせて遊んでいただけで、人から見たらどうかわかりまへんけど、ほんまに太吉ちゃんに食えとはいうてまへん。そこのところをしっかりお調べ願いとうございます」

「清太郎、このお白洲にそなたの行いを、悪戯ではなく確かに本気だったと、あの場で見ていた者がいたら、どう弁明いたす」

井坂頼母が少し声を張り上げてたずねた。

「そんなお人、いてはったはずがございまへん」

「清太郎ちゃん、先《さっき》からいうてるのはみんな嘘やわ。おまえは本気でわしに馬糞を食わせようとしてたやないか。嘘いうたら地獄に落ちなあかんねんで」

「あれは本気やなかったわい。ただそんな真似をしてただけやと、おまえが察しなんだにすぎへん。わしやったら素直やさかい、ほんまのこととして食うてるけどなあ——」

　このとき、福田林太郎がお白洲の左隅の床几から腰を浮かせた。

「お白洲の小者、もうし付けておいた物を持ってまいれ」

かれは吟味方与力や与力助、吟味方同心たちにも憚《はばか》りのない、居丈高な大声で命じた。

　お白洲の潜り戸がことりと音を立てて開いた。

黒い法被《はっぴ》を着たお白洲付きの小者が、うやうやしく白木の三方《さんぽう》を捧《ささ》げて現れた。

「それをわしのところに持参いたせ」

「畏まりましてございます」

小者は三方を捧げたまま、林太郎に近づいた。

——あの三方の上に、何がのせられているのだろう。

お白洲にひかえたお勢や八幡屋六兵衛、町年寄や太吉、清太郎も、不審な面《おも》持ちで三方の行方を目で追っていた。

「さあ福田林太郎、それを清太郎の許に持っていってつかわせ」

井坂頼母とうなずき合い、菊太郎が林太郎をうながした。

菊太郎が、何かと自分を頼りにしている頼母や吟味方与力たちと、こうなるのではないかと考え、計らっておいたことだった。

小者から三方を受け取った林太郎は、お白洲の砂利を踏み、清太郎に近づいた。

「これ清太郎、そなたはわしに見覚えがあろうが。そなたが太吉に辻饅頭を食えと度々、強いたことで、取っ組み合いの喧嘩が始まった。そのとき喧嘩は止めいと二人に叫んで去った、髭を生やした貧乏侍じゃ。そなたはわしがさように叫んだとき、貧乏侍が偉そうに何をぬかすと、いい返したであろうが——」

清太郎は林太郎の顔をまじまじと見て、口の中であっと小さな驚き声をもらした。

「そなたは今、わしやったら素直やさかい、ほんまのこととして食うてるけどなあともうした。さようにもうしたからには、ここでその馬の糞を食うだけの度胸を持っておろうな」

「う、馬の糞を食えといわはるんどすか」

「子どもながら親の六兵衛よりど厚かましい清太郎。あれこれ小賢しくぬかしているからには、己の言葉に責任を持ってもらわねばならぬ。さあ食え、食うのじゃ」

林太郎はあの日の憤りを甦《よみがえ》らせ、清太郎に迫った。

「わ、わし、そんな物、よう食べまへん」

清太郎は声を震わせながら座ったまま後退《あとずさ》りし、首を激しく横に振った。

「どうじゃ、食えまいがな」

林太郎がそういったとき、近くに座っていた太吉がすっくと立ち上がり、二人に迫った。

三方に盛られた辻饅頭を素速く一つ右手で、もう一つを左手で摑み取った。

「清太郎ちゃん、辻饅頭と上手に名付けられてるけど、ほんまは馬の糞。それでもからっと乾《ほ》し上げられてるさかい、どうしてもといわれたら、食えへんはずがあらへん。わしは食うたるわ。そんなん、わしにはたいしたことやないわいな。ふん、意気地なし――」

驚いたことに太吉は口を大きく開け、馬の糞にがぶっと嚙み付いた。

もぐもぐと口を動かしている。

井坂頼母はいうまでもなくお白洲に坐った一同は、唖然とした顔で太吉の口許を見つめていた。

「うわあ――」

清太郎が突然、大声で泣き出した。

「これで黒白《こくびゃく》は付いたようなものでございますなあ」

「菊太郎どの、太吉はなかなか度胸があり、戦上手といわねばなりませぬな。おこの仰せられた通りでございましたわい」

八幡屋六兵衛は全身をがたがたと震わせ、惑乱し切っていた。

そのようすを公事宿奈良屋の若旦那宗助が、じっと見つめていた。

「奈良屋の宗助はん、お互いに思いがけない展開になりましたなあ」

「へえ、わたしは今度のお白洲では、何が起るやらと危ぶんでおりましたけど、これだけ意外な光景を見せられるとは、思うてもおりまへんどした。たかが子どもの苛め、喧嘩どすさかいなあ」

「吟味方与力さまもどう始末を付けたらええやらと、案じられていたはずどす」

太吉が大口を開けて食べた馬糞を、しっかり咀嚼《そしゃく》して喉に呑み込んだ。

お勢の表情は硬直したままだった。

「一同、静粛にいたせ。ここで改めて本日のお沙汰をもうし渡す。八幡屋六兵衛には、店で売る米の枡目を誤魔化しているとの噂もあり、お勢を祇園・新橋の小料理屋、吉野屋に誘い出し、不埒に及ぼうとした事実もある。ましてや袖にされた憎さの余り、長屋から立ち退けの、井戸を使うてはならぬのと迫るとは、以《もっ》ての外《ほか》じゃ。太陽と水、大地はおしなべて万民の物。その井戸水を使うなとは、神仏にいかようにもうし開きいたそうが、許されることではない。井戸枠はそなたが金を出して拵《こしら》えさせた物であろうが、水は天からの賜り物じゃでなあ」

頼母は扇子を閉じたり開いたりしながら語りつづけた。

「また息子清太郎が、長屋の子どもたちを何かと苛めていたことを見過したばかりか、気分においては増長さえさせてきた。これらの不遜《ふそん》、横着を咎め、本来なら闕《けっ》所《しょ》（財産没収）のうえ所払いにいたすところだが、長屋の一軒をお勢に無料で譲り渡し、更に五十両を此度《こたび》の苛めなどの詫び料として支払うのじゃ。また持ち長屋のすべてを店子《たなこ》の名義に書き改め、商いは米屋一筋といたせ。以後、父子ともども己の振舞いをよくよく考え、真面目に渡世をいたすがよい。清太郎はそれでもまだ子ども。心を改め、さまざま太吉に学んでしっかり育つのじゃな。かように命じ、一件は落着したものといたす」

井坂頼母が立ち上がっていうのをきき、菊太郎は両手を上にのばし、大きな欠伸《あくび》をもらした。

「菊太郎の若旦那、いくら何でも不謹慎どっせ」

源十郎の小さな叱り声がかれの耳に届いた。

お福の奇瑞

一

「おふく、おふくだと――」

「へえ、そういう名前やそうどす。おふくのふくは福助の福、歳《とし》はまだ六歳。人形みたいに頰《ほ》っぺたがふっくらとして色が白く、それはかわいらしい女の子やときました」

鶴太は、田村菊太郎から寺町・御池に近い辻茶屋で甘酒をご馳走されながら、目を輝かせて答えた。

「さような奇《き》瑞《ずい》をなせる幼童、わしも是非一度、見てみたいものじゃ」

「わしかてできるものなら見とうおす。髪は禿髪《かむろがみ》、身形《みなり》は貧乏長屋に住んでるだけに、決してよくはありまへん。けど奇麗に装わせたら、どこかの大店《おおだな》のお嬢はんか、お公家はんのお姫《ひい》さまにも見えると、評判されてるそうどす」

「掃溜《はきだ》めに鶴とでもいいたいのじゃな」

「へえ、貧乏長屋で扇の骨を拵《こしら》えてる職人の子どもどすさかい、掃溜めに鶴そのものなんとちゃいますか」

「もしそれが本当なら、長年、目を病んでいるお人には大助かり。幾ら礼金を弾もうが、決して惜しくはなかろうな」

「夜泣きする赤ん坊、目を病んではるお人。金持ちどしたらそら十両、いや百両でも出す気になりますやろ。最初は只《ただ》でしてはりましたけど、そのうちに誰が知恵を付けたものやら、寸志を受け取らはるようになったといいます」

「その寸志は誰の懐《ふところ》に入るのじゃ」

菊太郎の声がにわかに厳しくなっていた。

「そら扇骨を拵えてはる親父はんどっしゃろ」

「その親父の名は何ともうす」

「確か又五郎はんとききました。真面目一筋で、世の中のお人を欺《あざむ》くような変な男ではないそうどす」

鶴太は確信ありげな口調で力《りき》んでみせた。

「おまえまでがさようにもうすのであれば、そうに違いないとうなずくよりあるまいな。されどこの種の話には探《さぐ》っていくと、必ずなにがしか絡繰《からくり》があってなあ。まあ、世間がどうもて囃《はや》そうが、やがてはすべてが明らかになるだろうよ。この話、『鯉屋』の源十郎もすでに承知しており、似たような言葉でその顚末《てんまつ》をいうていたわい」

「この奇瑞の噂、旦那さまももうご存じなんどすか――」

「ああ、源十郎は公事宿の主《あるじ》。地獄耳を備えておらねば、商いができかねるのであ。ただそなた、この話を徒《いたず》らに余人に伝え、世の中を騒がせるではないぞ」

「それはまた何でどす」

「この噂にもし絡繰があるとすれば、そのお福と父親の又五郎を操《あやつ》る者が必ずおる。そんな奴らにわしらが乗せられ、動かされることになるからじゃ。世の中にはさまざまなことを企み、銭を稼ごうとする奴らがどれだけでもいるわい。銭金には人は盲目になり、いかなる企み事にも加担しがちなものじゃ」

菊太郎はこう鶴太に釘を刺しておいた。

だが資料に当ると、この種の奇瑞については、全国に数多くの話が記録されている。

栃木県の旧新田《しんでん》村（現栃木市）で、名主役を世襲していた岡田嘉右衛門家の文書を翻刻した『幕末維新期の胎動と展開―栃木の在村記録』（栃木市教育委員会刊）という書籍があり、その一巻に、〈奇跡の幼童〉として興味深い話が載っている。

岡田家の当主は、旗本畠山氏の代官なども務めていた。

その岡田嘉右衛門親之《ちかゆき》（一八二〇―九一）の日記によれば、村内に住む五歳の石松が奇跡を起した。

安政六年（一八五九）のことだったという。

石松は遊びに行った家で、二歳の子の夜泣きに困っているときき、突然、自分が息を吹きかけたら治るといい出した。

それならばと、親たちは疑いを抱いたまま石松にやらせてみた。すると夜泣きがぴたっと止まった。

更に目を病んだ二十歳の女性も、息を吐きかけてもらうと、たちまち長年患っていた目病みが全快したというのだ。

――一息吹きかければどんな病も治る。

こんな評判がたちまち広まり、連日、二、三百人の病人が、石松の許に押し寄せる事態に発展した。

代官畠山氏の役人も放っておくわけにはいかないとして、石松を陣屋に召し出し、調べに乗り出したが、かれは見た目は普通の子どもと全く同じだった。「弟子にしたい」ともうし出た寺院があったものの、以後の記述はなく、それから石松がどうなったかは不明である。

今では真偽の確かめようもないが、これを調査した田中正弘国学院大栃木短大教授は、「社会や民衆の不安を反映した現象ではないか」「社会が混沌《こんとん》とした中で、救いを求める庶民の願望が、〈奇跡の幼童〉を生んだのではないか」と推測されている。

神がかり的な話や奇怪な話は世の中に数多くあるが、精密に多面から検証、考察すると、意外な事実が明らかとなるものだ。

菊太郎はお福の奇瑞についても、源十郎にそれをきいたときからそう考えていた。

かれと鶴太は主の源十郎に頼まれ、土地の境界争いの目安《めやす》（訴状）を書くに当り、四条・河原町上ル下大阪町の貸本屋「竹田屋」まで、話を詳細にきくため出かけた戻りであった。

訴状はいつも源十郎か下代の吉左衛門が書いていたが、境界争いについては、いつの間にか菊太郎に任されていたのだ。

——左隣が小間物屋。そこの裏庭の柿の木の枝が、こちらの庭に大きく張り出し、境界を侵している。ところがその枝を切ったら文句をいうてきた。柿は富有柿《ふゆうがき》。小間物屋はそれをうちが捥《も》いで毎年、勝手に食うてはったはずどすともうし立ててい る。ふん、そんな些細《ささい》なことなどどうでもよかろうが。隣合わせに住む二つの店は、どんな了見から今になって争いを始めたのじゃ。

菊太郎は店に戻るため、河原町を北に向かいながら、ほぼ同時期に先代の親父から貸本屋と小間物屋を、それぞれ継いだ若い当主たちの顔を思い浮べ、胸の中で苦々しく毒突いていた。

そして御池通りを西に曲ったとき、青竹の先に結び付けられた「あま酒」の幟《のぼり》が、風にはためいているのに目を留め、鶴太にご馳走してやろうと思い付いたのである。

そこで鶴太が、お福の奇瑞について話し始めたのであった。

お福の住んでいる長屋は、禁裏御所の西南に当る梅屋町《うめやちょう》。近くに室町通りが南北にのびていた。

菊太郎が源十郎からきいたところによれば、病んだ目やさまざまな患部に、お福から一吹き息をかけてもらおうとする人々が、長屋には群れを成して押し寄せているそうだった。

近頃のお福はこざっぱりとした身形をさせられ、長屋の表四畳半の間に置かれた座布団にちょこんと座らされている。

目を病んだ患者が目前にひかえると、お福は白い小さな両手で相手の頬を柔らかく挟み、閉じさせたその目に温かい息をふっと吹きかける。

それを二度三度行い、治療は終りとなる。

その後、患者か付き添ってきた人物が、なにがしかの銭を包み、彼女の膝許に置いて辞すのであった。

「お次のお人、どうぞ、部屋に上がっておくれやす」

お福に付き添う若い男が次の客に声をかけ、また同じ行為が繰り返されるのだそうだった。

「うちはこれで二度目どすけど、なんや目が良うなってきたみたいどす。痛みが幾分取れ、遠くが見えるようになりましたわ」

「変な藪《やぶ》医者に痛む目をいじり廻され、高い治療費を払わされるより、お福さまに息をふっと吹きかけられているほうが、どれだけ増しやら。白いもちもちした柔らかい両手で頬っぺたを挟まれ、温かい息を吹きかけられると、なんやほっとします。目の痛みが薄れるようどすわ。赤ん坊もあんな手で抱かれ、息をふわあっと吹きかけられたら、安心して夜泣きも止《や》めまっしゃろ」

「赤ん坊でも優しいお姉ちゃんに抱えられ、息をふんわり吹きかけられたら、これは泣いてたら嫌われると、思うのと違いますやろか」

「夫婦喧嘩をしてると、赤ん坊にも気配でそれとわかるといいますさかいなあ」

「天台宗のなんとかいう大僧都《だいそうず》さまが、噂をきいておいでになり、お福ちゃんを一目ご覧になったそうどす。そしてこの女童《めのわらべ》には、われらの加持祈禱《かじきとう》以上の験《げん》があるに相違ないと、感嘆しはったといいまっせ」

「そんなことが、一目見ただけでわかりまっしゃろか」

「大僧都さまともなると、天稟《てんぴん》の資質がすぐに察せられるんどっしゃろなあ」

お福の評判に、天台宗の大僧都の話まで加わったため、梅屋町の狭い長屋に押しかける老若男女はますます増えていた。

大僧都の上は大僧正《だいそうじょう》。大僧正は大納言に準じられ、各宗で最高の僧階。大僧都は中納言といってもよい地位であった。

表の間でお福が客に対している間、父親の又五郎は破れ襖《ふすま》をぴしゃっと閉め、奥の部屋で黙々と仕事をしている。茣蓙《ござ》を敷き、鉄の金輪《かなわ》で竹を割り、扇の骨を削っていた。

時折、のぞかせるその顔は陰鬱そうだった。

狭い土間や長屋の外には、お福から験を受けようとする人々がひしめいている。

「お福ちゃんに付いてはる若いお人は誰なんやろ」

「さあ、又五郎はんの身内のお人とちゃうか――」

「お福ちゃんには歳の離れた姉さんがいはって、どっかへ奉公に行ってはるそうやないか」

「長屋のお人がそんなことをいうてたなあ」

「門前市をなすとはこのこっちゃわ」

「患者はんが寸志というて包んで置いてかはる銭は、いかほどなんやろ」

「それはいろいろとちゃうか。米一升が六十文から七十文やさかい、少のうても三十文ぐらいは払うていかはるやろ。上はまあ一朱から二朱。裕福なお人たちもきてはるさかい、病がすぐ良うなったら、一両でも二両でも包まはるわいな」

「そしたら、一日で随分な稼ぎになりますがな。小さな娘がそれだけ稼いでくれてたら、親父の又五郎はんは左団扇というわけや」

「ところがそうではないのやて。娘の稼ぎと世帯《しょたい》は別。そやさかい又五郎はんはぶすっとした顔で、工賃の安い扇の骨作りをしてはるのやと、長屋の人からききましたわ」

「お福ちゃんのもろうてる金は冥利《みょうり》の銭として、比叡山かどこかの寺か神社に、上納してしまってるのやろか」

「そうかもしれへんなあ。お福ちゃんの一吹きに霊妙な験があると評判され、人がそれに肖《あやか》りにきはり始めた当初、幼い当人も付き添うている若い男も、寸志の金は結構どすと、頑《かたく》なに断っていたそうどす。それがいつの間にか受け取るようにならはったんどすさかい」

「町内や長屋の人たちによれば、あそこの暮らし振りは質素。そやさかい金は、やっぱりどっかの社寺に上納しているとしか考えられまへんわ」

「仕事を辞め、霊妙な験で得た金で贅沢に暮らしてたら、罰が当りますさかいなあ」

「又五郎はんがぶすっとした顔でいてはるのは、あれこれ案じてはるからとちゃうか。いつまでも煩《うるさ》く、これでは仕事にならへん。そのうえ、隣近所の迷惑になってるのやないかとなあ」

「おう、それはそうかもしれへん」

こうした町内の人々の噂は、菊太郎も源十郎の口から度々きき及んでいた。

「さて鶴太、店に戻るとするか。毎年、柿を食われていただの、境界がどうしただの、そして今そなたがきかせてくれたお福ちゃんの奇瑞の話。世の中とはまこと厄介で煩雑なものじゃわい」

巾着《きんちゃく》から小銭を取り出し、菊太郎は床几《しょうぎ》から立ち上がった。

「菊太郎の若旦那さま、三条河原で釜茹《かまゆ》での刑に処せられた盗賊の石川五右衛門は、辞世の歌として、石川や浜の真砂は尽きるとも、世に盗人の種は尽きまじと詠んでますわなあ。この歌の通り、世の中から盗人をはじめ、人の争いや奇妙な出来事は、いつになってもなくならへんのと違いますか。そやさかい公事宿が必要なんどすがな」

鶴太はご馳走になりましておおきにと、菊太郎に礼をいった後、かれに向かい一言付け加えた。

「鶴太、そなたは賢いことをもうすのじゃなあ。全くその通り、人の世がつづく限り、争いはなくなるまいよ。人には誰にしたところで大小の悩みがあり、何事もなく穏やかそうに見える一軒一軒も、一歩家の中に足を踏み入れれば、何がしかの問題を抱えておる。それと工合よく付き合うて暮らしていこうと苦労しているのが、大方の人なのよ。わしについていえば、この身勝手な暮らし振りが、東町奉行所同心組頭の田村家の頭痛の種になっておる」

「それは若旦那さまの思い過しどっしゃろ。若旦那さまは少し破天荒なだけで、鯉屋にはなくてはならぬお人。東西両町奉行さまも、正式に出仕いたしてくれぬかと、再々お招きになられてますがな」

「わしは堅苦しい宮仕えが大嫌い。上役に逆らい、奉行所で刀ぐらい抜きそうだと自覚しておるゆえ、お招きに従わぬのじゃ。田村家を困らせたくないからのう。鶴太、その話はもう止めにいたしてくれ」

かれは苦笑して鶴太を制した。

「若旦那さまはよういわはりますわ。ご自分からいい出され、話が都合の悪いところに及んだら、その話はもう止めやとは、身勝手過ぎまっせ」

「身勝手はわしの身上《しんじょう》だからのう」

二人はたわいない、それでいて真剣味のある話をしながら堀川を渡り、店に戻ってきた。

帳場で額を突き合わせていた源十郎と吉左衛門の二人が、お帰りやすとかれらを迎えた。

「秋らしくなってきたわい。堀川に蜻蛉《とんぼ》が群れ飛んでいたぞ。染屋の職人たちが、冷たくなった堀川の水で、美しく染め上げた友禅を洗うておったわ」

「風流な話で結構どすけど、それより竹田屋はんはいかがどした。若旦那、それを先にきかせとくれやすか」

源十郎は気ぜわしく帳場から立ち上がり、菊太郎を居間に誘いながらいった。

「竹田屋では一応、話をきいたが、その前に町内のあちこちで竹田屋と小間物屋『十松屋』の境界争いについて、いささかきき合わせてきた。あれは悩むような問題ではないぞ。町内の連中は、竹田屋の彦太郎と小間物屋の庄八は、子どもの頃から腕白で仲がよく、ほぼ同時期に親父から店を譲られ、嫁を迎えたのも前後してだというておった。そのため町内では、なにかに付けて二人の女房の器量や行いを、噂の種にしていたともうす。そんな噂話からのあれこれの思惑が、柿の枝や境界争いに及んでしまった、いえば迸《とばっち》りよ。それがわしの読みだわ。そなたから町年寄にその旨をよく伝え、動いてもらうのが一番よさそうじゃ。さような噂話に惑わされたあげくの目安など、町奉行所は受け取りませぬ、戯《たわ》けたことで仲違《なかたが》いしておらず、昔通り仲良くしておくれやすと、諭してもらうのじゃ。いい大人の二人が、埒《らち》もないことでお上の手を煩わせようとは以《もっ》ての外《ほか》。わしはばかばかしいゆえ、目安など書かぬぞ」

忌々しそうに菊太郎は伝えた。

「竹田屋はんはそんな仕様もないことで、目安をというてはったんどすか。なんか妙やなあとは思いましたけど、やはりどしたんや——」

「全く人騒がせな奴、礼金だけはしっかりもろうておくのじゃぞ」

「へえ菊太郎の若旦那、そうさせていただきます。ところで例の明神さまに、少し動きがありましたわ」

「なにっ、あの明神さまにか――」

「さようどす」

二人はお福を、明神さまと隠し言葉で呼んでいた。

「それで動きとはどのようなものじゃ」

「親父の又五郎が、一つ町を隔てた今図子町《いまずしちよう》に家移りしたんどす。これでは仕事ができへんというわけで、明神さまへの客は、又五郎が仕事場にしていた奥の部屋で控えさせられてます。それに中年の女が一人、明神さまの世話に当るようになったみたいどすわ。更に東町奉行所が内偵を始め、銕蔵さまにその役目が仰せ付けられました」

「明神さまの騒ぎ、町奉行所としては放っておくわけにもまいらぬからのう」

「町奉行所もきな臭い匂いを嗅がはったんどっしゃろ。今後、どないになりますやら」

「さよう白々しくもうすが、その実はそなたが、ご用人さまを焚《た》き付けたのであろう」

「そう思われても仕方ありまへんなあ」

源十郎は惚《とぼ》けた答えを返し、顔をにやりとほころばせた。

陽が西に傾き、薄暮が庭を包み始めていた。

二

その夜、北野天満宮東の馬喰町《ばくろちょう》の小料理屋「天満屋《てんまや》」、その小座敷に四人の男が集まり、満足げな顔で酒を飲んでいた。

天満屋は昼間は天満宮への参拝者で繁盛するが、夜にはぱたっと人通りが絶え、店はほとんど閉められている。

だが近くに北野遊廓があり、そこだけは夜が更けても賑やかで、どこか艶《なま》めかしい雰囲気であった。

「わしらも妙な金蔓を摑《つか》んだものだわさ。これさえ北野の親分に隠してしっかり摑んでおいたら、遊廓や賭場の用心棒に精を出さんかて、悠々閑々《ゆうゆうかんかん》と暮らしていけるわけや。これはほんまに棚から牡丹餅《ぼたもち》。やい七兵衛、おまえの女は大した玉やわいな。この店もそのうち分け前で買い取れるのとちゃうか」

剃刀で両頬を削《そ》いだような険しい顔をした巳之助《みのすけ》が、左手の小指を立て、三十を過ぎたばかりの七兵衛に笑いかけた。

「巳之助はん、そんないい方はご無礼どっせ。わしらはいわばこの天満屋のお駒はんと七兵衛はんのお陰で、今の悠々閑々に与《あずか》ってるんやさかい」

「そらそうや。わしかてそれくらいようわかってて、ありがたいこっちゃと思うてますがな。これからわしらが企てようとしているもっと大きな山。兄貴がときどきいうてはるその山は、ここにいてはるお駒はんと、いつもお福の世話に付いてる朝吉と合わせ、五人が心をしっかり一つにしな築けへん。五郎蔵の兄貴、わしは何も七兵衛とお駒はんに、皮肉をいうたわけやあらしまへん。今の言葉が悪うきこえたのやったら、勘弁してもらわなあきまへん」

巳之助は、当初から黙って手酌で酒をちびちび飲んでいる髭面の五郎蔵に軽く詫びた。

五郎蔵は若い頃、北野遊廓とそこの賭場を一手に仕切る弥左衛門親分の子分として、五本の指に数えられる一人だった。

だが妓楼の「二文字屋」で客同士の大喧嘩があり、すぐ仲裁に入ったものの、客の一人が喧嘩相手を刺し殺してしまった。

「五郎蔵、二文字屋は大楼。客を大事にしていはるお店や。おまえ、人を殺してしもうたお客はんの身代りとして、お縄になってくれへんか。喧嘩を止めに入ったもんの、誤って客を刺したとわかれば、お上も事情を斟酌《しんしゃく》して、七、八年の島流しですませてくれはるやろ。おまえが島から帰ってきたときには、おまえの立場を一、二番としてきちんと空けとくさかい、引き受けてくれや」

親分の弥左衛門は頭を下げて頼んだそうだった。

客の身代りとして五郎蔵が島送りになれば、妓楼の二文字屋から大層、感謝される。きれいに始末を付けてくれなすった、これで店の名を汚さんと商いがつづけられますと、何百両かの礼金が弥左衛門の許に入るに決まっている。

また喧嘩相手を刺し殺した若い男は芳助といい、室町筋に大店を構える呉服問屋の総領息子。かれの父親からも礼金がもらえるほか、芳助が店を継いだ暁《あかつき》には、何かに付けかれから金を搾り取れるとの魂胆であるぐらい、五郎蔵にも察せられた。

「親分、わかりました。わしが罪をかぶらせてもらいまひょ。その代り、口裏だけはしっかり合わせておいておくれやす」

かれは深い考えもなく、あっさり引き受けてしまった。

島から帰ってきたときには、おまえの立場をきちんと空けておくという弥左衛門の言葉を、信じたのであった。

ところが八年、隠岐島《おきのしま》で過して京に帰ってみると、親分の弥左衛門は四年前に病死しており、養子の三郎助が三代目弥左衛門を名乗っていた。

五郎蔵の挨拶を受けても、三代目は鬱陶《うっとう》しそうな顔でうなずいただけであった。

そのうえかれの一の子分の孫八が、五郎蔵の痩せた姿を感情のない目で眺め、「みんなの邪魔にならんように、賭場の見張りでもしてたらええがな」といったのである。

五郎蔵は三代目の態度と孫八の言葉にかっとなったが、憤りをぐっと抑えてへいとうなずき、その場をすませた。

それからの五郎蔵は、経緯《いきさつ》の一切を知っている気の合う七兵衛の許で、さまざまな憤懣《ふんまん》をひっそり隠して過し、賭場にくる客の雑用を果していた。

弥左衛門一家にそんな奴がいたのか、身内にも気付かれないような暮らしをつづけ、今は七兵衛の女房が営む天満屋を塒《ねぐら》にしているありさまだった。

かれはあまり人と話をしなかった。

だが一言口を利くと、千鈞《せんきん》の重みのようなものが感じられ、隠岐島で八年もの月日を過してきた貫禄がうかがわれた。

巳之助がかれの一言で、急に険しい顔に笑みを浮べて詫びたのも、そのせいだといえよう。

最初、お福の奇瑞に気付いたのはお駒だった。

彼女は五年ほど前まで、先代の弥左衛門親分の許で三下奴《さんしたやっこ》をしていた政七と、梅屋町の長屋に住んでいた。

だが賭場で揉め事があり、その責めを負わされて政七が死んでから、お駒は小料理屋の天満屋に仲居として雇われていた。

やがて年配の主夫婦に代り、彼女が店を宰領するようになり、七兵衛とわりない仲になっていた彼女は、今では天満屋を買い取るため、半金近い三十両近くを主夫婦に払い終えていたのである。

ある日、彼女は以前住んでいた梅屋町の近くに用があり、ついでに長屋で親しくしていた街道人足の女房お辰《たつ》の許を訪れた。

「飲み屋というても一応は小料理屋。お膳や銚子の上げ下げなど、この歳になると、若い女子衆《おなごし》と違うてそら強《きつ》おすわ」

「そやけどお駒はん、ほんまに嫌になったらその店をいつでも辞められますのやろ。ええ旦那を摑まえ、食べていけるんやと、自慢してはったそうやないか」

お辰は晴れやかな声でいった。

「ええ旦那というても、死んだ政七より少しは格上のただの遊び人どす。優しいのが取柄《とりえ》だけ――」

うれしそうにお駒は答えた。

「女子には旦那が優しいのが何よりの幸せなんえ。もろうてくる給金は少ないうえ、酒は飲む、殴る蹴る、卓袱台《ちゃぶだい》はひっくり返す旦那でのうて、お駒はんは幸せどすがな」

お辰がそういったとき、長屋の向かいからどうぞ何卒、お願いいたしますとの声が届いてきた。

「お辰はん、どうぞ何卒、お願いいたしますというてはりますけど、あれなんどすのん。声は扇骨作りをしてはる又五郎はんとこのようどすけど――」

土間の上がり框《かまち》に腰を下ろしていたお駒は、立ち上がって外をのぞいた。

扇骨屋の又五郎の家の前で、粗末な身形をした中年の女が、開かれた土間に向かってしきりに頼んでいる。

「うるさいお人やなあ。お福は今どっかへ遊びに出かけていいへんと、いうてますやろな」

土間から又五郎の髭面がひょいとのぞき、面倒臭そうな声がひびいた。

「すぐお帰りでございましょうか――」

「子どものこっちゃ。すぐ帰るかどうか、親のわしにもわかりまへんわ」

「そしたらお戻りになるのを、待たせていただいてもようございますか」

「そんなん、勝手にしてくんなはれ。わしは仕事がおますさかい、そしたら表部屋の上がり框にでも腰を下ろし、待っててておくれやす。お茶なんか出せしまへんで」

又五郎は無愛想にいい、奥に引っ込んだ。

「あれなんどすのん――」

お駒は興味深そうな顔でお辰にたずねた。

「お福ちゃんにお客はんがきはったんどす」

「お福ちゃんに。又五郎はんとこのお福ちゃんいうたら、まだ五つか六つどっしゃろ。そんな幼い子どもにええ大人が、どうしてお客はんにきはるんどす」

「誰でもそう思わはりまっしゃろ。又五郎はんとこにはああして毎日、お福ちゃんをたずねて、必ず一人二人のお客はんがきはりますねん。うちらが店の名を知ってる大店《おおだな》のご隠居さままで、きはりましたのやで――」

「それはまた何でどす」

「ほんまか嘘かわかりまへんけど、目の治療にどすわ」

「お福ちゃんの許に目の治療とは、いったいどういうことどす」

不思議そうな表情でお駒がたずねた。

「うちにはようわかりまへん。そやけどお福ちゃんが、両手で相手の顔を柔らかく包み、病んだ目にふうっと息を吹きかけると、奇妙なことに痛みが消え、次第に良くなっていくというんどすわ」

「あのお福ちゃんが、病んだ目に息を吹きかけると、痛みが消えるといわはるんどすか――」

「そうらしおす」

お辰は半信半疑の口調で答えた。

ことの起りは、長屋に住む引き売り屋の重松の娘、四歳になるお竹の目がどうしてか次第に赤く腫れ上がり、数日、彼女が痛い痛いと泣きつづけていたのだ。

それをきいたお福が、彼女の肩を優しく抱き、次には向かい合った。そして両手で顔をやんわりと挟み、治れなおれと小声でつぶやき、ふうっと息を吹きかけたのである。

するとお竹は不思議にすぐ泣き止んだ。

「ど、どうしたん――」

重松の女房のおたみが、お竹にたずねかけると、お福ちゃんのお呪《まじな》いのせいか、急に痛くなくなったんやと答えた。

赤い腫れは翌朝にはすっかり退《ひ》いていた。

「けったいなこっちゃなあ。これはどういうことやな」

「お福ちゃんはあんなに小さいのに、その一吹きに、災いを除くなんかの霊力があるのかもしれへん」

長屋の人たちの噂が、町内からたちまち隣町に広がっていった。

藁《わら》にでもすがりたいのが、病を得た人の心情だ。あげく目を病んだ人から、赤ん坊の夜泣きに悩む人などが、連日のようにお福の治療を求め、長屋を訪れるようになったのである。

お福から患部にふうっと息を吹きかけられた人々の大半は、一様に良くなった。その好評の声が一層、大きく広まり、悪評は全くないといってもいいほどであった。この話をお駒は、店仕舞いをした天満屋の奥座敷で七兵衛や五郎蔵、それに巳之助にふともらした。

そのとき、五郎蔵の目がきらりと光った。

「お駒はん、そのお福とやらに兄妹はいてるのか――」

かれはいきなり妙な質問をお駒に発した。

「へえ、お福ちゃんには十ほど歳の離れた姉さんがいて、どこかへ奉公に出てはります。それがどうかしたんどすか」

「どうもしてへんわい。これはうまく運んだら、わしらにとってとてつもない金蔓になるかもしれへん」

「とてつもない金蔓に。五郎蔵はん、その、その理由《わけ》をきかせておくれやす」

「お福の父親の又五郎は、わが子の異能を迷惑がっている様子。お福に、竹屋に奉公しているおまえの弟の朝吉を付き添わすんや。お駒はん、それより先に、おまえが親切ごかしにお福に近づくのやな」

五郎蔵は持っていた盃を膳に置き、語りつづけた。

「今の話をきく限り、お福は病の良くなった者から、礼金をもらっておらへんようやけど、これからは礼金を取るようにするんじゃ。親父の又五郎が文句をいうたら、脅し付けておけばええ。どこかに奉公しているお福の姉を誘拐《かどわか》し、遠い港町の遊廓にでも売り飛ばしてしまうぞというてなあ。いわばお福の家を乗っ取り、お福は病に苦しむ諸衆を救うため、この世に現れた神仏の化身だと、祭り上げてしまうんや」

いつも寡黙なかれには珍しく、熱く語りつづけている。

「金は使うだけ使い、良い噂をもっと大きく広げ、人々にそれを信じ込ませるのや。これはわしらの一世一代の賭け。うまくいったら稼ぎまくることができて後生楽《ごしょうらく》。失敗したら、わしは再び隠岐島へ逆戻りというわけや。そやけど考えてみれば、人の病を治そうと動いただけで、礼金を当て込んだにしたところで、強要したわけやあらへん。信仰に名を借りたこんな手合は、世の中にときどき現れるものや。七兵衛はんに巳之助、それにお駒はん、わしのこんな思案はいかがなもんやろなあ」

「五郎蔵の兄貴、それは上々の思案どすがな。賭場で客のご機嫌を取ったり、女郎屋で客から卑屈な思いでご馳走にあり付いたりしているより、己たちの知恵で金をごっそり稼ぎ、好き勝手をしたほうがどれだけ増しやら。ぞくぞくしてきまっせ」

巳之助が上擦《うわず》った声でいった。

五郎蔵の悪企みの知恵は速くて深慮に富み、相当なものであった。

罪人として隠岐島で過した八年。希望を抱いて京に帰ってみれば、先代の死によってすべての約束が反故《ほご》にされ、思いもかけない冷遇が待っていた。深い失望と怨みが、ここで形を変え、凝縮して現れたのであった。

尤《もっと》もお福の行為が目病みなどに効果があるというのは、近年の病理学から考えても、ある程度、合理性が認められる。

認知症などからの徘徊《はいかい》や過激な言動を落ち着かせるには、相手の顔を優しい目でまっすぐ見て近づき、その手や腕を柔らかく握り、身体を撫でたりさすったりして、穏やかな声で接するのが肝要だといわれている。全国の幾つかの治療施設において、これが実施されつつあるそうだ。

スキンシップは母親と子どもの肌の触れ合いによる親密な交流。お福の治療は、その延長線上のものと考えられ、要は患者に対しての心底からの優しさが、治療をかなえさせるのだろう。

「五郎蔵の兄貴、兄貴はもっと大きな山を企てると、何度もいうてはりましたけど、その大きな山とはなんどす」

しばらく後、お駒の弟の朝吉がお福に付き添い始めてから、七兵衛が控え目な口振りでかれにたずねた。

巳之助はお福の父親の又五郎を巧みに外に誘い出し、下手《へた》に騒ぐと姉のお夕を奉公先から誘拐し、遊廓に売り飛ばしてしまうぞと、厳しく脅し付けていた。

「わしが大きな山を企てるというのは、あんな長屋でお福と病人を会わせててはあかんということや。小さくてかまへんさかい、今は無住になってる寺を探し出し、そこをきれいにして客を迎えるのやわ。町中の寺が望ましいけど、聖護院か祇園社、清水寺界隈の寺でもええなあ。そしたら一層勿体が付き、礼金がもっと稼げるいうわけや」

「そやけど兄貴、そんなんしたら、その大きな寺から文句が出えへんか――」

「文句が出る前に、しかるべき名高い寺の都維那《つい な》にでも、金を摑ませておくこっちゃ。そしたらその寺の末寺とでも、平気でいえるわけやさかい。知恩院でも清水寺でも、八坂の法観寺でもかまへんがな」

五郎蔵は大胆な企てを披露した。

都維那とは三綱《さんごう》の一つ。寺内の僧侶や寺務を管理する役僧をいい、他に上座《じょうざ》、寺《じ》主《しゅ》などがある。

商いは坊主にきけ――の言葉通り、僧侶は古くから資金の運用や金銭の貸借など商いの知恵を備え、それは商人をはるかに凌駕《りょうが》していた。

相当な寺でも金さえ握らせれば、何事もうまく取り計らってくれるに決まっていた。

「五郎蔵の兄貴は、えらい大胆なことを考えておいやすのやなあ」

「名高い寺の名を名乗れるようになれば、寺社奉行さえ詮索をひかえるやろ」

かれの言葉に七兵衛がうなずいた。

お駒と他の男たちは、すでにこれをきいているようであった。

三

それから五郎蔵の動きは早かった。

かれは大小の寺が建ち並ぶ東山の三年坂近くで、無住になっている小さな荒れ寺を探し出してきたのである。

お福に絶えず付き添っている朝吉も含め、みんなが天満屋の奥座敷に集まっていた。

「その寺は法蔵寺といい、住職は酒と女に溺れて寺の什物《じゅうもつ》を売り払い、行方を晦《くら》ませてしもうたんや。寺は比叡山延暦寺の子院。檀家は数軒しかなく、本山から望んで荒れ寺に入住してくる坊主もおらへん。きっと祇園社が比叡山に支配されていた頃からの子院やったんやろ」

奥座敷で五郎蔵が、その姿を見て驚いた七兵衛や巳之助たちを手で制して静まらせ、おもむろにいい出したのであった。

「金になる什器も相当、あったはずやけど、そんな物どころか今は本尊すらどこかに失せてしもうてる。その本尊、どうしてどこへ行ったかわからへんけど、もしかすると、近くの清水寺か高台寺、仲光院か六波羅蜜寺《ろくはらみつじ》にでも移され、そこで参拝者にありがたく拝まれているかもしれへん。かつてはそんな無茶苦茶な時代だったんや。戦乱や火災で本尊がなくなってしもうたら、親しい寺から譲り受けたり、勝手に持ち出してくる。人の物はわしの物、わしの物はわしの物。今やって穏やかそうに見えたるけど、人間は一皮剝《む》けば、そんな時代とちょっとも変ってへん。これは僧侶でも商人《あきんど》でも、一般の人々でも同じやわ。人とはそうしたものなんやで。そんなんやさかい、わしはあの法蔵寺の住職となるため、金を欲しがってる貧乏寺から大日如来《だいにちにょらい》さまの仏像を買うてきたんやわ」

お駒と朝吉も息を呑み、五郎蔵の姿を見つめ、顔を強張《こわば》らせていた。かれが髭だけを残して坊主頭になり、墨染《すみぞめ》を着ていたからである。

「おぬしたち、驚いて見ているようだが、わしの坊主姿はどうじゃ」

「へえ、よう似合うてはります」

「それで名前は付けはったんどすか」

巳之助につづいて七兵衛がたずねた。

「僧名か。自分で浄厳《じょうごん》と付けたわい。じょうは清浄《せいじょう》の浄、ごんは荘厳《そうごん》の厳や。どうや、よい名前だろうが」

「へえ、いかにも五郎蔵はんらしく、厳しそうなええ僧名どすわ」

お駒が感心した表情で褒めたたえた。

「浄厳、浄厳さまか。実はこんな僧名のお人が、隠岐島に流されておられてな。島流しにされていた凶悪な奴らにも、ひどく慕われておられたわい。東密のお坊さまらしかったけど、どんな罪を犯して遠島に処せられたのやら、自分からは何も語られなんだ」

東密とは、弘法大師空海が創建した教王護国寺（東寺）を指していた。

三年坂の法蔵寺は、大工が入れられて寺構えと周りが整えられ、見映えがよくされていた。

「五郎蔵はん、いや浄厳さま、わしや朝吉、巳之助はんにも坊主になれといわはるんやありまへんやろなあ」

七兵衛がおずおずとたずねた。

「坊主になるのはわしだけで十分。ただ朝吉と巳之助には寺男として働いてもらう。

今後はわしとお駒はんが代るがわる、日夜、お福のそばに付き添うことにする。だが長い稼ぎは禁物。半年か一年でさっと身を隠すつもりじゃ」

「稼ぐだけ稼いで素早く逃げるんどすな」

「この手の稼ぎは太く短くに限る。町奉行所の詮索が始まってからでは遅いのでなあ。その前に逃げ出すのよ」

五郎蔵は静かな口調で他の四人にいい渡した。

かれは一昨夜、お福の父親又五郎を巧みに長屋から誘い出し、三条・寺町に近い居酒屋の離れに連れ込んだ。

今図子町の長屋は、梅屋町のそこから朝吉に連れられてきたお福一人だけになっていた。

「そないな恰好をして、どうかしはったんどすか。それとお福とは、何か関わりがありますのやろか」

僧侶姿の五郎蔵を見て、又五郎が恐るおそるたずねた。

「ああ、又五郎はん、それでおまえさんの子のお福ちゃんのことやけど、今使うてる梅屋町から、東山三年坂の法蔵寺という天台宗のお寺に移ってもらいます。長いことではなく、半年か一年のこっちゃ。丁重に扱わせていただき、わしが付いている限り、お福ちゃんに決して危害は加えしまへん。堅気なおまえさんには、ほんまに変な話やろうけど、このことを人に愚痴ったり、町番所や町廻りの町同心に訴えたりしたら、あきまへんのやで。もしそんなことをしたら、前からいうてるように、三条・石橋町の旅籠《はたご》屋で台所奉公をしているお福ちゃんの姉《あね》さんのお夕はんをかっ攫《さら》い、女衒《ぜげん》の手で瀬戸内の鞆《とも》ノ浦《うら》の遊女屋にでも、売り払うてしまいますさかいなあ。そこのところをよう分別しといてくんなはれ」

五郎蔵は又五郎に銚子の酒を勧めながら、話しつづけた。

「とにかく、おまえさんは黙ってこつこつ扇の骨を削ってはったらええのんや。わしらがやってるのは、お福ちゃんを利用してのいわば悪企み。けど一切がすむ半年か一年後には、お福ちゃんにも相当の金をもらってもらい、おまえさんの手許にお返ししますさかい。それをしっかり胸に刻んで、承知しておいとくれやす。その金でおまえさんも、扇屋に小言をいわれながら安い工賃で扇骨を削っていなくても、すむようになりますやろ。それを当てにして、しばらくの間、騒がずにいておくんなはれ」

墨染姿の五郎蔵は、相当の修行を積んだしかるべき立場の僧にも見えた。

そんな人物が、ならず者めいた言葉で脅すだけに、小心者の又五郎は、恐ろしそうにへいへいとうなずきつづけた。

居酒屋の主が特別に拵えたご馳走に、箸も付けずにちぢこまっていた。

「そしたら和尚《おしょう》さま、お福は半年か一年後には、必ずわしの許に返してくれはるんどすな――」

「ああ、返してくれる、必ずにじゃ。さよう案じるには及ばぬわい。その間、お福に会いたければ、いつでも三年坂の法蔵寺にまいればよいのよ。そなたはまことに良い子を持って幸せな奴。大方の親たちは、金の卵を産むかような能力を備えた子どもを持つそなたを、羨《うらや》ましく思うているのじゃぞ。いかがしてあのような女童を育て上げたのか、できるものなら教えてもらいたいわい」

「女房に死なれてから、わ、わしはただ、飯を食わせ、大切に育ててきただけどす」

「ただ、飯を食わせ、大切に育ててきただけだと。その飯に何か妙薬を混ぜたのではないか――」

天台僧の浄厳だと名乗った五郎蔵は、ここで初めて冗談口を利いた。

「飯に何か妙薬をどすと。そんな妙薬などどこにもありまへんやろ」

「尤もじゃ。それはよう承知しておるわい。それより又五郎、ここでわしと交した約束、決して忘れるではないぞよ」

「へえっ、忘れしまへん。心ならずもあなたさまを信用して、お福をお預けいたします。半年か一年、どうぞ大事にして、きちんと飯を食わせてやっておくんなはれ」

「これは誘拐《かどわか》しでも何でもないぞ。まあもうせば、お福を預かるについての断りをもうしているまで。一応、礼を尽しているつもりじゃ」

「ようわかっております」

「更に付け加えておくが、そなたの身辺には、当方の仲間の目が絶えず配られておる。変な動きをいたせば、お福はいうまでもなく、旅籠屋で働いている姉娘にも、すぐ累が及ぶと心得るのじゃ」

五郎蔵はできるだけ法蔵寺の住職になったつもりでいい、その口調もいつしかそれらしく変っていた。

「そのご心配には及びまへん。わしは近所付き合いが嫌いで、仲のいい友だちもいしまへん。ましてや町奉行所の同心など、姿を見るだけでどんな目に遭わされるやらと、恐ろしゅうて身体がすくみますさかい」

「それはまことに良い心掛けじゃわ」

五郎蔵にすれば、又五郎には度々脅しの言葉を吐いてきたものの、それとは関わりなく、安心できる相手に思われた。

これなら半年か一年で相当な金が稼げる。

その金を役柄に応じて分配し、それぞれ堅気の暮らしに戻るつもりであった。

三年坂の法蔵寺で、お福が目病みなどの手当てを行い始めたとの噂はすでに広まっており、彼女はそこで白い浄衣《じょうえ》に緋袴《ひばかま》をはかされ、本尊大日如来像の前に座らされていた。

近くに浄厳が墨染姿でひかえ、朝吉と巳之助は手当てを求める人たちの接待や、順番待ちの整理に当ったりしていた。

法蔵寺の一日は早朝、にわか坊主の浄厳の勤行《ごんぎょう》から始まった。

狭い境内の掃き掃除や炊事は、すべて朝吉と巳之助の仕事。二人は裁着袴《たつつけばかま》をはき、神妙な態度でこれらを行っていた。

浄厳の勤行が終った頃、早くも法蔵寺には、目病みの人々が付き添いに連れられてやってくる。

お福の噂をきき、摂津や近江の大津からはるばる訪れる人たちもおり、昼過ぎには寺の狭い仏間はいっぱい。中に入り切れない人々が、寺をぐるっと囲む回廊で、順番待ちをしているほどだった。

ここでの日常は、お福に大きな変化をもたらした。

同じ年頃の子どもたちと、一緒に遊べないのがずっと不満だったが、こんな規矩《きく》正しい暮らしにもやがて馴れ、決して居心地の悪いものではなかった。

法蔵寺は、一般に〈八坂の塔〉といわれる五重塔が聳える法観寺近くの高台にあり、そこから京の町並みが眺められる。

京の東山道《みち》からここに至る道は、小高い山の峰に向けて三年坂といわれ、やがては清水寺の参道に達するのである。

お福は朝、小鳥の囀《さえず》りで目を覚まし、谷水で顔を洗った。すがすがしい空気の中で、住職の浄厳と朝吉、巳之助とともに朝食をとるのであった。

法蔵寺には目病みや赤ん坊の夜泣きに悩む人たちが、すでに大勢待ち構えていた。清水寺への脇道だけに、あちこちに茶店が営まれており、そこに腰を下ろし、お福のお呪いを待っている人々も見られた。

「法蔵寺へお福さまと浄厳さまたちがおいでになってから、うちらみたいな茶店でも急に忙しくなり、よろこんでいるんどすわ」

茶店のお婆《ばば》が客たちににこやかな顔でそういっていた。

「わたしは鞍馬からお福さまのお呪いを受けるため、法蔵寺さまへくるのは今日で二度目。ちょっとしか見えなんだ目がはっきり見えるようになりましたけど、念のためもう一度、こさせていただいたんどすわ」

「噂では一吹きか二吹きで治るときいてますけど、それはほんまどすか」

「へえ、赤ん坊の夜泣きなど、ほんの一吹きで治るといいまっせ」

「そら結構なことどすなあ」

「お福さまのしはるのは、ごく簡単なことで、町の祈禱師みたいに仰々しくございまへん。赤ん坊の夜泣きの場合、その子を両手で預かり、よしよしとその額や頰を軽く撫ではり、ふうっと顔に息を吹きかけはるだけどす。泣いていた赤ん坊が、不思議そうにお福さまを眺め上げ、ぱたっと泣き止んでしまうそうどす」

「目病みのお人には、胸に抱くようにして、手で柔らかく両頬を挟み、息を吹きかけはるとききました。そのとき、法華経の一部をお呪いのように呟《つぶや》かはるとか——」

「そのお福さまとやらの息の一吹きは、それほど験があるのか」

かれらにたずねたのは、清水寺詣でを装い、ときどき三年坂にやってくる菊太郎だった。

法蔵寺のようすをうかがうため、銕蔵や配下の同心たちも身形を変え、辺りを徘徊していた。

ときには鯉屋源十郎の姿もあり、吟味方与力の井坂頼母やその配下の姿までみられた。

お福は法蔵寺に住み始めてから、当然、誰からもお福さまと敬称を付けて呼ばれていた。

「お福さまのお呪い料は、どれだけのもんなんどっしゃろ」

清水寺に詣でてきた老人が、茶店で腰を下ろし、順番を待っている商人姿の男にたずねた。

「金なんか幾らとは、浄厳さまは請求しはらしまへん。寸志、お気持だけでようございますといわはります」

「そやけど一吹きしてもろうたら、目の痛みが消え、物がはっきり見えるようになったという大店の隠居はんは、二度目にきはったとき、三十両の金をお福さまの前に積んでいかはったときいてまっせ。十両二十両のお呪い料を置いていったお人が、何人もいはりましたわ」

「この間の夜も、立派な駕籠《かご》が二つも法蔵寺にお福さまを迎えにきて、どこかへ出かけはったそうどす。町内の者たちは、きっと大藩の京屋敷か、五摂家《ごせっけ》や清華家《せいがけ》からのお迎えに違いないというてました。提灯を持った小者と裃姿のお侍さまが、六人もお供に付いていはったからどす。二刻《ふたとき》（四時間）ほどで戻ってきはりましたけど、いただき物を運ぶ長持ちが後に従っており、あれには驚きましたわ」

「目を病んでいるお人は、意外に多いものなんどすなあ」

「そんなんやったら法蔵寺は、ごっそり金を蓄えてはりまっしゃろ」

「そんな下衆《げす》の勘繰《かんぐり》をしていると、罰が当りまっせ」

「これは迂闊《うかつ》なことをつい口走ってしまいました。堪忍してくんなはれや」

一人が法蔵寺の構えに両手を合わせ、頭《こうべ》を垂れて謝った。

秋が過ぎ、寒い冬が訪れた。

そんな頃、お福が朝食の後、茶を飲みながらふと浄厳さまと呼ばった。

堂舎の中には彼女のお呪いを受けるため、すでに数十人の人々が待っていた。

「お福さま、なんでございます」

浄厳の口利きはお福に対しても改まっていた。

近頃のかれは、荒々しい気配をすっかりひそめさせ、誰からも比叡山延暦寺で受戒をすませたひとかどの僧侶としか見えなかった。

近所の人たちから、先祖の法要のためお経を読んでいただきたいと頼まれると、気軽に出かけ、供物をもらって法蔵寺に帰るようになっていた。

お福に声をかけられた浄厳の目は柔和だった。

「浄厳さま、うちこの頃、疲れてかないまへんねん。お呪いをするお人たちを少し、減らしていただけしまへんやろか」

お福は弱々しい声で頼んだ。

「疲れるといわれますか——」

「はい、なんや身体がだるくて重うおす。二十人もつづけさまにお呪いをしていると、倒れそうになりますねん。それでも病んでるお人のためやと、自分を励まし、一生懸命やっているんどす」

「さようでございましたか。朝から昼までずっと。昼の休みの後また夕刻まで。毎日、同じことを休みなくつづけていたら、当然でございましょう。いやはや、わしが迂闊でございました。さようにお疲れなら、どうにか考えねばなりませぬなあ」

かれはそばにひかえる朝吉の顔を眺めた。

「浄厳さま、そしたら正午《ひる》前に何人、正午からに何人と、お呪いをするお人の数を、お決めになったらいかがでございます」

朝吉も法蔵寺でお福の世話をするようになってから、いつしか人柄がすっかり穏やかに変っていた。

「お呪いをするお人の数を決める。それはいい考えだのう」

浄厳はお福の言葉をきいたときから、彼女の霊力が衰えてきたのではないかと案じていた。霊力を一つの精力と見れば、それは使えば使うほど、衰えてくるのは当然だった。

　ではそれを復活させるにはどうすればいいのか。普通には休養が最も有効だが、霊力ごときものがそれで回復するのだろうか。

「お福さま、そしたら今日からお呪いを施す人の数を少し減らしまひょ。お福さまがお疲れになっておいでだと断ったら、この寺を頼ってくるお人たちも承知してくれはりますやろ」

「浄厳さま、そうするしかありまへんなあ。近くに温泉でもあったらそこへ出かけ、半日でも一日でもゆっくり休んでいただけますのやけどなあ」

　朝吉が思案顔でつぶやいた。

「近くではないが、加賀の山中や但馬《たじま》の城崎《きのさき》にでも、お福さまを駕籠に乗せ、出かければよいのじゃ」

「お、ん、せん。おんせんいうたら、どういうところどす」

「お福さま、温泉とは土面の深くから温かいお湯が自然に湧き出るお風呂のような場所でございます。そこで身体をゆっくり療養させるのでございますよ」

　お福に浄厳が丁寧に説いた。

「加賀の山中や但馬の城崎へ行くのに、何日ぐらいかかるのどす」

「さて、どれほどで行けましょうなあ」

「急げば二、三日でまいれましょうか——」

朝吉がぽつんといった。

「急いで二、三日。そんな遠くへ、うち行きたくありまへん」

「加賀の山中や但馬の城崎に出かけたら、採れ立ての蟹《かに》が仰山食べられまっせ」

「うち、蟹なんか大嫌いどす」

怯えたようにお福は後退った。

そういえば彼女は一度、山から法蔵寺の近くに流れてくる沢で、小さな蟹が這っているのを見付け、ぎゃあと叫んで大騒ぎしたことがあった。

蟹という生き物は知っているものの、おそらくそれがなぜか嫌いなのだろう。

これで温泉での療養の話は終りになってしまった。

その日、お福は午前と午後の二つに分け、四十人余りにお呪いの息を吹きかけた。

夜には早くに湯を使い、暖かい布団にもぐり込み、すぐ深い眠りについた。

鬱蒼とした東山で、梟《ふくろう》の鳴き声がぼうぼうとひびいていた。

四

一日ごとに寒さがゆるんでいた。

梅の蕾《つぼみ》が大きくふくらむのも、さして遠くないはずであった。

公事宿「鯉屋」の帳場では、主の源十郎と菊太郎、それに東町奉行所同心組頭の田村銕蔵の三人が火鉢を囲み、三年坂の法蔵寺についてあれこれ話し合っていた。

「僧名を浄厳と名乗って住職に落ち着いた五郎蔵の人相が、次第にそれらしく変り、今では厳しい修行を経てきた僧のように見える。慈愛らしきものまで感じられるのは、まことに奇妙なことだわい」

「二日か三日に一度、三年坂の茶屋に行かれ、茶屋の主に酒を出させ、長居を決め込んでおられる菊太郎の兄上どののご見解、ご尤もでございます。五郎蔵は悪企みを始めたとはいえ、あるいは少しずつ真人間に戻っているのかもしれませぬ。隠岐島へ八年も島流しにされたのは、北野遊廓の妓楼で起った大喧嘩で、相手を殺した大店の若旦那の身代り。親分から懇願された結果でございました。元々、さして悪党だったわけでもなく、法蔵寺の住職に化けて暮らすうち、仏法の深淵に幾らか触れ、人柄が落ち着いてきたのでございましょう」

「比叡山からは、何の文句も出てへんようどっせ」

源十郎が二人の話に口を挟んできた。

「どうせお福さまがお呪いで稼いだ金を、延暦寺のしかるべき立場の坊主に、ごっそり渡しているからであろう。延暦寺とて、狸《たぬき》が棲《す》みそうに荒れた法蔵寺をきれいに整え、そのうえ多額の上納金を届けてまいれば、悪くは計らうまい。法蔵寺に住まわれるお福さまが、衆生《しゆじよう》救済の御利益《ごりやく》を下されていると、良い噂が大きく広がっているのでなあ」

「さよう、おそらくそうでございましょう。当初は吟味方与力の井坂頼母さまも、けしからぬ所業、厳しく監視いたせと仰せられておりました。されどどこからも苦情が寄せられていないとわかると、監視はほどほどでよいと変られましてございます」

「浄厳坊主の変りようも気にかかるが、法蔵寺へお呪いを受けにくる人の数が、ぐっと少なくなったわい」

「それはどうしてどす」

源十郎が菊太郎にただした。

「茶屋の主がいうていたが、お福さまがあまりに働き過ぎでお疲れゆえ、浄厳坊主がお呪いを頼む人の数を制限し始めたのよ」

「お福さまのお呪いを制限して勿体を付け、一層、験があるように見せるためでございますか――」

「いや、そうではあるまい。浄厳坊主が心底からお福さまを労《いたわ》っての処置らしいわ」

菊太郎たちに明神さまと隠し言葉で呼ばれていた彼女も、いつの間にやら法蔵寺を訪ねる人々と同じように、お福さまといわれるようになっていた。

「お福さまを労ってとは、思いがけのうおすなあ。わたしはお福さまに稼がせるだけ稼がせ、一味はある日、忽然《こつぜん》とどこかへ姿を消すものと、当初から考えてました」

「一味の中で最も不気味な巳之助の奴も、近頃では殊勝に寺の庭を掃いたりしており、不逞《ふてい》の態度が薄れてきております。おそらく浄厳坊主の感化でございましょう」

「浄厳坊主の周りに集まった四人、考えてみれば、さほどの悪党たちではないわい。お福さまの人柄が、奴らを次第にそのように変えていったのであろう。幼い女童にどうしてそんな力があるのか、わしは知りたいところじゃ」

「世の中には、人の知恵では測れぬことが多くございます。松には神が宿るともうしますが、神仏がお福さまに宿られているのではございませぬか――」

「そうまっすぐ考えれば、思案も容易だろうなあ」

「兄上どのは、神仏は信じても頼まずといつも仰せでございましたな」

「ああ、その考えに今も変りはないぞ。ともかく、お福さまはわれらに神仏についで話し合わせるほどになられているのじゃ。周りの者たちとて同じであろうよ」

「菊太郎の若旦那、お福さまが法蔵寺で一吹きのお呪いを始めてから、一味はわたしらの見込みとは異なり、少し別の道に歩み出しておりますな。それでお呪いで得た金は、いったいどうしているんどっしゃろ」

「源十郎、そなたは相変らず、俗な関心を持つものじゃ。その金、わしはどうもしておらぬと思うているわい。お福さまの加持祈禱の験を直接に見ききし、わしらが悪党と決め込んでいた五人、すっかり困っているのではあるまいか。下手をしたら、お福さまから息を吹きかけられ、身動きできぬようにされるかもしれぬ。そうとでも恐れ、まことのところ浄厳坊主を除いて、身をすくめて暮らしているのではなかろうかな」

「そうならお福さまは、邪鬼を踏み付けた不動明王さまの化身ではございますまいか――」

「銕蔵、そなたともあろう男が、何をばかなことをいうているのじゃ」

菊太郎は異腹弟の銕蔵を叱った。

不動明王は梵語《ぼんご》で動かざる尊者の意。五大明王、八大明王の一人。仏典では最初、大日如来の使者として登場し、やがて大日如来が教化し難い衆生を救うために、忿《ふん》怒《ぬ》の姿を仮に現したものだとされる。普通、一面二臂《いちめんにひ》で、右手に降魔《ごうま》の剣を、左手に羂索《けんさく》を持ち、矜羯羅《こんがら》、制吒迦《せいたか》の二童子を従えている。

「話が煮詰ったようゆえ、本日はこれまでといたし、わしはまた三年坂の茶屋で、酒を飲んでまいる。店の親父がわしの行くのを待って、酒の肴を工夫してくれているのじゃ」

菊太郎は刀の鞘を摑み、火鉢のそばから立ち上がった。

「兄上どの、見張りをお願いもうします」

「ふん、見張りをだと。今更、何をいうているのじゃ」

かれは鼻で笑い、ふと広い鯉屋の床に目をくれた。

そこには手代の喜六と丁稚の鶴太が畏《かしこ》まって座っていた。

「おい、喜六に鶴太、わしに付いてまいるか」

かれは薄く笑ったまま二人に声をかけた。

「へえ、よろこんでお供させていただきます」

二人が口をそろえて答え、立ち上がった。

下代の吉左衛門は正太を伴い、どこかへ出かけているようすだった。

三年坂のいつもの茶屋にくると、法蔵寺の狭い境内に人集《ひとだか》りができていた。

「どうしたのでござる」

菊太郎は人の肩越しにたずねた。

「なんや細かい事情はわかりまへんけど、どっかのお大尽《だいじん》が息子らしい子どもを連れ、千両箱を一つ、法蔵寺はんへ持ち込んでいはるんどす。そして順番なんかかまへん、急に見えんようになったこの子の目を治してくれと、ごねてはるんどすわ」

「ご住持の浄厳さまは、順番は変えられしまへんと大声で断ってはります」

脇にいた男がつづいて説明した。

「順番は金を積んだとて変えられぬわなあ。住職の浄厳坊、さすがに人の道をふまえ、立派なものじゃ」

順番を飛ばして我が子を先にしてくれと頼んでいるのは、強欲げな五十ぐらいの痘痕面《あばたづら》の男だった。

かれが連れてきたのはと見ると、腕白そうな七、八歳の男の子だった。

痘痕面の男には、なぜかならず者めいた四人の男が、背後にひかえていた。

「法蔵寺の似非《えせ》坊主、千両の金が欲しくはないのか」

痘痕面の男が浄厳に向かい大声で喚《わめ》いた。

「ああ、さような金、欲しくはないわい」

浄厳坊主も一段と大きな声でいい返した。

「千両もの金やって、千両なあ」

辺りに小さな騒《ざわ》めきが起っていた。

お福は大日如来像の前に浄衣と緋袴姿で座り、二人のやり取りを静かに眺めている。

痘痕面の男が連れてきた男の子をときどきじっと見つめ、少しも動じていなかった。

「浄厳さま、うるそうおすさかい、千両の金など欲しくありまへんけど、ちょっとそのお子の目をお呪いしまひょ」

彼女の一声で周りがしんと静まった。

「お福さまがそういうてはるんや。おまえ、お福さまのところへ行って、目を治してもろうてこいや」

父親にうながされ、男の子は横着そうな態度でつかつかとお福の前に進み、どんと座った。

「ほな坊や、目を大きく開け、うちの目を見るのどす」

お福の声が厳しくなっていた。

「もっとこっちに寄って目を開くのどす」

かれはもう一動き膝を進め、お福のすぐ前に近づいた。

彼女の手が、横柄な態度の男の子の両頬を挟んだ。

「このお子の目は少しも悪うありまへん。おまえさまはうちを試そうとして、ここにきはったんどすな――」

これまで一度もきいたことのない、お福の怒りの声が辺りにひびいた。

「な、なんやと――」

「その千両箱の中身はきっと石塊《いしころ》。京の町には怪しげな呪い師《うらなし》や祈禱師が仰山いて、そのお人たちはうちを邪魔にしてはるはずどす。さてさておまえさまは、そんなお人たちの手先となって、ここへ乗り込んできはったんどっしゃろ」

お福の声が怒りに震えていた。

「おぬしたちはお福さまを亡き者にしようとして、多勢でこの法蔵寺へきたのじゃな」

浄厳の怒りの声が大きく弾《は》ぜてきこえた。

「それがどうしたというのじゃ」

痘痕面の男の周りにいた男たちが、一斉に懐から匕首《あいくち》を抜き出し、お福に迫った。

「わあっ、ひ、人殺しや――」

仏堂の中は騒然となり、依頼者たちがどっと外に逃げ出した。

「さあ、浄厳とお福、覚悟してもらうぞ」

そのとき、菊太郎があわただしく草履のまま堂舎の中へ走り込んできた。

「そ、そなたは――」

「わしか、わしなら外にひかえ、そこにいる浄厳坊とお福さまをただ見ていただけの貧乏侍よ。田村菊太郎ともうす」

かれの腰から刀が、目にも留まらぬ疾《はや》さで一、二閃した。

血飛沫《ちしぶき》が辺りにぱっと飛び散り、数人のならず者が、ぎゃあと叫んで昏倒した。

お福は驚きもせず、元の座に座っていた。

「お福さま――」

浄厳が彼女のそばに駆け寄った。

彼女は痘痕面の男が連れてきた男の子をぐっと手許に引き寄せ、強く抱きしめている。

「うちはおまえの目を一吹きで潰《つぶ》してしまい、何も見えんようにすることもできますえ」

ささやくような脅しの言葉が、横着そうな男の子を激しく恐れさせた。

「お父はん、この緋袴の女子が、わしの目を吹き潰すというてるがな。早う助けてえな」

男の子が悲鳴を上げて叫んだ。

菊太郎とともに堂舎の中に飛び込んだ喜六が、千両箱を蹴飛ばし、中身を改めた。

それはやはり石塊であった。

痘痕面の男は菊太郎に刀を突き付けられ、立ち竦《すく》んでいる。

倒れ込んだならず者たちも、菊太郎を見上げるだけで動きかねていた。

「命だけは助けておくんなはれ」

痘痕面の男が弱々しい声で哀願した。

「わしは端《はな》から殺すとはもうしておらぬぞ。喜六、こ奴たちを一人ずつ縛り上げ、その辺りに転がしておけ。銕蔵の奴に引き渡してくれる」

痘痕面の男とその子どもは、それぞれの帯を解かれ、それで背中合わせに内陣の柱に固く括《くく》り付けられた。

「鶴太、そなたは東町奉行所に走り、銕蔵の奴にこの仔細《しさい》を知らせてくるのじゃ。

ついでに源十郎にここへくるように伝えてくれ」

「へえ、かしこまりました」

鶴太が脱兎《だっと》の勢いで三年坂を駆け下っていった。

「お侍さま、危ういところをお助けくださり、ありがとうございました。お礼をもうし上げます」

「そなたが浄厳坊か。お福さまを利用して大儲けを企んだ男とは思われぬ、立派な面をしているのだなあ。それでお呪いで稼いだ金はどこに隠しておる」

「恐れ入りましてございます。必要な金を一部使いましたけど、多くは寺の裏に埋められていた大きな水甕《みずがめ》の中に沈めてございます」

「金にはほとんど手を付けなんだのじゃな」

「はい、お福さまの態度やようすを見ていると、さような不埒をいたす気が、次第に失せたのでございます。仲間の四人と顔を合わせるたび、時期がきたらここを引き上げ、堅気になって暮らそうといい合っておりました」

「悪党にしては妙に正直な奴じゃわい。お福さまは何をもって、そなたたちの気持をそう変えたのだろうな。さればそなたが今後ともこの寺の住職として暮らしていけるよう、わしが取り計ろうてつかわそう」

すでに狭い境内から、喜六の手ですべての人々が門外に追い出されていた。

「さようなことが叶えられますなら、拙僧にはまことにありがたき次第。何卒、お願いもうし上げます」

「お侍さま、うちはここでもうこんなんしていたくありまへん。お呪いの験もきっとなくなってしまったはずどす。うちは普通の子に戻り、貧乏でもお父はんと一緒に暮らしとうおすねん。うちがいなくなったかて、浄厳さまどしたら、病を治すためここへきはるお人にきっと役立たはります」

彼女はそういうと、深い息をふうっと大きく吐き出した。

菊太郎と浄厳はその深い息の中から、何か人の姿に似たとんでもないものが、次々と吐き出されるのを、確かに見た気がした。

お福のこうした姿は、三年坂からさほど離れていない六波羅蜜寺の空也上人像によく似ていた。

空也上人は市聖《いちのひじり》といわれ、庶民の救済につとめた。同寺に蔵される空也像は、民間に弥陀《みだ》の名号を唱えることを広めた空也を象徴するように、人形《ひとがた》に象《かたど》られた六字の唱名が口から吐き出されている。

二人はその厳粛さに激しい身震いを覚えた。

鋏蔵の手で痘痕面の男たちとともに捕えられた七兵衛夫婦や巳之助、朝吉たちは、東町奉行所で吟味方与力の井坂頼母から一応、取り調べを受けた。

だが当初は悪企みをしたとはいえ、多くの人の目病みを治すのに役立っており、実際は悪事らしい悪事をなしたとはいえないと判じられた。

「妙な結果になったが、一同、早くから堅気になって暮らそうと誓い合っていたそうな。新たな暮らしを立てるには金も要ろう。衆生救済の手伝いをいくらかいたしたのは事実。それゆえ各々に十両ずつでも配分いたそうと、わしは思うておる。それにしても半年余りで二千数百両もの金を稼いでいたとはなあ。その金に手を付けるのは憚《はばか》られるとばかり、大きな甕の濁った水の中にそっと沈めてあったわい」

吟味に当った井坂頼母は溜息を交え、菊太郎と源十郎に伝えた。

痘痕面の男は祇園の孫兵衛。やはり市中の怪しげな祈禱師たちから、五両の金で法蔵寺への乱暴を頼まれたという。

お調べの結果、孫兵衛と手下の四人は京からの所払い、孫兵衛の子どもは町預かりをもうし付けられた。

「お福さまは霊験をもうすっかり使い果してしまわはったのでございます。拙僧のお祈りでよければどうぞ——」

お福の姿が消えた法蔵寺では、浄厳が目病みの治療を頼んでくる人々にこう陳謝し、対応しているそうだった。

かれや朝吉、巳之助が法蔵寺にそのまま止住《しじゅう》できたのは、菊太郎が町奉行を通じ、寺社奉行や延暦寺へ強く働きかけたからであった。

季節はすでに梅が匂う頃になっていた。

隠居そば

一

通りがかりのそば屋で鰊《にしん》そばを一杯食べると、身体がほこほこ温《ぬく》まってきた。寺町通り榎木町《えのきちょう》で、紙問屋を営む「丁字屋《ちょうじや》」の隠居宗兵衛は大のそば好き。自分でもときどきそばを打つほどだった。

そして宗兵衛は、飯台のたばこ盆を引き寄せ、腰からキセル筒と印伝革《いんでんかわ》のたばこ入れを取り出した。キセルの雁首に刻みたばこを詰め、二服ほどたばこを静かにくゆらせた。

そして喉越しがえらい悪かったわいと、心の中でそばの打ちようを評しながら、ゆっくり床几《しょうぎ》から立ち上がり、勘定をすませて外に出た。

北から吹き下りてくる風が幾分、冷たくなっている。

それからかれは素早く三条通りに目を這わせ、眉をふと翳《かげ》らせた。

三条通りの角に積み上げられた天水桶《てんすいおけ》の陰に、何者かがさっと身を隠したのが、目に映ったからである。

「宗之助《そうのすけ》、わたしはこの十日余り、外に出るたび気のせいか、いつも誰かに跡を尾《つ》けられているように感じてなりまへん。何でどすのやろ」

「人に跡を尾けられているとは、剣呑《けんのん》どすなあ。そやけどそんなん、今いわはったように、気のせいではありまへんか。それとも何ぞ心当りがあるんどすか——」

昨年、店を譲った総領息子の宗之助が、訝《いぶか》しげな表情でたずね返してきた。

「そんなもん、わたしにありますかいな。わたしは酒、女、博奕などとは無縁できた男どす。もう七十三になりますけど、阿漕《あこぎ》な商いなど一度もした覚えはありまへん。同業者仲間に堅物すぎると嗤《わら》われ、それでも真面目に商いをつづけてきたさかい、今の丁字屋があるんどす。尤《もっと》も骨董好きで、亡《の》うなったお母はんには、随分苦情をいわれてきましたけど、人に怨《うら》まれるようなことは、何一つしてきておりまへんわ」

「そしたら人に跡を尾けられているように感じるのは、やっぱりお父はんの気のせいどっしゃろ」

息子の宗之助は、かれを宥《なだ》めるようにいった。

「そうかもしれまへんけど、それでもそう思われるんどす。人に怨まれるようなことは何一つしてきておりまへんといいましたけど、この丁字屋が障《さわ》りなく商いをつづけ、結構に暮らしているのを見て、勝手に妬《ねた》んでいるお人がいてるかもしれまへん。そんなんで怨みを買うことかてありまっしゃろ。そこのところをおまえも、よう承知しておかなあきまへんえ」

宗兵衛は、跡を尾けている男がいつも同一人物ではなく、ときには別人の場合もあることを、息子には語らなかった。

「そんなん、わたしかてよう心得てます。まあ、あんまり心配どしたらお出かけのとき、誰か手代の一人でも供に連れていかはったらどうどす」

「それもええけど、わたしはもう隠居の身。手代を連れていったら、店の商いが疎《おろそ》かになりますがな。そうまでして外に出たいとは思いまへん。そやけど、少しぐらい出歩かなんだら足腰が弱り、寝付くことになりますわ。寝付いて人の世話になるのも嫌。気随にあっちこっちに出かけるのが、今のわたしの楽しみどすさかいなあ」

「そしたら一人で出歩くしかありまへんがな」

宗之助は戸惑い顔で父親にいった。

「まあ、今後もそうさせてもらいますけど、わたしは人に危害を加えられることなんか、少しも恐れていいしまへん。亡くなったおまえのお祖父《じい》さまが、近江の信楽《しがらき》から出てきはってこの京の紙屋へ奉公。やがて小さな紙屋から紙問屋を始めはって成功。わたしはそれをちょっと大きくしただけどす。三代目のおまえに苦労をかけんようにと、道楽もせんと身を慎しんで商いに励んできました。けどほんまをいえば、どんなに頑張ってきたことやら。お母はんなんか物を節約して暮らし、きれいに着飾って芝居一つ観に行かはらしまへんどした。その節約ぶりを、卑しい言葉で嘲《あざけ》られてるのも気にかけんと、その実は暮らしに困ったお人に、助けの手を差し伸べてはりました。そやけどそんなお人たちはえてして気随。その度に背かれ、それでもまた同じことを繰り返さはる結構なお人好しどしたわ」

宗兵衛は、息子に伝える好機とばかりに語りつづけた。

「わたしは好きでおまえのお祖父さまの商いを継いだのではありまへん。伊之助《いのすけ》の兄《あに》さんが二十《はたち》で死んでしもうたさかい、仕方なく店を継ぎましたけど、できることなら学者になりとうおした。寝溜《ねだ》めに食い溜め、下品なことをいいますけど、そのうえ女遊びを仕放題にできたら、誰もきいへん山の中に小さな庵《いおり》でも建てて一生、本を読んで過したいと思うてました。今では身体も弱り、目も悪うて書物もろくに読めんようになり、かつて過した年月がほんまに惜しゅうおすわ。そやけどたった一つだけ、今のわたしにもできることが残されてて、それを無上の楽しみにしているんどす」

「お父はんがいわはる趣旨はようわかりました。わたしはありがたいことやと、いつも感謝してます。それで歳を取らはったお父はんに、できることが残されてて、無上の楽しみにしているといわはるそれは、いったい何どす。きかせておくれやすか——」

父親から突飛な科白《せりふ》をきかされ、宗之助はさらに困惑した顔でたずねた。

「おまえは驚くかもしれまへんけど、それは一度は死ねることどす。一日でも長く生きつづけたいというて、死ぬのを恐れるお人が仰山いはりますけど、わたしはそうは思いまへん。人は必ず死ぬもの。死とはどんなものか、一度は体験できるのを、楽しみにしてるんどす。坊さんは死んだら地獄か極楽へ行くと説かはりますけど、あんな説法は全く信じられしまへん。人は死んだらどうなるのか。魂がほんまにあるものどしたら、その魂はどないなってしまうのか。わたしはそんなことを独りで考えてるのが大好きどす。夜、広い夜空を見ますやろ。月や星が輝いてます。あれらはどうしてこの地上に落ちてきいへんのか。また昼間、空を見上げると、空は広いものやなあと思いまっしゃろ。その空に果てがあるものどしたら、果てはどうなっているのか。その果ての向こうには、また何か別のものがきっとあるはずやなどと考えると、人みたいなものはちっぽけやなあと思われてくるんどす。その果てのことどすけど、空の果ての果てに着いたとき、そこにあるいは家の引き戸があるかもしれまへん。これは何やろと思うて開いてみると、自分の家の土間や厠《かわや》だったりするのやないかと考えたりするんどす。どうしてかわかりまへんけど、この世はそんな工合になっているに相違ないと、わたしは思うてますわ」

かれはどこか遠くを見る目で語りつづけた。

「『西遊記』に描かれている孫悟空は、觔斗雲《きんとうん》の法を修得し、斉天大聖《さいてんたいせい》と号して得意になってましたわなあ。お釈迦さまが悟空を戒《いまし》めるため、ご自分の掌《てのひら》にのせ、さあ飛んで行ってみろといわはりました。悟空が觔斗雲に乗って猛烈な速さで飛んで行くと、大きな柱みたいな物が立っていたそうどす。それで悟空は記念のため、その柱に斉天大聖孫悟空と書いて戻ってきました。そやけど実は、お釈迦さまの掌の中を飛んでいたにすぎず、大きな柱はお釈迦さまの中指とわかり、その法力に屈したそうどす。後に悟空は、玄奘三蔵《げんじようさんぞう》法師さまに随伴して大小八十一難を凌《しの》ぎ、天竺《てんじく》までお供しました。そして三蔵法師さまが、五千四十八巻の尊い仏典を授けられるのを助けたんどす」

かれはふうっと大きな息をつき、更につづけた。

「こんなことを考えてると、わたしたち人間の掌の中にも、この世の中はまあ何と広く、いったいどうなっているのやろと思案している大いなる意思が、あるかもしれんと思うようになったんどす。そうすると、物の大小や高低、ましてや人の身分や財力など問題やなく、そんな大いなる意思の声をきいて生きることにこそ意味があると、考えるようになりました。人によってはそれを、信仰というかもしれまへんけどなあ」

宗之助は宗兵衛が語るのを、呆れ果てた顔できいていた。

かれは人間の根本原理を追究し、己《おのれ》の言葉で語っている。普通の者には、おそらく変人の戯言《たわごと》としかきこえないだろうと思った。

「お父はん、わたしどすさかいかまいまへんけど、そんな話を他の人にしたりすると、気が変になっていると思われまっせ。外であんまり話さんといておくれやす」

宗之助はおずおずと父親に頼んだ。

「わたしは相手がおまえやさかい、いうてるだけどす。むやみに外で話したりしまへんさかい、安心していなはれ」

そして宗兵衛は頬笑み、わたしは気なんか変になっていまへんえと宗之助を窘《たしな》めた。

宗兵衛は一方で、こんな瞑想《めいそう》や空想にひそかに耽り、一方では、俗な紙問屋という商いをひたすら行ってきたのであった。

「わたしが人に跡を尾けられているのではないかというのを、おまえは怖がっているからと受け止めたのかもしれまへん。けどほんまは、何か起ったときの心構えをいいたくて、伝えたにすぎまへんのや。それでももしものことをいうときますけど、わたしが人に怨まれてて、何者かに危害を加えられたり、誘拐《かどわか》されて身代金を要求されたりしたかて、親子の情に負け、じたばた騒いだらあきまへんえ。身代金を払うなど論外。そんなことぐらいで、丁字屋は脅しに屈してあわてふためく生き方はしてきておらず、またそんな親子ではないつもりどす。わたしは相手に、どうぞ殺して一度死なせてくんなはれというてやりますわ。おまえもそれをしっかり承知しておいとくれやす」

父親からこういわれ、宗之助は返事をふと逡巡《しゅんじゅん》した。

「宗之助、おまえは何を躊躇《ためら》っているのどす」

宗兵衛が強い語調で叱り付けた。

「は、はい。わたしはお父はんに何が起ったかて、あわてふためいたりしいしまへん。身代金の要求も、きっぱり退けることにいたします」

「必ず、きっとどっせ――」

しばらく前、親子の間でこんなやり取りがあり、この後、宗兵衛は宗之助にやはり何事かありそうどすと打ち明けた。

「どうしてそう思わはるんどす」

「相手の理由はわかりまへんけど、こっそり跡を尾けられているのを、やっぱり幾度も感じてならんのどす」

「お父はん――」

「おまえが外歩きをひかえるか、供を連れていくよう勧めるぐらいわかってます。けどわたしはそうはしまへんわ。それがどんなことなんか、何か楽しみになってきてますのや」

「お父はんはとんでもないことをいわはりますのやなあ」

「わたしはもう十全に生きてきましたさかい。世俗から離れ、あれこれ勝手な考えに耽っている年寄りは、奇態なことを考えるもんどす。嫁のお千賀もふくめ、このことは人には黙っているんどっせ。よろしゅうおすなあ」

親子の間で更にこんな会話がなされていた。

——うちの親父さまは、いったいどうしてしまわはったんやろ。いうてはることは一応、筋が通ってる。何か物《もの》の怪《け》にでも憑《つ》かれてはるのやないやろか。

それから宗之助はこんな思いを抱きながら、日々を過していたのであった。

——わたしはやっぱり何者かに跡を尾けられている。

そば屋から寺町通りに出た宗兵衛は、相手に覚られないように、できるだけゆっくりとした足取りで榎木町の店に向かった。

右手に豪壮な本能寺の伽藍《がらん》が広がり、すぐ御池通りにさしかかった。

そこでかれは、左からやってきた人物に声をかけられた。

「紙問屋丁字屋のご隠居さまではございまへんか——」

声をかけてきた人物は、手代らしい風体の男を一人従えていた。

咄嗟のことで、かれは相手が誰か識別できなかった。

「丁字屋のご隠居さま、姉小路の公事宿『鯉屋』の源十郎でございます。すっかりご無沙汰しており、もうしわけないことでございます」

足を止めた源十郎は、宗兵衛に丁重に頭を下げた。

供の手代は喜六、一歩後ろにひかえ、かれも深々と低頭した。

「これは公事宿の鯉屋はんどしたか。全くお久し振りでございますなあ」

以前、宗兵衛は同業者仲間（組合）の揉め事で、鯉屋の世話になっており、以来、何かと懇意にしてきていた。

「ご隠居さまにはご壮健なごようす。何よりでございます。ところでどこへお出かけどした」

「この歳になりますと、どうしても足腰を弱めますさかい、店は息子に委《まか》せきりにして、毎日、町中《まちなか》をちょっと出歩いているんどす」

「それはよいお心掛けでございますなあ」

源十郎がそういったとき、寺町筋の空き地から、子どもたちの騒ぎ声がきこえてきた。

「おまえんとこの姉ちゃん、島原へ身売りしたんやてなあ」

「おへちゃのくせにか」

「身売りなんかしてへんわい」

「そしたらなんで島原へ行ったんじゃ」

「廓《くるわ》のお店《たな》へ台所働きに出はったんや」

「おへちゃでは身売りもできへんさかいなあ。客が付かんからやわ」

「ふん、わしんとこの姉ちゃんのほうが、おまえの姉ちゃんよりどれだけ奇麗か、おまえにはわからへんのか」

「台所奉公でも島原の遊廓へ行ったくせに、生意気をぬかすんじゃないわい」

「ほんまのことをいうて何が悪いねん。おまえの姉ちゃんには、若い男も目を背《そむ》けて通ると、わしはいうてるんやで――」

「おまえ、余計な悪口を立派にいうてくれるんやなあ。わしらに殴られたいのか」

「ふん、殴れるもんなら殴ってみいな。一人に三人やけど、わしかて黙って殴られてへんで。思い切り、相手になってやるさかい」

こんな騒ぎ声がきこえ、子どもたちの乱闘がすぐに始まった。

「痛たあ、おまえわしの頭を石でど突きおったな」

「ああ、ど突いたわい。一人に三人やろな。こうでもせな、わしが負けてしまうんや」

　敵対する二組が揉み合っている。

「こらあ、餓鬼どもが、喧嘩なんかするんやない。止《や》めんかあ。止めなおっちゃんが、四人の相手になったるでえ。きいてたら一人の子を三人で責めてるようやけど、それは卑怯なんとちゃうか。喧嘩は一対一でせえや。それがきけへんのやったら、わしが一人のほうに味方してやるわいな」

　三人に二人でも、相手に大人が加わるとなれば、とてもかなわない。もし人に知られたら、相手は理解されても、こちらは咎《とが》められるに決まっている。

「ど壺に嵌《はま》って吠え面をかくこっちゃ――」

「掏摸《すり》に遭うて、巾着《きんちゃく》を掏《す》られてしまうがええわいさ」

　悪童たちは口々に悪口をいい立て、空き地から飛び出してきた。

　つづいて喧嘩の仲裁に入った男が空き地から現れ、三人の子どもたちに叫んだ。

「弱い子を苛《いじ》めたらあかんのやぞ」

鯉屋の源十郎と話し込んでいた丁字屋の宗兵衛は、弱い立場の男の子を庇《かば》った男の顔をちらっと眺めた。

男は自分が跡を尾けていた丁字屋の隠居が、もう遠くへ去ったと勝手に考えていたのだろう。

「さして悪人のようでもないわい——」

宗兵衛のつぶやきが何を指しているのか、源十郎にはさっぱり理解できなかった。

二

二日雨が降りつづき、翌日はからっと晴れ上がった。

「今日は東本願寺さまへ行ってきますよ」

中暖簾《なかのれん》から姿を現した宗兵衛は、帳場に座る息子宗之助にいい、土間の草履《ぞうり》を拾った。

宗之助はそれをきき、誰かお供をと勧めたかったが、その言葉をぐっと喉の奥に呑み込んだ。

寺町通り榎木町から東本願寺までは相当な距離がある。

だが疲れたら駕籠《かご》に乗って帰ればいいのだ。人影のない場所ではなし、かれは浮かしかけた腰を元に戻し、「気を付けて行ってきておくれやす」と声をかけた。

小僧と手代の順蔵が、外に出てかれを見送った。

何事にもこだわらず、自由に外歩きができる。宗兵衛は少し冷たくなってきた外の空気を頰に快く感じ、機嫌よく寺町通りを下《しも》に歩き始めた。

みんなが忙しそうに通りを往き来している。そんな人々にくらべ、自分はどれだけ幸せなことか。かれはしみじみとそう感じていた。

御池通りを横切り、ついこの間、そばを食べたそば屋の前を通りすぎた。

あのそばと出し汁はかなり不味《まず》かった。

——そばの喉越しが悪かったのは、そば粉の打ちようが足らんかったからやわ。

旨いそばは、そば粉に繫《つな》ぎとして小麦粉を少量混ぜ、山芋や卵白などを入れ、捏《こ》ねて延ばす。それを幾度もくり返し、そのうえで延べ棒でしっかり延ばして作る。

この作業は相当な体力仕事で、またそばを重ねて線状に切るにも、それを茹《ゆ》でるにも熟練が要された。

いなあ。

――下手な職人が紙漉《かみす》きをすると、紙の厚さにむらができ、始末におえへんさか

宗兵衛はそば屋の前を通り過ぎるとき、胸の中でつぶやいた。

そばは単純な食べ物のようだが、玄人《くろうと》によれば、作るのに手間がかかり、容易でない食べ物だという。

そばを一筋口にしただけで、それを打った職人の手順から腕が知れ、付け汁を一啜りすれば、汁の出しの種類まで即座にわかるといわれている。

「今日は東寺はんへ行った戻り、烏丸《からすま》六角堂頂法寺さんの近く、東洞院《ひがしのとういん》通りの『そば鶴』で、一杯掛けそばでも食べてこよか。あそこの店は小汚いけど、そばはこの京で一番旨いさかい」

宗兵衛は独り言をつぶやいた。

――そやけど毎日毎日、こんなにほっつき歩いてて何もせえへんのは、能のないことどすわ。昔、京の町奉行所に、神沢杜口《かんざわとこう》というお武家さまがいはったそうや。

幼名は与兵衛。十一歳のとき、京都町奉行所に出仕してはる神沢弥十郎貞宜《さだよし》はんの養子になり、やがて香といわはる娘はんと結婚しはった。お養父《とう》はんから一字を賜

って貞幹《ていかん》と名乗り、二十歳頃、お養父はんの跡を継いで奉行所へ出仕しはった。見習いから与力になり、後半の約十二年間は、目付を務めてはったそうや。家禄は二百石やったけど、実際には役得として何かと付け届けがあり、神沢家は相当裕福やった。子どもは五人生れたそうやけど、四人に死なれ、一人だけになってしもた。嫁はんは杜口さまが四十四歳のときに死なはったそうや。

宗兵衛は歩きながら、胸の中でつぶやいていた。

――杜口とは口を閉ざす意。約二十年間、杜口さまは無事に役職を務め上げ、隠居後は毎日五里から七里を歩き、世の中のあれこれを見ききして、猛然と『翁草《おきなぐさ》』二百巻を書かはった。ご自分でも「私八十歳になるまで老健で、五里七里の道を苦労としなかった。もっぱらこの養生をした」と『翁草』に書いてはるわい。人と社会、多くの事件や伝聞を、深い教養と鋭い慧眼《けいがん》から眺めて多岐にわたって記さはったんや。そやけど杜口さまが七十九歳の天明八年正月、有名な天明の大火があり、不幸にも『翁草』の大半が焼け失せてしまった。すると杜口さまは、老骨をはげまして記憶をたどり、猛然と新編『翁草』二百巻をお書きになり、なお『塵泥《ちりひじ》』五十巻の編著をなさったそうや。

かれは周囲の光景に目をやりながら、胸で己に語りかけていた。

——「普段の事は随分柔和で遠慮勝ちなのがよい。ただし筆をとっては、少しも遠慮の心を起こすべきではない。遠慮し世間をはばかっては、真実を失うことが多い。自分が記す書には、天子将軍の事でも、少しも遠慮なく、事実をそのままに書く。(中略)今この実録の事で罪を得るなら、八十歳の白髪首《しらがくび》を刎《は》ねられても恨みはない」。こない『翁草』に書いてはって、杜口さまはほんまにどえらいお人やったんやわ。それにくらべ、わたしはただ町をほっつき歩いているだけで、何もしてへん。好きなそばを食べ歩いているのはともかく、やっぱりこれではあきまへんわ。ここら辺りで何かせななりまへんなあ。

宗兵衛は心の中で自分を叱り付けていた。

かれはあれこれ考えながら東寺に着いた。

本堂に礼拝した後、しばらく五重塔を仰ぎ、烏丸通りをまた北に戻ってきた。

やがて六角堂が目に付いた。

ここでも宗兵衛は、六角堂に参拝して豆を買うと、足許に集ってきた多くの鳩に、豆を撒《ま》いて食べさせた。

六角堂の前には巡礼宿がずらっと並んでいる。

かれはそこを過ぎ、二筋東の東洞院通りを少し上がった場所のそば鶴の暖簾をくぐった。

そばを茹でる甘い匂いが店内に漂っていた。

「おいでやす――」

相変らず小汚い店の奥から、客を迎える老爺の声がひびいた。

だが主は老爺でもそばを打つだけに、両肩や腕はしっかりしている。

とても宗兵衛のそれらとは比較にならなかった。

「掛けそばを一つ頼みますわ」

「掛けそばどすな」

長い馴染み客だが、主の老爺はかれに愛想一ついわなかった。

宗兵衛が土間の飯台に向かうと、二人連れの男がすぐに入ってきた。

かれは胸裏の『翁草』に気を取られていて気付かなかったが、その二人は見え隠れに宗兵衛をずっと尾けてきた者たちだった。

二人は宗兵衛の横の床几に腰を下ろすと、ここのそばは旨いときいてますけど、それはほんまどすかと、かれに問いかけてきた。

「はい、わたしは寺町の榎木町に住んでますけど、ときどきこのそば鶴まで、わざわざそばを食べにきているほどどす」

「それで、そばは何が旨おますか――」

「やっぱり掛けそばが一番やと思いますわ」

宗兵衛は人並みな風体の二人に、警戒する気配もなく答えた。

「そしたらそば屋の親父はん、わしらにも掛けそばを一杯ずつくんなはれ」

兄貴分らしい男が、奥に向かって大声をかけた。

掛けそばは熱い出し汁をかけただけのそば。別名をぶっ掛けそばとも呼んでいた。

「そばは旨いかもしれへんけど、なんや入るのが躊躇《ためら》われるほど小汚い店やなあ。しかもそんな店が、そば鶴という小粋な屋号を付けたるとは、なんや勿体ない気がするがな。なあ岩吉、この粋な屋号を付けて、三条小橋か四条・木屋町辺りでそば屋をしたら、繁盛すると思わへんか。ここの親父さんに屋号を売ってくれへんかと、掛け合うてみたらどないやろ」

宗兵衛にそば鶴で旨いそばは何かとたずねた二人の男は、とんでもないことをいい出していた。

屋号を買い取りたいとは大変なことであった。

「ちょっとおたずねしますけど、おまえさんたちはそば屋をしようとしてはるんどすか」

思い切って宗兵衛はかれらにたずねかけた。

「ようきいておくれやした。わしらは二人ともそばが大好きどすさかい、どこかで新しいそば屋でも始めようかと相談し、あそこやここやと、次々に評判の店を訪ね歩いているところなんどす」

「新しいそば屋を始める。それは結構なことどすなあ。わたしもそばが好きで、あちこちのそばをよう食べますけど、このそば鶴ほど旨い店はありまへん。店の親父はんは無口どすさかい、ろくに口を利いたこともおへんけど、よっぽど腕がええんどっしゃろ」

「そないにいわはるくらいどすさかい、ご隠居さまはそばについてなら、相当の知恵をお持ちなんどすやろなあ」

兄貴分らしい中年の男が、身を乗り出してたずねた。

「わたしは紙問屋の隠居どすけど、好きが昂《こう》じて自分でそばを打ち、店の者に食べさせているほどどす。このそば鶴は出し汁を、土佐の宗田節《そうだぶし》だけで拵《こしら》えてはるそうどすわ。それがそばの味を引き立てているんどす」

「岩吉おまえ、土佐の宗田節を知ってるか」

兄貴分らしい男が若い男にたずねた。

「出し汁を拵えるという宗田節どすか。わしは丹波の山の中の生れどすさかい、初めてききましたわ――」

「わしも宗田節の名をきいた覚えはありますけど、それで出しを取った掛けそばを食べるのは、今が初めてどす」

かれはどんぶり鉢からそばの出し汁を一口啜り、宗兵衛の顔をうかがった。

「ご隠居さま、わしは佐七いいますねん。ご隠居さまはご自分でそばを打たはるくらいどすさかい、人にもあれこれ教えることがおありでございまっしゃろ。わしらに一つ、ご教授いただけしまへんやろか」

佐七の目は獲物を狙うそれになっていた。

身代金目的でいかに誘拐《かどわか》すか、弟の多助に何日も宗兵衛の跡を尾けさせていたかれらには、目前の宗兵衛はすでに捕えたも同然であった。

後は言葉巧みに、自分たちの長屋へ連れ込めばいいのである。

――飛んで火にいる夏の虫
こんな言葉が佐七の脳裏をふとよぎった。

自分のそばについての含蓄を、いくらかでも感じてくれたらしい佐七に好意を覚えていた宗兵衛は、ここで一挙に佐七たちの魂胆に嵌ってしまった。

そば屋を開きたいというかれらの言葉が気に入った。なろうことなら新しい生き甲斐として、自分もそば屋を開業したい。だが紙問屋丁字屋の隠居が、いくらそば好きでも、今更そば屋を営みたいといい出したら、まず当主の宗之助が世間体をいって反対するに決まっている。

更に何より自分には、そばを打ちつづける体力気力がもう残されていなかった。

そば屋の店を開くため、旨い店を探してあちこちでそばを食べているという佐七の言葉をきき、宗兵衛は自分の代りに、この男をそば屋にすればいいのだ――と気持を変えてきた。

「そないにいわはるんどしたら、わたしの知っているだけを、教えて上げてもよろしゅうおす。わたしんとこへ習いにきはりますか」

「いや、とんでもない。ご隠居さまのお家なんかへ、わしらみたいな者がとてもど厚かましくてお訪ねできしまへん。幸い竹屋町の小汚い長屋どすけど、そば打ち道具一式が整えてあります。そこでそばを打って、どうしたら旨いそばができるか、出し汁はどうかと、朝、昼、晩、そばばっかり食うているんどすわ。ほんまのところ、もうそばを見るのも飽きてきた気分どす」

「もうそばを見るのも飽きてきた。それはあきまへんなあ。そば屋を開きたいのどしたら、一度、そば屋で働き、修業するのが一番どす。けどそのお歳では、もうどこも雇ってくれしまへんやろ。そやさかい、自力で修業するしか手はありまへんなあ。ところでご一緒にいはるのは、どないなお人どす」

宗兵衛は一転して、佐七の隣で小さくなっている岩吉についてたずねた。

「この男は岩吉といい、わしの弟の多助の幼馴染みどす。わしは近江の安土《あづち》の生れ。京にきて十年ばかり積荷人足をしてきました。岩吉と多助はそんなわしを頼りに上洛し、同じ仕事をしてきたんどす。そやけど積荷人足では、肩や足腰を痛めたらそれまで。互いに将来の見込みがなく、先が心細うなって、溜めた少しの金でそば屋でもできへんやろかと、三人で考え始めた次第なんどすわ」

岩吉とともに、佐七の弟の多助も、兄の佐七が京で積荷人足の兄貴分としていっぱしに働いているときき、上洛してきたのだ。

だがきくと見るとは大違い。佐七は積荷問屋の小頭《こがしら》たちに怒鳴られたり、顎で使われたりして、やっと仕事をこなしているありさまだった。

「わしは甲斐性なしやさかい、こんなぼろ長屋に住み、まだ嫁はんももらえんと独り身やわ。そやけどおまえたちは違うかもしれへん。わしが働いている積荷問屋は、どれだけでも人足が要る大店《おおだな》やさかい、そこを足掛かりにして頑張ったらええがな」

二人は佐七にこう励まされ、同じ積荷問屋で働き始め、一年ほどが過ぎたが、現実はなかなか厳しかった。

「おまえらの故郷ではえらい尊敬されているやろけど、わしは織田信長という奴が大嫌いじゃ。天下を取るというて、あちこちへ戦を仕掛け、比叡山を焼き、何の罪もない百姓や町人、女子どもまで何万人と殺しおった。天下を取ったら唐を攻め取り、南蛮まで自分のものにすると、大言壮語していたそうやけど、その頃、すでに遠い南蛮から海を渡り、耶蘇《やそ》の宣教師がこの日本にきていたそうやないか。宣教師の連中は、他国を奪い取る尖兵《せんぺい》のような働きをするんやで。それにも気付かんと、大きな口を叩いていた信長は、わしにいわせたら大馬鹿者やわな。おまえら三人、酒も飲まず博奕もせえへんのは褒めたるわ。そやけど、信長が目の先が見えなんだように、おまえらも全く先が読めへん。鈍《どん》な奴らばっかしや」

積荷問屋の小頭半造は、佐七と弟の多助や岩吉に、信長の無能を引き合いに出し、いつも雑言を浴びせ付けた。

「辛抱、辛抱や。少しでも小金を溜め、担ぎ売りのそば屋か、借り家でもええさかい、なんとかそば屋を始めようやないか。人の金儲けのために働いてては、いつまで経ったかて埒が明かへんさかい。わしら三人、子どもの頃からそばが大好き。それならできるのとちゃうか」

佐七のいい分は道理で、その提案に弟の多助も岩吉もうなずいていた。

「そやけど三人で溜めた金は、まだ二両二朱にしかなってへんで――」

「そんなん、もう幾らでもかまへんわい。そば屋を始める元手（資本金）がなかったら、人を誘拐《かどわか》し、その元手を作ったらええのやがな」

　やがて積荷人足を辞める決心をした佐七は、思いがけない言葉をいってのけた。鈍だと罵《のの》しられつづけてきたかれの中に、蟻が大堤に一穴を空けるような、妙に剛胆な意志が生じたのである。

「そしたら兄《あに》さん、どこの誰を誘拐すんじゃ」

　弟の多助がまずたずねた。

「子どもを誘拐したら、泣くわ喚くわで世話がやける。どっか金持ちの年寄りがええなあ。下手に騒ぎ立てたら殺すと脅してやる。穏やかなお人なら、そんな脅しで騒がへんやろ。そうじゃ、寺町・榎木町の紙問屋丁字屋のご隠居宗兵衛さまがうってつけやわ」

「丁字屋のご隠居さま――」

　多助と岩吉は驚き、一斉に佐七の顔を見つめた。

「そうや、丁字屋のご隠居さまに決めたわ。あのお人は人柄も悪くない。身代《しんだい》は仰山持ってはるはずや。ご当代の宗之助さまは、親孝行やときいているさかい」

　佐七は目を宙に浮かせてつぶやいた。

　人を誘拐すのに、その人柄の善《よ》し悪《あ》しは何の関わりもなさそうだが、実はそうではなかった。

人柄の善い人物は、自分を誘拐した相手を冷静に見て、指示に従うだろうが、人柄の悪い人物は、感情的に考えて行動しようとし、自分たちのような者が殺すと凄《すご》んでも、ただの脅しだと簡単に見破ってしまうに決まっている。

佐七は騒げば殺すという脅しを、素直に信じるかどうかを基準にして、人選したのであった。

丁字屋の小僧たちは、地方から運ばれてくる菰荷《こもに》を、三条に設けられた積荷問屋まで度々、大八車《だいはちぐるま》を曳いて受け取りにきていた。

佐七や多助たちは、寺町の丁字屋まで菰荷を幾度も運び、隠居の宗兵衛の顔も知っていた。

積荷問屋には人足が大勢おり、かれらは夏も冬も袢纏《はんてん》姿で、足に脛巾《はばき》を巻きつけただけの恰好。頭には鉢巻をしめ、寒ければ頰かむりをしている。

顔など見覚えられているはずがなかった。

脛巾は遠出や力仕事に携わるときの、布や藁で作った脚絆《きゃはん》と考えればいい。これで寒さや怪我などが、幾らか防げるのであった。

「積荷人足を辞め、溜めはった金でそば屋を始める。それは結構なお考えどすわ。一軒の長屋に住む同郷のお人たちが、力を合わせて励まはったら、必ず成功するはずどす。そやけど何でも最初が肝心で、たかがそば屋と侮ったらあきまへんのやで。そば好きなお人は、だいたい口が肥えてはりますさかいなあ。そんなお人は一旦、ここのそばが旨いとわかると、口から口へと伝えてくれはります」

宗兵衛はそば湯を一口啜って話しつづけた。

「竹屋町の長屋にそば打ち道具が一式、整ってるといわはりました。わたしの家は寺町の榎木町。そこどしたら丁度、戻り道どすさかい、これからおまえさんたちの長屋に立ち寄り、そば打ちの手解《てほど》きをさせてくんなはれ。出し汁の拵え方も教えて上げます。わたしの家から竹屋町はさほど離れていいしまへんさかい、毎日でも手解きにうかがってもよろしゅうおす」

宗兵衛は何の疑いもなく、佐七のもうし出を受け止めた。

かれにすれば、生き甲斐ができたようなものだった。

これから新しい出発をする男たちの力になってやる。それが日々の楽しみになるに違いなかった。

「早速、それはありがたいことでございます。ここのそば代は、わしらに払わせておくんなはれ。そば鶴、そば鶴、この店はほんまにええ屋号どすなあ」

佐七は勘定をすませ、そば鶴の外に出ると、彫りの深い板看板を眺め、しみじみとつぶやいた。

六角堂に近いそば鶴から竹屋町は、御池通りを過ぎて三町ほど北の距離。このとき六角堂の境内から、鳩の群れがわっと東に飛び立っていった。

三

「多助、いま帰ったぞ。えらいお客はんをお連れしたさかいなあ」

竹屋町の長屋の家に戻ってくると、佐七は奥に向かい大きな声をかけた。

ぼろ長屋だとかれは宗兵衛にいっていたが、普請《ふしん》のしっかりしたわりと小奇麗な家だった。

ここに戻るまでの道中、佐七は丁字屋の隠居宗兵衛に逃げられないように、岩吉と左右を挟んで歩いてきた。

佐七は積荷人足をしていたときには、三条大橋東の法林寺裏の長屋に住んでいたが、元の仕事仲間と度々顔を合わせるのを避け、大分離れた鴨川西の竹屋町に移ったのだと、宗兵衛に説明していた。

「おう兄さん、早いお戻りどしたんやなあ」

奥の台所で食事の支度をしていたらしい多助が、手拭いで手の濡れを拭きながら現れた。

土間にいる宗兵衛の顔を見て、ぎょっとして立ち竦《すく》んだ。

誘拐すため度々、こっそり跡を尾けていた人物。誘拐しの方法はどうするか。これまで兄の佐七たちとあれこれ相談してきた相手が、何の恐れもなく平然と土間に立っている。

呆然とするのも止むを得なかった。

「突然、お邪魔してご免なはれや。わたしは寺町の榎木町で、紙問屋をしている丁字屋の隠居で、宗兵衛いいますねん。おまえさまの兄さんの佐七はんと、そば鶴という六角堂に近いそば屋でお会いしまして、早速、寄せさせていただいたんどす。積荷人足を辞め、そば屋を始めたいといわはるのをきき、意気投合したんどすわ。

わたしもそばが大好きどしてなあ。そばの打ち方、出し汁の取り方ぐらいどしたら、教えられますさかい。そんなつもりで寄せさせていただいたんどす」

宗兵衛は多助の顔を見て「これは先日、わたしを尾けていた男やないかいな」と不審に思ったが、さして悪そうな人物ではないため詮索はせず、知らぬ素振りでようすを見ることにすぐ腹を決めていた。

「さ、さようでございますか。さあどうぞ、部屋に上がっとくれやす」

多助は戸惑いながらかれに勧めた。

兄の佐七は、人質にして身代金を奪おうとしていた相手を、どうして易々《やすやす》とここへ連れ込んできたのだろう。

そば屋を始めたい。そうきいて意気投合したぐらいの説明では、納得できなかった。

後でゆっくりたずねるつもりになっていた。

「さあご隠居さま、上がっとくれやす」

佐七がかれをうながした。

「では遠慮なく失礼いたしますよ。一休みしたら、そば打ちにかかりまひょか」

宗兵衛はごく自然に、土間から表の四畳半の部屋に上がり込んだ。

家の中はちょっと奥を覗いたところ、男三人が住んでいるにしては、調度品が少ないのは当然として、意外にきちんと整えられていた。

「奥の部屋へずっと行っておくれやす」

佐七がまたかれをうながし、振り返って岩吉に首を横に振った。

表の板戸を閉めかけていた岩吉に、そうまでする必要はないと待ったをかけたのだ。

夕刻までまだしばらく間があった。

早くから表戸を閉めれば、長屋の人々から不審がられる。

腰板障子戸だけで十分だと、無言で指図したのだ。

その代り上り端《はな》の四畳半は襖を閉め、小さな庭に面した奥の部屋には雨戸をたてる。相手に猿轡《さるぐつわ》をかませてしまえば、叫んだとてその声は外まで漏れないはずだった。

「ほな、そこに座っておくんなはれ」

兄の佐七が宗兵衛にいうのと同時に、息を合わせたように弟の多助が、奥の部屋の戸袋からできるだけ音を立てずに雨戸を引き出しにかかった。

部屋の中はすぐ薄暗くなった。

「岩吉、中襖を閉めたら行灯《あんどん》に火を点《とも》すんじゃ」

佐七は険しい顔で声をひそめて命じた。

「さ、佐七はん、これはどうしたことなんどす」

かれらの動きを見て、宗兵衛は驚きの声でたずねた。

「ご隠居さま、これには少々わけがございましてなあ。大声を上げたりしたら、命が危のうございまっせ」

かれはいつの間にどこから取り出したのか、匕首《あいくち》を鞘から抜き出した。左手には麻縄と宗兵衛の口にかませるらしい手拭いを持っていた。

それは先程、多助が濡れた手を拭いていた手拭いだった。

「おまえさまはわたしをどうしようというんどす。わたしは何をされようが、助けてくれと大声など出さしまへんし、逃げようともしいしまへん。手足を縛るのは止めておくんなはれ」

「うまいこと誑《たぶら》かされ、ひょいと逃げ出されたりしたら、事を為損《しそん》じますさかいなあ。これは前々から、わしらがひそかに企んでいたことなんどすわ」

「ひそかに企んでいたこと――」

「へい、さようどす。そば好きはほんまどすけど、店を営《や》りたいというのは夢のまた夢。ただの望みにすぎまへん。この家には延べ板も延べ棒もあらしまへんわ。丁字屋のご隠居さまを人質にして身代金を奪い、その夢を実現する元手にしようと、計画していたんどす。そのため弟の多助とわしは、ご隠居さまの跡を何度も尾け、動き工合を調べさせてもらいました。こっちがそのつもりでいてますさかい、そっちはそれに合わせていただかな、悪い結果になって困りますわいな」

佐七はいつものかれらしくもなく、やくざっぽい口調で宗兵衛を脅し付けた。

宗兵衛は佐七の説明で、ははぁん、やっぱりそうやったのかとすべてを納得した。

行灯を用意してきた岩吉が、ぎょっとした顔で佐七を見つめていた。

襖と雨戸、それに障子戸を閉められた部屋は、台所の土間からいくらか陽が射し込んでいたが薄暗く、どこか陰惨に感じられた。

「こ、これはいったい。ほんまにわたしを縛らはるんどすか――」

麻縄で手足を縛り付ける佐七に、宗兵衛はおたおたした態度でたずねた。

「逃げようとしいへんといわれても、それをすんなり信じるわけにはいかしまへん。強く縛らんと、弱くさせてもらいますさかい、それで辛抱してくんなはれ」

「そやけどおまえさんら、わたしを人質にして脅迫し、店から身代金を奪い取ろうとしたかて、それは到底、無理どっせ」

一旦、驚いたものの、宗兵衛は意外に平静な声に戻り、佐七たちの行動を戒めた。

「それは到底、無理だと。なぜなんじゃ」

佐七が陰にこもった声でたずねた。

「そもそもこんな年寄りを人質にして身代金を取ろういう了見が、間違うてはります」

「間違うているのやと——」

「そうどすがな。大店の若い坊《ぼん》やお嬢はんどしたら、親が心配して大騒ぎになりまっしゃろ。けど隠居した年寄りを人質に取ったかて、誰も騒ぎまへんえ。子どもや若い人にはこれから先がありますけど、年寄りにはそれがもうどれだけも残されていまへんさかいなあ」

「そらそうどすけど、丁字屋の若旦那は親孝行やときいてまっせ。ご隠居さまが誘拐され、身代金を払わなんだら殺されるとわかったら、千両二千両の金でも出さはるのとちゃいますか」

岩吉が急に気の弱そうな表情でいった。

「そうはいかしまへん。わたしは息子と人間について、幾度かあれこれ話をしてきました。多くの人が死ぬのを怖がり、少しでも長生きしたいと思うてはりますけど、わたしは違います。人間死んだらどうなるのやろと思うと、死ぬのが楽しみになり、早く死にたいとさえ思うてます。それでもわたしが生きているのは、死ねへんからで、生きてな仕方がないからどす。佐七はんに匕首で刺されたかて、わたしはなんとも思いまへん。かえってありがたいと思うかもしれまへんわ。そやけどそないにしはったら、わたしの遺骸の始末に困らはりますやろ。下手をして、奉行所のお役人に捕えられたら、佐七はんだけではのうて、岩吉はんたちも打ち首にされますさかいなあ。わたしの息子にどんな脅しをかけたかて、息子は身代金なんか決して払いまへんえ。わたしは息子とすでにそんな話し合いをしましたさかい」

宗兵衛は手足を縛られたまま、のんびりした口調でいった。

猿轡だけはかれが、絶対、大声で助けを呼ばぬと誓ったため、多助の勧めが容《い》れられてかまされていなかった。

「わしなんか死ぬのが怖うて、それで生きているようなもんどすわ」

　岩吉がぼそっとつぶやいた。

「だいたいそれが普通どっしゃろ。わたしは酒も女も博奕にも手を出さんと、この歳まで生きてきました。誰にでもできるそんな道楽には、何の興味も湧きまへんどしたなあ。金に困らんとやってこられましたさかい、もし興味を持ってたら、評判の道楽者になってたかもしれまへん。そんなことより、広い青空や夜空の星を眺めたりするのが、大好きどしてなあ。夜空で輝いている月や星は、どうしてこの地上に落ちてきいへんのか、今でも不思議に思うてます。そしてあの空の向こうの果ての果ては、どうなっているのやろとか、果てがあるとすれば、その果てに何か別な世の中があるのではないか。きっとあるに相違ないと、想像するのが楽しみなんどす。更にもう一つ、旨いそばを探し歩いて食べるのが楽しみどした。それで佐七はんたちの罠《わな》に、あっさり嵌ってしもうたというわけどすなあ」

　宗兵衛のこんな話を、佐七や多助たちは、酒をちびちび飲みながら、湿気《しけ》た顔できいていた。

自分たちはとんでもない隠居に目を付けたものだ。こうなると、手足を縛った縄を解いてうながしたとて、隠居ははいそうどすかと、大人しくこの長屋から出ていかないだろう。今度の誘拐しをどう始末するつもりだと、居直って迫ってきそうだった。

「佐七の兄貴、あの隠居、強がっていうてるだけとちゃいますか――」

「考えようによっては、そうかもしれへん。ともかく紙問屋の丁字屋へ一応、脅迫状を届け、二百両要求してみよか。それには、金を出さなんだら殺してしまう、奉行所に届け出たりしたら親父の命はないと思えと、尤もらしく書いておくこっちゃ」

「相手が隠居を取り戻すため、二百両の身代金を払うつもりどしたら、その返事や受け取りはどないします」

岩吉が厄介なことになったと思いながら、佐七にたずねた。

「身代金を払う気やったら、店の軒先に終日、竹の梯子《はしご》を立てかけておけ。二百両の受け渡しについては、追って沙汰をするとでも、書いておくがええわ」

人を誘拐して身代金を要求する場合、相手からその金を受け取るときが最も困難。身代金と誘拐した当人とを、交換するのが一番の方法だが、それをどうするか。丁字屋の隠居を巧みに長屋へ誘い込んだつもりの佐七も、それを考え、むずかしい顔で岩吉に命じた。

岩吉は十五歳まで坊主になるべく、近くの寺で修行していたが、その寺が盗賊に放火されて全焼したため還俗《げんぞく》しており、そんな生い立ちから文字を書くのは達者であった。

その後、かれは生家に戻り田畑を耕していた。だがこのままではなるまいと考え、多助とともにかれの兄佐七を頼り、上洛してきたのである。

その夜、榎木町の紙問屋丁字屋の覗き窓に、一通の文が投げ込まれた。

「旦那さま、こんなものが店に投げ込まれておりました」

「ああ、ご苦労さまどした。戸締りと火の用心をしっかりして寝なはれや」

宗之助の言葉からは、父親の宗兵衛が行方不明になっているのを案じているようすは、全くうかがわれなかった。

佐七がいった通りの脅迫状を、丁字屋の覗き窓から投げ込んだのは多助と岩吉の二人。かれらは酔っ払いを装い、実行したのである。

その夜は隠居の宗兵衛を中央に、佐七と岩吉がその両側に臥《ふ》せり、三人が川の字になって眠った。

多助は宗兵衛の手足を縛っていた縄を解いたため、不寝《ね》の番《ばん》をいい付けられていた。

朝食をすませると、岩吉が落ち着きのない佐七の顔をうかがい、かれにたずねた。

「兄貴、昨夜《ゆうべ》、多助はんは不寝の番をしてはったさかい、わしが丁字屋のようすを見に行ってきまひょか――」

「おお、そうしてくれるか」

「へえ、そしたら今から寺町へ出かけますわ」

かれは勢いよく箱膳に蓋《ふた》をかぶせた。

そのかたわらで丁字屋の隠居宗兵衛が、飯茶碗に湯を注ぎ、にたり顔でそれを飲んでいた。

かれは逃げ出すつもりも、大声で助けを呼ぶ気も、全くなさそうな態度だった。

近くの家々からお店《たな》勤めの者や職人たちが、仕事に出かける物音が届いていた。

半刻（一時間）余りで戻ってきた岩吉の顔は緊張で青ざめ、ただごとではないようすだった。

「ど、どうやった——」

佐七が腰を浮かせてかれにたずねた。

「丁字屋の軒先に、竹梯子なんか掛けられていまへんどしたわ。店はいつものように商いをしてて、それは穏やかなもんどした。時刻をおいて二度、店の前を通って確かめましたけど、竹梯子はやっぱり見当りまへんどした」

「なんやて——」

舌打ちを鳴らし、佐七が顔を顰《しか》めた。

台所のほうで水甕から水を汲む音がひびいていた。宗兵衛が勝手に洗い物をしている音だった。

そのかれが手拭いを摑んだまま現れた。

「岩吉はん、どうどした——」

かれの問いかけに、岩吉と佐七は不機嫌な表情でうっと口を噤《つぐ》んだ。

「黙っていはるところをみると、結果は思うてはったのと大違い。軒先に竹梯子なんか掛けられていなかったんどすな。わたしが昨夜から、おまえはんたちに幾度もいうてましたやろ。親子でも生死や人生は別。もしわたしが誘拐されて身代金を要求されても、決してそれに応えてはなりまへん。わたしは息子にそういうてきました。これで親子の固い絆がわかりましたやろ。人がきかはったらそんな絆、少しおかしいのと違いますかといわはりまっしゃろ。けどわたしは一度死んでみたいと思うてますのやさかい。もし死ねたら、空の果ての果てがわかるかもしれまへん。息子はわたしが指図しておいた通りにしてくれたわけどす。これでよろしいのやわ」

　宗兵衛は静かな口調で二人にいいきかせた。

「うるさい、もう黙ってろ——」

　佐七の怒鳴り声をきき、表の四畳半から多助がもぞもぞと起き出してきた。

「うるさいとは何どす。わたしはこれからどうするかを、三人にたずねようとしているんどっせ。わたしを今ここで殺さはってもかましまへん。そやけどそないにしはったら、後が面倒どすわなあ。ほな、わたしの遺骸を床下に埋めはりますか。それもよろしゅうおすけど、知らん顔でその上で暮らしておられますかいな。わたしを殺してそうする度胸など、佐七はんたちにはあらしまへんやろ。それができへんぐらい、わたしにはようわかってます。そやからというて、わたしに丁字屋へさっさと帰れといわはったかて、わたしはへいおおきにと、その言葉には決して従わしまへんで。誘拐す者も誘拐された者も、これは生涯にとって大変な問題。それを有《う》耶無耶《やむや》にして、わたしは無かったことにしとうありまへん。きっちり決着をつけんと、気持が治まりまへんさかいなあ」

いいながら宗兵衛は、部屋の隅に置かれたたばこ盆を引き寄せ、キセルの雁首に刻みたばこを詰め込んだ。

たばこ道具を取り上げたとき、たばこ入れとキセル筒を結ぶ緒締《おじ》めに付けた根付が、改めてかれの目に留まった。

根付は有名な根付師吉村周山の山姥《やまんば》像。たばこの脂《やに》でほどよく琥珀色《こはくいろ》になり、根付の蒐集家なら百両、二百両出しても欲しいほどの逸品。さすがは紙問屋丁字屋の隠居の持ち物らしい品であった。

「岩吉はん、お竈《くど》はんから燠火《おきび》を一つつまんできてもらえまへんか」

「へえ、畏《かしこ》まりました」

かれは宗兵衛にうなずき、小さな燠火をたばこ盆に運んできた。

宗兵衛はその燠火からたばこに火を移し、ゆっくり一服吸った。

そして佐七の顔に向け、その煙を大きく吹き付けた。

「止めてくんなはれ——」

苦々しげに佐七は手で煙を振り払った。

「佐七はんたちにわたしを殺す度胸はない。わたしはここからお暇《いとま》する気持もない。さて、どういたしまひょうなあ」

かれは大胆にもそうつぶやき、たばこ盆の竹筒に、雁首の灰を音を立てて叩き落した。

佐七や多助たちが、ぎょっと驚くほど大きな音だった。

四

「なかなか巧みに文意を伝え、上手な文字で書かれた脅迫状ではないか——」

公事宿鯉屋の帳場で、田村菊太郎が主の源十郎から手渡された丁字屋への脅迫状を、読み終えていった。

「そうどっしゃろ。わたしもそれに感心しているんどす。妙にきちんとした文章どすわ」

「これはただのならず者が書いた脅迫状ではないな」

「菊太郎の若旦那さまもそう思わはりますか。銕蔵の若旦那さまも、同じようなことをいうてはりました」

源十郎はさして切迫したようすでもなく答えた。

「これはどうした経緯《いきさつ》で届けられたのじゃ」

菊太郎が源十郎にたずねた。

「数日前、寺町通り榎木町の紙問屋丁字屋の若旦那が、どうしたものでございましょうと、夜遅く持参して相談にきはったんどす。丁字屋のご隠居宗兵衛はんとは、わたしは何十年も前から懇意にしてまいりました。たとえ誘拐されても、動じはるようなお人ではございまへん。おまけに宗兵衛はんは息子の宗之助はんに、度々いうてはったそうどす。自分は一度も死んだことがないさかい、死ぬのが楽しみ。そやさかい、何があっても騒いではなりまへん。もしわたしが誘拐され金を要求されたかて、一文も払う必要はありまへんえ。払うてわたしが解放されたら、おまえを廃嫡するとまで、笑っていうてはったとききました」

「さような話が出るとは、何かそんな兆候があったのであろうか」

「それは知りまへんなあ――」

「誘拐されても金を払うなとは、なかなか太っ腹なお人じゃなあ」

「はい、丁字屋の宗兵衛はんはそんなお人どす。わたしは長年、懇意にしてきただけにようわかります。一度も死んだことがないさかい、死ぬのが楽しみというのも、ほんまどっしゃろ。あのお人の楽しみは、昼は青い空、夜には月や星を眺め、この広い世はどうなっているのやらと考える天文。とにかく並みのお人ではございまへん。それで一応、相談にきはった丁字屋の若旦那はんに、わたしはご隠居さまのいうてはった通り、そのままにしておいたらどうどす、身代金の要求があっても払うには及びまへんやろと、いうておきました。その後、犯人たちからは何の音沙汰もあらへんそうどす」

源十郎はさして驚いた顔でもなく、いってのけた。

「整った文意や文字から察するに、相手はおそらく根っからの悪党ではなかろう」

「へえ、丁字屋はんが竹梯子を軒先に立て掛けんと、放っておかれてますさかい、ご隠居はんを誘拐した奴らはさぞかし戸惑い、その扱いに困っていまっしゃろ。それどころか、ご隠居はんを解き放とうとしても、ご隠居はんがこれではけりが付いてへんとごねはり、始末に難儀してるかもしれまへんなあ」

「ご隠居を逃がしたら、自分たちの犯行が明かされ、お縄になるのを恐れているのじゃな」

菊太郎は笑いを含んだ顔でいった。

「そら、ちょっと違いますわ。ご隠居はんは身代金が取れんさかいと解き放たれても、誘拐した下手人たちの居所を、明かすようなお人ではありまへん。きっと何か思いもかけんことを企んでいはるんどっしゃろ」

「何か思いもかけぬことを企んでいるのだと。それは何じゃ」

「きかれたかて、そんなものわたしにもわからしまへん。そやけど一つだけわかるのは、あのご隠居はんのことどすさかい、自分を誘拐した下手人たちを、放っておかれしまへんやろ。なんとか教化しようと、考えてはるのと違いますか」

「教化だと。真面目に生きるのだと、何かを教え込もうとしているとでもいうのか——」

「はい、その通り。見掛けはともかく、腹の太いお人どすさかい」

源十郎はそれに相違ないと睨んでいた。

その頃、竹屋町の長屋、佐七の家では、ちょっとした動きが起っていた。

宗兵衛が所持するキセル筒とたばこ入れを繋ぐ緒締めから、吉村周山の山姥像の根付を取りはずしていたのである。

「ご隠居はん、それをどないするおつもりなんどす」

佐七が気弱な声で問いかけた。

「見ての通り、この山姥像の根付を緒締めからはずすんどすわ」

「どうしてそんなことをしはるんどす」

「おまえさんたちの困った顔を見ていると、こうでもせな仕方ありまへん。丁字屋はわたしが当初からいうてた通り、表の軒先に竹梯子を出しまへんどしたやろ。この後、幾ら脅したかて、父親のわたしのため身代金なんか絶対に払わしまへん。わたしは殺されても平気どすさかい。なんどしたらおまえさんたちの前で、自絞死《じこうし》してもええんどっせ」

「じこう死、それはなんどす」

「自絞死とは、自分の手で首を絞めて死ぬことどす。腰紐や女の帯締め、あるいは手拭いを裂いて縄みたいに撚《よ》ったものを水に濡らし、それで一気に自分の首を強く絞める。手早く二、三度重ねれば、物が濡れているだけに、どないに力を入れたかてもう解けしまへん。ほんまにあっという間に息が詰まり、死んでしまいます。首を吊って死ぬのは哀れを感じさせてみっともない。男らしく切腹して死のうとしても、わたしら町人には、首を打ち落してくれるお人がいてしまへんやろ。その点、自絞死はすべて独りでできますさかい、わたしは死ぬならこれがええと決めているんどすわ」

「そ、そんな死に方をしてもろうたら、わしらが疑われます。どうぞ、止めておくんなはれ」

佐七がおろおろして懇願した。

「それでもわたしはここから逃げ出しまへん。巧みに誘拐されてきたわけどすさかいなあ。そやけど考えようでは、自分からきたようなもんかもしれまへん。こうなったらもう始末が付かしまへんやろ」

「へえ、ほんまをいうたら、いったいどうしたらよかろうかと、往生してますねん」

多助が兄の顔を眺めながら嘆くようにいった。

「ここら辺りできっちり決着を付けなあきまへんなあ」

「その通りでございます」

「そやさかい、この吉村周山の根付を手離すため、緒締めからはずしているんどす。多助はんに岩吉はん、この山姥像の根付を、町中のできるだけ大きな骨董屋へ持って行き、買うてもろてきとくれやす。五十両は確実、場合によったら七十両から百両になりまっしゃろ」

「七十両から百両――」

　多助と岩吉が同時に驚きの声をもらした。

「足許を見て五十両以下に値切ってきたら、止めて帰ってきなはれ。もし相手が盗んできた物やないかと疑い、何かたずねたら、榎木町の紙問屋丁字屋の隠居に頼まれ、使いできましたと答えておくれやす。次第によっては金を持参し、自分たちに付いてきておくれやしても結構どすといいなはれ」

「そんなん――」

「まあ、おまえさんたちが余計な心配をせんかてよろし。わたしの算段でしていること。決して悪いようにはせえしまへん」

　二人は長屋の門口で宗兵衛と佐七に見送られ、町へ出かけた。

半刻ほど後、二人は、四条・寺町通りに大店を構える骨董屋「寿扇堂《じゆせんどう》」の主吉《きち》右衛門《えもん》と手代の新助を案内し、長屋へ戻ってきた。

「これはやっぱりほんまやったんどすなあ。わたくしはこれほどの根付、盗んできた物やないかと、使いのお二人を問い詰めました。そしたら丁字屋のご隠居さまからのご依頼だとか。次第によっては金を持参し、自分たちに付いてきておくれやしても結構どすといわはりますさかい、用心のためこうしてまいったのでございます。いやまあ驚きましたわ。吉村周山さまが彫らはったこれほどの根付、わたしども商《あき》人《んど》でも滅多に扱えない逸品どす。百両で買わせていただくつもりどすけど、丁字屋のご隠居さまが、それぐらいのお金に窮してはるとはとても思われしまへん。どうしてこんな長屋にいてはるのか。ご愛玩の根付を手離さはるほど、急にどうしてお金が必要なのか。さしつかえなければ是非、おきかせ願えまへんやろか。店の若旦那さまは、何もご存じではございまへんのどっしゃろ」

寿扇堂の吉右衛門は真剣な顔でたずねた。

宗兵衛の周りに、佐七や使いに出かけた多助、岩吉が畏まった態度でひかえていた。

吉村周山は大坂の人。通称は周次郎といい、諱《いみな》は探僊叟《たんせんそう》。中国の『山海経《せんがいきよう》』や

『列仙傳《れっせんでん》』中の仙人など奇怪な像を好み、蝦蟇《がま》仙人、龍仙人などの根付を檜《ひのき》の古材を用い、胡粉《ごふん》彩色を施して作った。『装剣奇賞《そうけんきしょう》』には、「世に贋物多しといえども能画の所為《しわざ》なれば企《くわだて》及《およぶ》べからず」と記されている。

「寿扇堂はん、いうまでもなく息子は何も知りまへん。ここにいてる三人は、三条大橋のたもとの積荷問屋で、人足をしてはったお人たちどすわ。わたしとは何年も前からの顔見知りで、共通するのはともにそばが大好きということどす。それほど好きやったらわたしが元手を拵えますさかい、一緒にそば屋でもやろうかいなという話になり、こうなった次第どす。わたしの遊びみたいなもんどすさかい、息子に元手を出して欲しいとは、とても頼めしまへん。そやさかい長年、大切に携えていた周山の根付を、手放すことに決めたのどす」

「丁字屋のご隠居さまはそばがお好きで、ご自分でそばを打ち、出し汁まで拵え、店の者にも振舞わはるときいてました。そやさかい、そのお気持はわたくしにもようわかります」

「仏《ほとけ》になるのも間近い隠居が、好き勝手をするのやと思うて、どうぞ、あんまり突っ込んできかんといておくれやす」

「へえ、そこのところは承知いたしました。それでは百両、耳をそろえて持参しましたさかい、受け取っておくれやす」

寿扇堂の吉右衛門は、袱紗《ふくさ》に包んだ切餅《きりもち》を四つ、宗兵衛の前に並べた。

切餅一つには二十五両の金が包まれている。

それを切餅と呼ぶのは、形が四角に切った餅に似ているからだった。

周りで畏まる佐七や岩吉たちには、人質にしたつもりの宗兵衛が何を考えているのか、もうわかり始めていた。

「寿扇堂はん、切餅四つ百両もいただかんでも結構。三つでよろしゅうおす。その代り勝手なお願いどすけど、わたしの相談に乗ってもらえまへんやろか。それはわたしとこの三人がそば屋を開くについて、適当な場所の店を探していただきたいのどす。何卒、お願いいたしますわ」

「それくらいの面倒なら、よろこんでみさせていただきまひょ。数日、待ってておくれやすか」

「それにこの話、息子の宗之助には内緒にしておいとくれやす」

「それもわきまえております」

寿扇堂の吉右衛門は、一つの切餅と山姥像の根付を懐に、宗兵衛に見送られ、機嫌よく帰っていった。

「さあ、これからや。佐七はんに多助はん、岩吉はんもどすけど、四人でそば屋を始めまひょ。まず仕度せなならんのは、そばを打つためのしっかりした樫《かし》の一枚板と作業台。それに延べ棒どす。それも樫の木がよろしゅうおすなあ。店が決まるまでこの長屋で、わたしがそば打ちのこつを教えます。堅気に暮らすために一生懸命、旨いそばをお客はんに出すように頑張りまひょうかいな。寿扇堂はんが探してくれはる店は、わたしの物ではありまへんえ。三人の物にして店を繁盛させたうえ、利益は三つに分けるんどす。それまでわたしも働かせてもらいますさかいなあ」

かれは熱を帯びた声でいい、当日からまず宗田節で旨い出し汁を取る練習を始めた。

五日後、寿扇堂がこんな場所の広さの店ではどうどすと、好条件の売り店を知らせてきた。

場所は河原町・三条を西へ入ってすぐの北側。広さは七十坪余り。平屋で小さな坪庭が付いていた。

「先方は売り値は五十両。少しぐらい負けてもええというてはります」

「その場所で五十両なら買い物どすわ。負けていただく必要はございまへん。前は小間物屋やったそうどすさかい、そば屋に改めるため、少し大工はんに手を入れてもらわななりまへんなあ」

「大工の棟梁には、わたくしが話を付けさせていただきますけど、その采配はご隠居さまが振っておくれやす」

こうして話はとんとん拍子に進められ、新しいそば屋の改修が始められた。

その頃にはすでに、その筋には紙問屋丁字屋の隠居が店を開くらしいとの噂が広まっていた。

「菊太郎の若旦那、これはいったいどうしたこととどっしゃろ。ご隠居はんは誘拐されて脅迫状が届いた後も、榎木町の店には一度も帰っていないときますがな――」

「銕蔵にももうしておいたが、ご隠居の許で三人の男が働いているそうな。ここで要《い》らざる詮索はいたすべきではないぞよ。ご隠居にはご隠居の考えがあって、しておられることだろうでなあ。梲《うだつ》看板には〈隠居そば〉と彫られているそうで、いかにもそれらしい店の名前じゃわい」

「隠居そばどすか――」

「わしもいつまでも鯉屋で居候をしておらずに、そろそろ祇園・新橋のお信《のぶ》の許にまいり、団子屋の主にでもなろうかのう。世間の裏表をさまざま見てきて、つくづく嫌になったのじゃ。かように人の詮索《せんさく》ばかりをしておると、性根が歪んでしまうのでなあ。五十年、百年、いや千年、万年経ったとて、人間は変るものではなかろう。丁字屋のご隠居とくらべ、その動機は褒められたものではないが、わしはそう決めたわい」

菊太郎は冷めた声で源十郎にいった。

「若旦那はいまはそう思うてはっても、いずれすぐ心変りすると、わたしは考えてますわ」

「源十郎、そなたは人の性格や心を見透かすようなことをもうしおって、嫌な奴じゃなあ」

菊太郎は苦笑しながらかれを睨みつけた。

北山には灰色の雲が重く垂れこめ、雪が降っているのかもしれなかった。

解説

澤田瞳子

本作、すなわち短編連作「公事宿事件書留帳」の二十二冊目『冤罪凶状』をもって、澤田ふじ子の手になる同シリーズは完結となる。

本シリーズの第一話「火札」（『闇の掟』収録）が、「小説Ｃｉｔｙ」に掲載されたのは、一九九〇年五月。また本書所収の最終話、「隠居そば」は「ポンツーン」二〇一四年十一月号に掲載されているから、ちょうど二十五年、四半世紀にわたって書き継がれた連作というわけである。

本シリーズの累計部数は、百八十万部。時代小説としてはいささか類例の乏しい、江戸時代の京都を舞台とするこのシリーズが、なぜこれほど多くの人々に愛されたかは、すでに既刊文庫の解説者たちがそれぞれ詳細な分析を加えておられるので、そちらに譲りたい。むしろ私がここで語るべきは、四半世紀に及ぶ「公事宿」の歴史についてであろう。

この二十五年間で、「公事宿」を取り巻く時代小説界の情勢は、大きく変化した。本シリーズが開始した直後は、公事宿の存在を知る者は一般に皆無に近く、そんな中で江戸時代の民事裁判に焦点を当てた本作は、時代小説界に新たな分野を切り開いた画期的な作として、人気を集めた。

『闇の掟』が世に出た二年後には、江戸の公事宿をテーマとした、佐藤雅美氏の『恵比寿屋喜兵衛手控え』が刊行される。翌年、本作が第一一〇回直木賞を受賞したことにより、公事宿は時代小説好きであれば知らぬもののない存在となった。

更に書き下ろし時代小説文庫が隆盛を極めた二〇〇〇年以降には、藍川慶次郎氏の『町触れ同心公事宿始末』、氷月葵氏の『公事宿裏始末』、黒崎裕一郎氏の『公事宿始末人』などの各シリーズの存在から分かるように、公事宿は江戸時代を描く上での重要なアイテムと見なされるようになる。

そんな推移がすべて、四半世紀前、資料の乏しい市井の裁判制度の中から、公事宿の存在を見つけ出した澤田ふじ子の功績であることには、誰も異を唱えぬであろう。一九九六年には「公事宿事件書留帳」シリーズを原作とし、舞台を江戸に移した「大江戸弁護人・走る!」が、テレビ朝日系列でドラマ化。またNHKも二〇〇二年、二〇〇四年、二〇〇七年の計三度、「はんなり菊太郎～京・公事宿事件帳」と銘打ち、本作をドラマ化しているが、テレビ界がこう立て続けに本シリーズを取り上げたのも、それだけ「公事宿」の存在に注目が集まっていればこそだったのに違いない。

江戸時代の岡っ引きを主人公とした岡本綺堂の「半七捕物帳」は、捕物帳の嚆矢《こうし》として人気を博し、現代までに多くの後継者たちを産み出した。また池波正太郎の「鬼平犯科帳」によって存在を知られるようになった火付盗賊改め方は、最近の時代小説の中では、もはや江戸町奉行所と比肩する有名な組織である。

そう考えれば、時代小説における重要なテーマを発掘した点において、「公事宿事件書留帳」シリーズは「半七捕物帳」や「鬼平犯科帳」にも劣らぬ記念碑的作品とも言えるのだ。

「半七捕物帳」の後に野村胡堂の「銭形平次捕物控」、横溝正史の「人形佐七捕物帳」などが書かれた如く、おそらく公事宿を題材とする時代小説もまた、これから後、多くの作家たちによって、長らく書き継がれてゆくであろう。そしてなにより筆者である澤田ふじ子自身も、そのことを強く望んでいるに違いない。

――とまあ、ここまでまるで他人事《ひとごと》のように、本シリーズの完結と今後の展望について触れて来たが、澤田ふじ子の娘である私にとっても、このシリーズの完結は他人事ではない。

実はここ二、三年前、私が歴史小説家として仕事を始めて以降、折に触れて母と話してきたことがある。

それは田村菊太郎を主人公とする「公事宿事件書留帳」が完結した後、私がそれから十数年後の京都を舞台に、「新公事宿事件書留帳」を書くという計画だ。

その計画の伏線は、同シリーズ二十一巻『虹の見えた日』の表題作や同作所収「鬼面の女」に、すでに片鱗《へんりん》を覗かせている。主人公である菊太郎の恋人・お信が、十四歳になった娘のお清と共に鯉屋を訪れ、

「娘が女公事師になりたいと言っているので、ぜひてほどきをお願いしたい」

と、頼むシーンがそれだ。

今、私は三十九歳。母が本シリーズの連載を開始したのは、四十五歳の時だ。あ

と六年後、つまり連載スタート時の母と同い年になったときに新シリーズを始めれれば、なかなか面白いという気もする。

しかしながら、仮に私が「新公事宿事件書留帳」を描くとして、本当にこの伏線を用いて成長したお清を主人公とするかどうかは、現段階では何とも言い難い。

母娘とはいえ、お互い作家。お清より更に描くべき主人公を、これから先、私が考え出す可能性とて、十二分にあるからだ。

それにもしかしたら、私が「新公事宿」に着手するまでに、「公事宿を描かせればこの人しかいない」という作家が現れ、私なぞ這い入る隙もなくなっているかもしれない。

だが、それならばそれでよいのだ。色と欲が交錯し、様々な愛憎が自然と浮かび上がる公事宿は、いわば江戸時代の人間交差点。

「人は一旦、定まった己の名利を守るためなら、どのように悪辣《あくらつ》な方法でも取るものじゃわ」

とは、本書表題作「冤罪凶状」における菊太郎の感慨だが、今日、自らの周囲をふと見回してみると、彼が言うような醜い横顔を露《あら》わにした人間は、必ず一人や二人、身近にいるものだ。

公事宿を描こうとする小説家たちは、きっとそんな今も昔も変わらぬ人間の業を正面から見据えんと誓えばこそ、このテーマに取り組むのであろう。ならばきっと様々な作家が描く「公事宿」の中では、異なる形に姿を変えた田村菊太郎が、そんな悪辣な人々をばったばったと切り倒し、我々が日常の中でどうしようもなく接する世の悪に、代わって対峙《たいじ》してくれるに違いない。

そこに田村銕蔵はいるだろうか。鯉屋源十郎は、お信は、お清はいるだろうか。いや、いる。いなければならない。なぜならば欲望や愛憎が渦巻く公事宿で、数々の事件が理路整然と解決することによって、その物語を読む我々は、日々の暮しの中で接する不条理や他人の悪意を、ひと時でも忘れられるのだから。

本作をもって、「公事宿事件書留帳」は完結する。しかしそれはこれから先も多くの人々のために「公事宿」が描かれ続けるための、新たなスタートなのである。

――作家

澤田ふじ子　著書リスト（２０１６年10月15日現在）

1	羅城門	講談社	78年10月
		講談社文庫	83年1月
		徳間文庫	01年9月
2	天平大仏記	角川書店	80年5月
		講談社文庫	85年11月
		中公文庫	05年3月
3	陸奥甲冑記	講談社	81年1月
		講談社文庫	85年5月
		中公文庫	04年9月
4	染織曼荼羅	朝日新聞社	81年2月
		中公文庫	86年8月
5	寂野	講談社	81年4月
		講談社文庫	87年3月
		徳間文庫	99年12月
6	利休啾々	講談社	82年2月

講談社文庫　87年12月
徳間文庫　03年10月

7　けもの谷
講談社　82年5月
徳間文庫　90年5月
光文社文庫　01年3月

8　淀どの覚書
講談社　83年2月
徳間文庫　87年3月
ケイブンシャ文庫　01年7月
光文社文庫　06年2月

9　討たれざるもの
中央公論社　83年3月
中公文庫　85年10月
徳間文庫　08年9月

10　修羅の器
朝日新聞社　83年11月
集英社文庫　88年12月
光文社文庫　03年11月

11　黒染の剣（上・下）
講談社　84年2月
徳間文庫　87年9月
ケイブンシャ文庫　00年11月

幻冬舎文庫 02年12月

12 葉菊の露（上・下） 中央公論社 84年10月

中公文庫 87年8月

13 染織草紙 文化出版局 84年12月

廣済堂文庫 90年11月

14 七福盗奇伝 角川書店 85年1月

徳間文庫 88年10月

廣済堂文庫 99年8月

中公文庫 03年9月

15 夕鶴恋歌 講談社 85年3月

徳間文庫 89年1月

光文社文庫 01年11月

16 蜜柑庄屋・金十郎 集英社文庫 85年6月

「黒髪の月」に改題

徳間文庫 00年8月

光文社文庫 09年2月

17 花篝 小説日本女流画人伝 実業之日本社 85年10月

中公文庫 89年5月

光文社文庫 02年7月

18 闇の絵巻（上・下） 新人物往来社 86年4月
徳間文庫 89年7月
光文社文庫 03年3月

19 森蘭丸 講談社 86年7月
徳間文庫 90年9月
光文社文庫 04年2月

20 花僧（上・下） 中央公論社 86年10月
中公文庫 89年11月

21 忠臣蔵悲恋記 講談社 86年12月
徳間文庫 91年12月
新版 徳間文庫 98年10月

22 千姫絵姿 秋田書店 87年6月
新潮文庫 90年9月
ケイブンシャ文庫 02年3月
光文社文庫 05年2月

23 虹の橋 中央公論社 87年9月
中公文庫 93年8月

徳間文庫　09年5月

24　花暦　花にかかわる十二の短篇
中央公論社　88年4月
廣済堂文庫　97年9月
徳間文庫　07年1月

25　霸王の女　春日局波乱の生涯
光文社　88年7月
廣済堂出版　92年5月
「江戸の鼓　春日局の生涯」に改題
徳間文庫　06年5月

26　聖徳太子　少年少女伝記文学館
講談社　88年9月

27　天涯の花　小説・未生庵一甫
中央公論社　89年4月
中公文庫　94年12月

28　冬のつばめ
新選組外伝　京都町奉行所同心日記
実業之日本社　89年10月
新潮文庫　92年9月
徳間文庫　01年5月
中公文庫　10年3月

29　もどり橋
中央公論社　90年4月
中公文庫　98年4月
光文社文庫　14年11月

30　空蟬の花　池坊の異端児・大住院以信　新潮社　90年5月
　　新潮文庫　93年8月
　　中公文庫　02年10月
31　空海　京都・宗祖の旅　淡交社　90年6月
32　火宅往来　日本史のなかの女たち　廣済堂出版　90年8月
　　「歴史に舞った女たち」に改題
　　廣済堂文庫　93年2月
33　嫋々の剣　徳間書店　90年10月
　　徳間文庫　95年5月
　　中公文庫　07年6月
34　親鸞　京都・宗祖の旅　淡交社　90年10月
35　神無月の女　禁裏御付武士事件簿　実業之日本社　91年1月
　　徳間文庫　97年5月
36　村雨の首　廣済堂出版　91年2月
　　廣済堂文庫　01年7月
37　闇の掟　公事宿事件書留帳　廣済堂出版　91年7月
　　廣済堂文庫　95年7月
　　幻冬舎文庫　00年12月

38　女人の寺　大和古寺逍遥
廣済堂出版　91年10月
　廣済堂文庫　02年4月

39　流離の海（上・下）私本平家物語
新潮社　92年6月
　中公文庫　00年8月

40　遍照の海
中央公論社　92年9月
　中公文庫　98年9月
　徳間文庫　07年5月

41　木戸の椿　公事宿事件書留帳二
廣済堂出版　92年10月
　廣済堂文庫　96年7月
　幻冬舎文庫　00年12月

42　有明の月　豊臣秀次の生涯
廣済堂出版　93年1月
　廣済堂文庫　01年1月

43　朝霧の賊　禁裏御付武士事件簿
実業之日本社　93年5月
　徳間文庫　97年10月

44　遠い螢
徳間書店　93年7月
　徳間文庫　98年3月

45　見えない橋
日本経済新聞社　93年9月
　新潮文庫　96年10月

46　女人絵巻　歴史を彩った女の肖像　徳間書店　93年10月
徳間文庫　04年10月
徳間文庫　03年5月

47　意気に燃える　情念に生きた男たち　廣済堂出版　93年10月
「風浪の海」に改題
廣済堂文庫　01年11月

48　拷問蔵　公事宿事件書留帳三　廣済堂出版　93年12月
廣済堂文庫　96年8月
幻冬舎文庫　01年2月

49　絵師の首　小説江戸女流画人伝　新潮社　94年2月
「雪椿」に改題
廣済堂文庫　99年3月

50　海の螢　伊勢・大和路恋歌　学習研究社　94年2月
廣済堂文庫　98年3月
徳間文庫　05年9月

51　閻魔王牒状　朝日新聞社　94年8月
瀧にかかわる十二の短篇
廣済堂文庫　98年9月
「瀧桜」に改題

徳間文庫　04年7月

52　冬の刺客
徳間書店　94年10月
　徳間文庫　99年8月

53　京都知の情景
読売新聞社　95年4月
「京都　知恵に生きる」に改題
　中公文庫　00年3月

54　足引き寺閻魔帳
徳間書店　95年7月
　徳間文庫　00年5月

55　竹のしずく
PHP研究所　95年9月
　幻冬舎文庫　00年4月
「木戸のむこうに」に改題
　徳間文庫　08年5月

56　狐火の町
廣済堂出版　95年9月
　廣済堂文庫　00年3月
　中公文庫　03年2月

57　これからの松
朝日新聞社　95年12月
　徳間文庫　99年4月
「真贋控帳　これからの松」に改題

光文社文庫　06年11月

58　重籐の弓　徳間書店　96年4月
「将監さまの橋」に改題
徳間文庫　01年1月
光文社文庫　08年11月

59　幾世の橋　新潮社　96年11月
幻冬舎文庫　03年6月

60　天空の橋　徳間書店　97年6月
徳間文庫　02年1月
中公文庫　09年11月

61　奈落の水　公事宿事件書留帳四　廣済堂出版　97年11月
幻冬舎文庫　01年4月

62　高瀬川女船歌　新潮社　97年11月
新潮文庫　00年9月
幻冬舎文庫　03年4月
中公文庫　10年9月
徳間文庫　14年10月

63　女狐の罠　足引き寺閻魔帳二　徳間書店　98年4月

徳間文庫　02年5月

64　惜別の海（上・下）

新潮社　98年4月
幻冬舎文庫　02年2月
中公文庫（上・中・下三分冊）
上　08年6月
中　08年7月
下　08年8月

65　天の鎖

新人物往来社　98年10月
中公文庫
延暦少年記　天の鎖第1部　05年12月
応天門炎上　天の鎖第2部　06年1月
けものみち　天の鎖第3部　06年2月

66　背中の髑髏《どくろ》　公事宿事件書留帳五

廣済堂出版　99年5月
幻冬舎文庫　01年8月

67　螢の橋

幻冬舎　99年11月
幻冬舎文庫　02年8月
徳間文庫　10年9月

68　はぐれの刺客

徳間書店　99年11月

徳間文庫　02年9月
光文社文庫　12年11月

69　いのちの螢　高瀬川女船歌二　新潮社　00年2月
幻冬舎文庫　03年4月
中公文庫　10年10月
徳間文庫　14年11月

70　奇妙な刺客　祇園社神灯事件簿　廣済堂出版　00年4月
中公文庫　01年12月
徳間文庫　11年8月

71　聖護院の仇討　足引き寺閻魔帳三　徳間書店　00年4月
徳間文庫　03年1月

72　霧の罠　真贋控帳　徳間書店　00年11月
徳間文庫　03年7月
光文社文庫　07年2月

73　ひとでなし　公事宿事件書留帳六　幻冬舎　00年12月
幻冬舎文庫　02年6月

74　大蛇《おろち》の橋　幻冬舎　01年4月
幻冬舎文庫　03年8月

75 地獄の始末　真贋控帳　徳間書店　01年7月
　徳間文庫　04年1月
　光文社文庫　07年11月

76 火宅の坂　徳間書店　01年10月
　徳間文庫　04年5月
　光文社文庫　10年4月

77 夜の腕　祇園社神灯事件簿二　中央公論新社　02年3月
　中公文庫　04年3月
　徳間文庫　12年1月

78 にたり地蔵　公事宿事件書留帳七　幻冬舎　02年6月
　幻冬舎文庫　03年12月

79 大盗の夜　土御門家・陰陽事件簿一　光文社　02年7月
　光文社文庫　04年11月

80 雁の橋　幻冬舎　03年1月
　幻冬舎文庫　07年4月

81 王事の悪徒　禁裏御付武士事件簿　徳間書店　03年1月
　徳間文庫　05年1月

82 宗旦狐　茶湯にかかわる十二の短編　徳間書店　03年3月

徳間文庫　05年5月
光文社文庫　13年10月

83　銭とり橋　高瀬川女船歌三　幻冬舎　03年4月
幻冬舎文庫　04年8月
中公文庫　10年11月
徳間文庫　15年1月

84　恵比寿町火事　公事宿事件書留帳八　幻冬舎　03年6月
幻冬舎文庫　04年12月

85　嵐山殺景　足引き寺閻魔帳四　徳間書店　03年9月
徳間文庫　05年7月

86　鴉婆《からすばば》　土御門家・陰陽事件簿二　光文社　03年10月
光文社文庫　05年11月

87　悪い棺　公事宿事件書留帳九　幻冬舎　03年12月
幻冬舎文庫　05年6月

88　真葛ヶ原の決闘　祇園社神灯事件簿三　中央公論新社　04年3月
中公文庫　06年4月
徳間文庫　12年4月

89　花籠の櫛　京都市井図絵　徳間書店　04年6月

徳間文庫 06年1月
光文社文庫 11年10月

90 釈迦の女　公事宿事件書留帳十
幻冬舎 04年7月
幻冬舎文庫 05年11月

91 悪の梯子　足引き寺閻魔帳五
徳間書店 04年10月
徳間文庫 06年9月

92 高札の顔　酒解神社・神灯日記
徳間書店 05年2月
徳間文庫 07年9月

93 篠山早春譜　高瀬川女船歌四
幻冬舎 05年3月
幻冬舎文庫 06年10月
中公文庫 10年12月
徳間文庫 15年3月

94 無頼の絵師　公事宿事件書留帳十一
幻冬舎 05年5月
幻冬舎文庫 06年12月

95 狐官女　土御門家・陰陽事件簿三
光文社 05年11月
光文社文庫 08年2月

96 やがての螢　京都市井図絵
徳間書店 06年1月
徳間文庫 08年1月

　光文社文庫　12年2月

97　比丘尼茶碗　公事宿事件書留帳十二　幻冬舎　06年2月
　幻冬舎文庫　07年10月

98　山姥の夜　足引き寺閻魔帳六　徳間書店　06年4月
　徳間文庫　09年1月

99　お火役凶状　祇園社神灯事件簿四　中央公論新社　06年5月
　中公文庫　09年1月
　徳間文庫　12年8月

100　雨女　公事宿事件書留帳十三　幻冬舎　06年8月
　幻冬舎文庫　08年6月

101　世間の辻　公事宿事件書留帳十四　幻冬舎　07年1月
　幻冬舎文庫　08年10月

102　これからの橋　澤田ふじ子自選短編集　中央公論新社　07年1月
　中公文庫
　これからの橋　雪　11年11月
　これからの橋　月　12年1月
　これからの橋　花　12年3月

103　暗殺の牒状　足引き寺閻魔帳七　徳間書店　07年5月

徳間文庫　09年10月

104　逆髪　土御門家・陰陽事件簿四　光文社　07年6月
光文社文庫　09年11月

105　女衒の供養　公事宿事件書留帳十五　幻冬舎　07年9月
幻冬舎文庫　09年6月

106　神書板刻　祇園社神灯事件簿五　中央公論新社　07年11月
中公文庫　10年1月
徳間文庫　13年1月

107　亡者の銭　足引き寺閻魔帳八　徳間書店　08年3月
徳間文庫　10年1月

108　千本雨傘　公事宿事件書留帳十六　幻冬舎　08年7月
幻冬舎時代小説文庫　10年6月

109　雪山冥府図　土御門家・陰陽事件簿五　光文社　08年12月
光文社文庫　10年11月

110　妻敵にあらず　足引き寺閻魔帳九　徳間書店　09年3月
徳間文庫　11年1月

111　遠い椿　公事宿事件書留帳十七　幻冬舎　09年4月
幻冬舎時代小説文庫　11年6月

112　深重の橋（上・下）　中央公論新社　10年2月
　中公文庫　13年2月

113　奇妙な賽銭　公事宿事件書留帳十八　幻冬舎　10年4月
　幻冬舎時代小説文庫　11年12月

114　再びの海　足引き寺閻魔帳十　徳間書店　10年10月
　徳間文庫　13年5月

115　あんでらすの鐘　高瀬川女船歌五　中央公論新社　11年1月
　中公文庫　12年10月
　徳間文庫　15年5月

116　冥府小町　土御門家・陰陽事件簿六　光文社　11年2月
　光文社文庫　13年5月

117　血は欲の色　公事宿事件書留帳十九　幻冬舎　11年6月
　幻冬舎時代小説文庫　12年12月

118　仇討ちの客　高瀬川女船歌六　中央公論新社　11年8月
　中公文庫　13年9月
　徳間文庫　15年7月

119　奈落の顔　高瀬川女船歌七　中央公論新社　12年4月
　徳間文庫　15年9月

120 鴉浄土　公事宿事件書留帳二十　幻冬舎　12年7月
　幻冬舎時代小説文庫　13年12月
121 短夜の髪　京都市井図絵　光文社　12年10月
　光文社文庫　14年4月
122 天皇の刺客　徳間書店　13年4月
123 偸盗の夜　高瀬川女船歌八　中央公論新社　13年9月
　徳間文庫　15年11月
124 虹の見えた日　公事宿事件書留帳二十一　幻冬舎　13年11月
　幻冬舎時代小説文庫　15年6月
125 青玉の笛　京都市井図絵　光文社　14年4月
　光文社文庫　16年4月
126 親鸞［浄土真宗］　淡交社　14年6月
127 空海［真言宗］　淡交社　14年8月
128 冤罪凶状　公事宿事件書留帳二十二　幻冬舎　15年3月
　幻冬舎時代小説文庫　16年12月
129 似非遍路　高瀬川女船歌　徳間書店　15年8月

また他に、埼玉福祉会から刊行された大活字本シリーズとして『寂野』『石女』『討たれざるもの』『蜜柑庄屋・金十郎』『虹の橋』『遠い螢』『大盗の夜』がある。

この作品は二〇一五年三月小社より刊行されたものです。

公事宿事件書留帳《くじやどじけんかきとめちょう》二十二

冤罪凶状《えんざいきょうじょう》

澤田《さわだ》ふじ子《こ》

平成28年12月10日　初版発行

発行人——石原正康
編集人——袖山満一子
発行所——株式会社幻冬舎
〒151-0051東京都渋谷区千駄ヶ谷4-9-7
電話　03(5411)6222(営業)
　　　03(5411)6211(編集)
振替00120-8-767643
印刷・製本—図書印刷株式会社
装丁者——高橋雅之

検印廃止

幻冬舎時代小説文庫

ISBN978-4-344-42558-3　C0193　さ-5-38

幻冬舎ホームページアドレス　http://www.gentosha.co.jp/
この本に関するご意見・ご感想をメールでお寄せいただく場合は、
comment@gentosha.co.jpまで。